LA BATAILLE

Patrick Rambaud est né à Paris en 1946. Après des études au lycée Condorcet, il s'inscrit à la faculté de Nanterre. Il ne fréquentera les amphithéâtres que deux mois, préférant passer son temps à la cinémathèque. En 1968, il fait un service militaire de seize mois dans l'armée de l'air. A sa sortie, il écrit son premier livre et entame une carrière de « rewriter » dans une maison d'édition. En 1970 il est co-fondateur du journal *Actuel* auquel il consacrera quatorze années. Pendant cette période, il écrit des parodies et des romans historiques avec Michel-Antoine Burnier tel que *Les Aventures communautaires de Wao-le-Laid*, *Les Complots de la liberté* (Prix Alexandre Dumas), *Parodies, 1948* (Prix Lamartine), *Le Roland Barthes sans peine*, *La Farce des choses et autres parodies*. Suivront une trentaine de livres aux sujets variés et des romans : *Comme des rats*, *Fric-Frac*, *La Mort d'un ministre*, *Virginie Q* (Prix de l'Insolent), *Le Gros Secret*, *Le Journalisme sans peine*... *La Bataille* a obtenu, en 1997, le Prix Goncourt et le Prix du Roman de l'Académie française. En parallèle, avec Bernard Haller, il écrit des sketches ainsi qu'un spectacle représenté au Théâtre national de Chaillot, *Fregoli*, mis en scène par Jérôme Savary. Il a également travaillé à deux scénarios de Jean-Pierre Mocky : *Les Saisons du plaisir* et *Une nuit à l'assemblée*.

PATRICK RAMBAUD

La Bataille

ROMAN

GRASSET

A Madame Pham Thi Tieu Hong
avec amour,
A Mademoiselle Xuan
avec affection,
A Monsieur de Balzac
avec mes excuses.

CHAPITRE PREMIER

Vienne en 1809

Le mardi 16 mai 1809, dans la matinée, une berline entourée de cavaliers sortit de Schön-brunn pour longer à petit train la rive droite du Danube. C'était une voiture ordinaire, de couleur olive, sans écussons. A son passage des paysans autrichiens ôtaient leurs chapeaux noirs à large bord, par prudence mais sans respect, car ils connaissaient les officiers qui trottaient sur leurs chevaux arabes à crinière longue, une peau de panthère sous les fesses, avec des uniformes à la hongroise, blancs, écarlates, chargés d'or, une plume de héron au shako : ces jeunes messieurs accompagnaient partout Berthier, le major géné-ral de l'armée d'occupation.

Par la vitre abaissée, une main s'agita au bout d'une manche. Aussitôt, le grand écuyer Caulain-court, qui maintenait son cheval contre la por-tière, serra sa monture des genoux, enleva son bicorne et ses gants avec des gestes d'acrobate, puis il détacha d'un bouton de sa veste une carte pliée des environs de Vienne, qu'il tendit en saluant. La voiture s'arrêta peu après devant le fleuve jaune et rapide.

Un mameluk en turban sauta du siège des laquais, déplia le marchepied, ouvrit la porte et

exagéra des courbettes. L'Empereur descendit de
la voiture en mettant son chapeau de castor au
poil roussi par les repassages. Il avait jeté comme
une cape, sur son habit de grenadier, sa redingote en drap gris de Louviers. Sa culotte était
tachée d'encre parce qu'il avait la manie d'y
essuyer ses plumes : avant la parade quotidienne
il avait dû signer une brassée de décrets, puisqu'il
voulait tout décider, depuis la distribution de
souliers neufs à la Garde jusqu'à l'approvisionne-
ment des fontaines parisiennes, mille détails qui
souvent ne relevaient pas de cette guerre qu'il
conduisait en Autriche.

Napoléon commençait à s'empâter. Son gilet
de casimir serrait un ventre déjà rond, il n'avait
plus de cou, presque pas d'épaules. Son regard
détaché ne s'enflammait que sous la colère. Ce
jour-là il était maussade, la bouche pincée.
Quand il avait eu la certitude que l'Autriche
s'armait contre lui, il était rentré en cinq jours de
Valladolid à Saint-Cloud, crevant au galop on ne
sait combien de chevaux. Lui qui dormait alors
dix heures par nuit et deux heures dans son bain,
grâce à ses revers en Espagne et à cette nouvelle
équipée, il retrouvait d'un coup son endurance et
sa force.

Berthier était à son tour descendu de la berline
et rejoignait Napoléon, assis sur la souche d'un
rouvre abattu. Les deux hommes mesuraient à
peu près la même taille et portaient le même chapeau, de loin on risquait de les confondre, mais le
major général avait des cheveux épais et frisés,
un gros visage moins régulier. Ils regardaient
ensemble le Danube.

— Sire, dit Berthier qui se rongeait les ongles,
l'endroit semble bien choisi.

— *Sulla carta militare, é evidente!* répondit
l'Empereur en se bourrant le nez de tabac.

— Reste à sonder la profondeur par des nacelles...

— Votre affaire.

— ... à mesurer la vigueur du courant...

— Votre affaire !

L'affaire de Berthier, comme d'habitude, était d'obéir. Fidèle, exemplaire, il exécutait les intuitions de son maître, ce qui lui conférait un énorme pouvoir, des dévouements intéressés et pas mal de jalousies.

En face d'eux, le Danube se divisait en plusieurs bras qui en ralentissaient le courant, avec des îles couvertes de prairies, de broussailles, de bois de chênes chevelus, d'ormes et de saules. Entre la berge et l'île Lobau, la plus vaste, un îlot pourrait servir d'appui au pont qu'on allait construire. Au-delà du fleuve, au débouché de la Lobau, on devinait une petite plaine jusqu'aux villages d'Aspern et d'Essling dont on apercevait les clochers pointus parmi les bouquets d'arbres. Ensuite une plaine immense aux moissons encore vertes, arrosée par un ruisseau à sec au mois de mai, et au fond, à gauche, les hauteurs boisées du Bisamberg où s'étaient repliées les troupes autrichiennes, après avoir brûlé les ponts.

Les ponts ! Quatre ans plus tôt l'Empereur était entré dans Vienne en sauveur, les habitants couraient au-devant de son armée. Cette fois, arrivé dans les faubourgs mal protégés, il avait dû assiéger la ville pendant trois jours, et même la bombarder avant que la garnison se retire.

Une première tentative de traverser le Danube venait d'échouer près du pont de Spitz détruit. Cinq cents voltigeurs de la division Saint-Hilaire avaient pris pied sur l'île de Schwartze-Laken, dirigés par les chefs de bataillons Rateau et Poux, mais sans ordres précis, sans coordination, ils avaient négligé de poster des hommes en réserve dans une grande maison qui pouvait protéger comme un fortin le débarquement des autres : la moitié de ces hommes avait été tuée, les autres blessés ou pris par l'avant-garde ennemie postée sur la rive gauche, qui chaque matin jouait l'hymne autrichien de Monsieur Haydn pour remuer les habitants de Vienne.

Maintenant l'Empereur commandait en personne. Il entendait détruire l'armée de l'archiduc Charles, déjà forte, avant qu'elle ne réussisse à s'allier à celle de l'archiduc Jean qui arrivait d'Italie à marche forcée. Pour cela, à l'ouest, l'Empereur avait posté en vigie Davout et ses cavaliers. Il observait après le fleuve cette interminable plaine de Marchfeld qui montait à l'horizon vers le plateau de Wagram.

Un simple adjudant mal boutonné, la moustache blanche en crocs, l'appela d'une voix grondante sans même se ranger au garde-à-vous :

— Tu m'as oublié, mon Empereur ! Et ma médaille ?

— Quelle médaille ? demanda Napoléon en souriant pour la première fois depuis huit jours.

— Ma croix d'officier de la Légion d'honneur, tiens ! J'la mérite depuis toujours !

— Si longtemps ?

— Rivoli ! Saint-Jean-d'Acre ! Austerlitz ! Eylau !

— Berthier...

Le major général, avec son crayon, nota le nom du nouveau promu, le soldat Roussillon, mais il avait à peine terminé que l'Empereur se leva en jetant la hachette avec laquelle il tailladait depuis quelques instants le tronc d'arbre :

— *Andiamo !* A la fin de la semaine je veux un

pont. Disposez des brigades de cavalerie légère dans ce village, là derrière.

— Ebersdorf, dit Berthier en vérifiant sur sa carte.

— Bredorf si vous voulez, et trois divisions de cuirassiers. Commencez tout de suite !

L'Empereur ne donnait plus jamais un ordre ou une réprimande de façon directe. Cela passait par Berthier qui, avant de monter dans la berline, fit un signe à l'un de ses aides de camp en costume d'opéra :

— Lejeune, voyez ça avec Monsieur le duc de Rivoli.

— Bien Monseigneur, répondit l'officier, un jeune colonel du génie brun de peau et de poil, avec une cicatrice émouvante, comme une rayure, sur la gauche du front.

Lejeune grimpa sur son cheval arabe, ajusta sa ceinture de soie noir et or, ôta une poussière sur son dolman de fourrure, et regarda partir la voiture impériale avec son escorte. Il s'attarda. En professionnel, il étudiait le Danube et ses îles battues par le courant. Il avait déjà participé à la construction de ponts de bateaux sur le Pô, avec des madriers, des ancres, des trains de bois, malgré des pluies violentes, mais comment prendre appui dans ces eaux jaunes qui moussaient en tourbillons ?

Le grand bras du fleuve longeait l'île Lobau par le sud, et vers l'autre rive, qu'il fallait atteindre, il soupçonnait des terres marécageuses, des bourbiers que selon son niveau le fleuve laissait apparaître sous forme de langues de sable.

Il tourna son cheval trop nerveux dans la direction de Vienne. Non loin du village d'Ebersdorf il avisa l'anse protégée d'un ruisseau où l'on rangerait à flot des pontons et des barques ; après ce bosquet, on entasserait à couvert des charpentes, des chaînes, des pilotis, des poutrelles, tout un chantier caché. Puis Lejeune se dirigea sans tarder vers les faubourgs où campait le duc de Rivoli, un sabreur que Napoléon nommait *mon cousin*, avide, sans lois, forte gueule mais stratège impeccable, dont l'infanterie, entraînée par ce fou furieux d'Augereau, s'était autrefois illustrée en franchissant le pont d'Arcole.

C'était Masséna.

Les armées de Lannes, avec trois divisions de cuirassiers, cantonnaient dans la vieille ville. Celles de Masséna avaient pris position contre les faubourgs, en rase campagne, où le maréchal s'était réservé un petit château d'été aux clochetons baroques, abandonné par des nobles viennois qui avaient dû gagner une province plus sûre ou le camp de l'archiduc Charles. Quand il entra dans la cour d'honneur, Lejeune n'eut aucun besoin de se présenter puisque seuls les aides de camp de Berthier avaient le droit de porter des pantalons rouges, qui leur servaient de laissez-passer : ils apportaient toujours des directives de l'état-major, c'est-à-dire de Napoléon lui-même. Cela n'empêchait pas les troufions de considérer ces privilégiés sans sympathie, et le dragon auquel Lejeune confia son cheval de luxe lorgna avec envie les fontes et la selle dorée. Tout autour, des hommes débraillés avaient sorti sur le pavé des cathèdres et les chaises en tapisserie des salles du rez-de-chaussée. Quelques-uns, comme des corsaires, tiraient sur de longues pipes fines en terre. Ils se pavanaient devant des bivouacs dont ils alimentaient le feu de marqueteries d'ébène arrachées et de violons. Certains buvaient du vin à même le tonneau, avec des pailles, et ils se donnaient des bourrades en riant, jurant, se crachant dessus. D'autres coursaient une bande d'oies braillardes ; ils essayaient de leur trancher le cou à la volée, de leurs sabres, pour les rôtir sans même les vider, et les plumes blanches volaient, qu'ils se lançaient au visage par poignées comme des gosses.

Dans les bâtiments, des soudards avaient lacéré par jeu des portraits de famille ; la toile des tableaux pendait en lanières lamentables. Avant l'escalier de marbre, un artilleur déguisé en femme, roulé dans une robe de bal, indiqua son chemin à Lejeune en prenant une voix de fausset, sous les hoquets de rire de ses compagnons de saccage, eux aussi costumés, l'un d'une perruque poudrée qui lui tombait sur le nez, l'autre d'une redingote moirée de couleur puce dont il avait craqué le dos en l'enfilant ; un troisième remplissait son bonnet de police de cuillers et de timbales argentées sorties d'un meuble à gros ventre qu'il avait fracassé. Avec une moue dégoûtée, Lejeune monta à l'étage où le maréchal avait des appartements. Ses bottes crissaient sur de la porcelaine en miettes. Dans un salon qui s'ouvrait sur un balcon à colonnade torse, des officiers, des ordonnances, des commissaires en civil caquetaient en choisissant des chandeliers ou des vases que leurs domestiques fermaient dans des caisses bourrées de paille. Un colonel des hussards lutinait sur un sofa la fille d'un fermier du voisinage, requise comme ses sœurs au service d'un escadron. Grimpé sur une console en bois de rose, un valet de chambre à gants blancs entreprenait de décrocher un lustre : Lejeune lui attrapa les mollets en lui demandant de l'annoncer.

— Ce n'est pas mon office, dit le valet tout affairé à son larcin.

Alors Lejeune, d'un brusque coup de botte, renversa la console, et le valet resta pendu à son lustre en gigotant et en piaillant, ce qui amusa beaucoup la compagnie ; on applaudit Lejeune ; remarquant soudain son uniforme de l'état-major, un général de brigade lui offrit du vin allemand dans une tasse, quand une porte s'ouvrit à deux battants.

Masséna, en robe et babouches de sultan, entra dans le salon en hurlant :

— Pouvez pas gueuler moins fort, tas d'vermines !

Borgne, le visage épais mais un nez en bec, des cheveux noirs et drus coiffés brefs à la Titus, le maréchal avait une belle voix forte, mais il n'obtint qu'un brouhaha au lieu du silence, et, voyant Lejeune, le seul digne dans la cohue, il lui commanda :

— Venez, colonel.

Puis il tourna un dos vaguement courbe pour regagner sa chambre, aussitôt suivi par le messager de l'Empereur. Au tournant d'un couloir, Masséna s'arrêta net devant une pendule massive en or et vermeil qui figurait des anges dodus frappant sur une sorte de gong :

— Qu'est ce que vous en pensez ?

— De la situation, Monsieur le duc ?

— Mais non, espèce de noix, de cette pendule !

— A première vue, c'est une jolie pièce, dit Lejeune.

— Julien !

Un valet en livrée grenat surgit de nulle part.

— Julien, dit Masséna, on emporte ça.

Il désigna la pendule, que l'autre prit avec soin dans ses bras, en soufflant car elle était lourde. Une fois dans la chambre d'angle, Masséna se posa au bord d'un lit à baldaquin de velours et demanda enfin :

— Eh bien jeune homme, quels sont les ordres ?

— Construire un pont flottant sur le Danube, à six kilomètres au sud-est de Vienne.

Masséna restait impassible devant n'importe quelle tâche. A cinquante et un ans, il avait déjà tout subi et tout fait. On le savait voleur, on le disait rancunier, mais l'Empereur avait cette fois encore besoin de sa science des armes. D'ordinaire, le maréchal méprisait ceux qu'on surnommait « les dadais de Berthier », ou « les geais », parce que lui, fils d'un marchand d'huile d'olive de Nice, contrebandier quelque temps, il n'était pas né maréchal, ni duc, comme ces jean-foutre ramassés dans la banque ou chez les aristos, des marquis, des fats qui portaient des pommades et des objets de toilette dans leurs gibernes, les Flahaut, Pourtalès, Colbert, Noailles, Montesquiou, Girardin, Périgord... Il plaçait cependant Lejeune à part : c'était le seul bourgeois de cette bande, même s'il avait appris comme les autres à saluer chez Gardel, le maître des ballets de l'Opéra. Et puis il avait des talents de peintre que Sa Majesté appréciait.

— Vous avez repéré les lieux ? demanda Masséna.

— Oui, Monsieur le duc.

— Comment est-ce ? Quelle largeur ?

— Environ huit cents mètres.

— Soit quatre-vingts bateaux pour appuyer le tablier...

— J'ai prévu une rivière, Monsieur le duc, où nous pourrions les ranger à l'abri.

— Et des madriers, disons neuf mille... Pour ça il y a des forêts à débiter, dans ce fichu pays.

— Mais quatre mille poutrelles, à peu près, et au moins neuf mille mètres de cordage solide.

— Oui, et des ancres.

— Ou des caisses de pêcheurs, Monsieur le duc, qu'on remplira de boulets.

— Les boulets, colonel, essayons de les économiser.

— J'essaierai.

— Eh bien ouste! Réquisitionnez-moi tout ce qui flotte!

Lejeune allait partir lorsque Masséna le retint d'un éclat de voix :

— Lejeune, vous qui furetez partout, dites-moi...

— Monsieur le duc ?

— On dit que les Génois ont placé cent millions dans les banques de Vienne. C'est vrai?

— Je l'ignore.

— Vérifiez. J'insiste.

Une forme grogna sous les draps. Lejeune aperçut des mèches claires. Avec le sourire complice d'un maquignon, Masséna arracha la courtepointe brodée, releva une jeune femme peu réveillée en la tenant par la crinière :

— Colonel, prévenez-moi vite pour l'argent des Génois et je vous la donne. C'est la veuve d'un tirailleur corse éventré la semaine dernière, elle est docile et ronde comme une duchesse!

Lejeune appréciait mal ces mœurs de cabaret et cela se lisait sur sa mine fermée. Tout de même, pensait Masséna, ces jeunes bégueules ne sont pas vraiment des soldats. Il laissa retomber la femme dans ses oreillers de soie et dit d'un ton plus sec :

— Allez! Filez chez Daru!

Le comte Daru gouvernait l'intendance impériale. Il avait établi ses services dans une aile du château de Schönbrunn, près de l'Empereur, à une demi-lieue de Vienne. Il y régnait par ses coups de gueule sur tout un peuple de civils, car ce n'était plus une armée qui suivait Napoléon, mais une horde, une ville en marche, cinq bataillons d'équipages pour conduire deux mille cinq cents chariots de fournitures et de matériel, et des compagnies de boulangers, des constructeurs de fours, des maçons bavarois, tous les métiers ou presque, encadrés par quatre-vingt-seize commissaires et adjoints : ceux-là s'occupaient du logement, du fourrage, des chevaux, des voitures, des hôpitaux, du ravitaillement ; de tout. Daru devait savoir où dénicher des bateaux.

Lejeune passait un large pont orné de sphinx, sur la Vienne, puis une haute grille flanquée de deux obélisques roses surmontés d'aigles en plomb. Il entra dans la cour carrée de Schönbrunn, ce château où les Habsbourg résidaient en été sans trop de protocole, à l'ombre d'un parc où couraient des écureuils pas farouches. Dans le va-et-vient des équipages et des bataillons de la Garde, il avisa un caporal aux épaulettes de laine verte :

— Daru ? lui cria-t-il.

— Par là, mon colonel, sous la colonnade de gauche après le grand bassin.

C'était un palais viennois, c'est-à-dire à la fois pompeux, intime, baroque et austère, imité de Versailles, en ocre et plus réduit, plus irrégulier aussi. Lejeune trouva Daru qui gesticulait au milieu d'un groupe ; il injuriait l'un de ses commissaires à chapeau claque ; il vit arriver Lejeune comme un tracas : qu'est-ce qu'on allait *encore* lui réclamer ? En frac boutonné devant sur un ventre important, les basques retroussées, il se mit les mains aux hanches :

— Monsieur le comte, commença Lejeune en descendant de cheval.

— Aux faits! Qu'est-ce que Sa Majesté me demande d'impossible?

Il détachait chaque syllabe, comme on le fait dans le Midi, en y ajoutant une musique dans la voix.

— Quatre-vingts bateaux, Monsieur le comte.

— Té! Rien que ça? Et je dois les inventer, moi, ces barcasses? L'armée part en promenade sur le Danube?

— C'est pour supporter un pont.

— Oh que ça je m'en doute! (*A son entourage :*) Restez pas là comme des coucourdes! Vous manquez de travail? (*Puis, comme les autres se dispersaient avec des airs graves :*) Colonel, il n'y a plus de bateaux à Vienne. Plus un! Les Autrichiens ne sont pas si benêts! Ils ont coulé la plupart des embarcations, ou alors ils leur ont fait descendre le fleuve jusqu'à Presbourg pour qu'elles nous échappent. Pas fous, hein? Ils ne veulent pas de nous sur la rive gauche de leur Danube!

Daru prit Lejeune par le bras et l'emmena dans un bureau encombré de caisses et de meubles en tas, posa sur une table son feutre à cocarde, chassa d'un rugissement deux adjoints qui par malheur somnolaient, et, changeant de ton comme un comédien, passant de la fureur à l'abattement feint :

— Quelle gabegie, colonel, quelle gabegie! Rien ne tourne! Je n'ai *que* des problèmes, moi! Ce maudit blocus joue contre nous, je vous le dis!

L'Empereur avait en effet décidé trois ans plus tôt d'isoler l'Angleterre en interdisant ses produits sur le continent, mais cela n'empêchait pas la contrebande : les capotes de l'armée étaient d'ailleurs en drap tissé à Leeds, et les souliers venaient de Northampton; l'Angleterre continuait à dominer le commerce mondial, et c'était l'Europe impériale qui se condamnait à l'autarcie, du coup on manquait de sucre, et d'indigo pour teindre en bleu les uniformes, ce dont Daru se plaignait :

— Nos soldats s'habillent n'importe comment, avec ce qu'ils ramassent dans les villages ou après les combats. A quoi ça ressemble, hein ? A une troupe de tragédiens ambulants et loqueteux ! Ils ont des vestes grises raflées aux Autrichiens, et il se passe quoi ? Vous ne savez pas ? Je vais vous le dire, colonel, je vais vous le dire... (*Il soupira avec bruit.*) Dès la première blessure, même minime, sur un tissu clair le sang s'étale et se voit ; une éraflure vous fait figure d'un coup de baïonnette dans les tripes, et ce sang, il démoralise les autres, il leur flanque une grosse peur, il les paralyse ! (*Daru prit soudain la voix d'un marchand d'habits :*) Tandis que sur du bleu, du beau bleu bien foncé, ces mauvaises taches se voient moins, et donc elles effraient moins...

Le comte Daru tomba dans un fauteuil rococo dont il fit craquer le bois ; il déplia une carte d'état-major en poursuivant son discours :

— Sa Majesté veut planter du pastel près de Toulouse, d'Albi, de Florence... Bon. Autrefois il y poussait à merveille, mais nous n'avons pas le temps ! Et puis vous avez vu les conscrits ? Ceux de l'année dernière, à côté, ont des allures de vétérans ! Nous menons la guerre avec des enfants déguisés, colonel... (*Il regarda la carte et changea une nouvelle fois de ton :*) Où le voulez-vous, ce pont ?

Lejeune indiqua l'île Lobau sur la carte étalée. Daru soupira plus fort encore :

— On va s'en occuper, colonel.

— Très vite ?

— Le plus vite possible.

— Il faut également réunir des cordages, des chaînes...

— C'est plus facile, mais je devine que vous n'avez rien avalé depuis ce matin.

— Oui.

— Profitez de mes cuisiniers. Aujourd'hui ils ont mijoté de l'écureuil en ragoût, comme hier, comme demain; ce n'est pas mauvais, ça ressemble un peu au lapin, et puis il y en a tellement dans le parc! Après, eh bien on bouffera les tigres et les kangourous de la ménagerie du château! Ça promet quelques émotions à nos estomacs blasés... Voyez avec le commissaire Beyle, dans le bureau juste au-dessus, moi je vous quitte, les hôpitaux ne sont pas prêts, le fourrage rentre mal, et vos maudits bateaux... Bah, comme disait le poète Horace, mon cher Horace, *une âme bien préparée espère le bonheur dans l'infortune.*

— Une dernière chose, Monsieur le comte.

— Dites.

— Il paraît que les Génois...

— Ah non! Colonel! Qu'on me foute la paix avec ces prétendus millions! Vous êtes le troisième que Masséna envoie aux renseignements! Tout ce que j'ai trouvé, à part les canons de l'Arsenal, c'est ça...

Il renversa de son soulier à boucle une caisse en bois. Des florins autrichiens s'éparpillèrent sur le sol.

— Nous les devons au travail minutieux de Monsieur Savary, expliqua Daru. Ils sont faux. Je m'en sers pour payer mes fournisseurs indigènes. Prenez-en donc une ou deux liasses.

— Henri!

— Louis-François!

Louis-François Lejeune et Henri Beyle, qui ne s'appelait pas encore Stendhal, se connaissaient depuis neuf ans ; en poste à Milan, ils s'étaient chamaillés pour une Lombarde effrontée, mais Lejeune l'avait emporté et Henri en avait été secrètement heureux : il préférait l'inaccompli, et cette trop belle Italienne l'aurait-elle accepté ? Il se pensait alors fort laid, cela le rendait timide malgré son habit vert du 6ᵉ dragons et son casque à crinière enturbanné de lézard. Ils s'étaient revus plus tard à Paris dans une loterie du Palais-Royal, et s'en étaient allés sur les boulevards, chez Véry, manger des huîtres à dix sous la douzaine sous des candélabres dorés. Lejeune avait régalé. Henri, qui avait quitté l'armée et n'avait plus un sou, en avait profité pour dévorer une poularde. Lejeune s'apprêtait à rejoindre son régiment en Hollande ; Henri s'imaginait planteur en Louisiane, banquier ou auteur dramatique à succès, à cause des actrices...

Voilà qu'ils se retrouvaient devant Vienne au hasard d'une mission. L'un était surpris et l'autre pas : que Lejeune soit colonel, rien de plus normal puisqu'il avait choisi sa carrière et y persistait, mais Henri ? C'était à l'époque un gros garçon de vingt-six ans à la peau luisante, avec une bouche fine, presque sans lèvres, des yeux marron en amande, des cheveux plantés haut qui s'ébouriffaient sur un grand front. Lejeune, très étonné, lui demanda ce qu'il fabriquait dans ce bureau de l'intendance.

— Ah ! Louis-François, j'ai besoin de vivre au milieu des grands événements pour être heureux.

— En commissaire des guerres ?

— Adjoint, seulement adjoint.

— Daru m'a pourtant envoyé chez le commissaire Beyle.

— Il est trop bon, il doit être malade.

Le comte Daru considérait peu Henri ; il le traitait sans cesse d'étourdi, le menait à la rude, lui confiait des besognes empoisonnantes ou dénuées d'intérêt.

— Quels sont mes ordres ? demanda-t-il à son ami, à la fois ravi de le revoir et inquiet de ce qu'il allait lui demander.

— Peu de chose : tu dois m'offrir de l'écureuil en sauce aux frais du comte Daru.

— *My God !* Tu en as envie ?

— Non.

Henri boutonna son frac bleu, attrapa son chapeau à cocarde tricolore et profita de l'aubaine pour fuir son bureau. En traversant la salle voisine, il prévint ses secrétaires et ses commis qu'il ne reviendrait pas de la journée, et les autres, considérant l'uniforme de Lejeune, n'en demandèrent surtout pas la raison, la jugeant considérable. Dehors, Lejeune demanda :

— Tu t'entends avec ces gratte-papier ?

— Oh non, Louis-François ! Je te rassure. Ils sont grossiers, intrigants, sots, insignifiants...

— Raconte-moi.

— Où allons-nous ?

— J'ai réquisitionné une maison dans la vieille ville, j'y loge avec Périgord.

— Soit, allons-y, si tu n'as pas honte de mon costume civil et de mon cheval : je te préviens, c'est un authentique percheron.

Sur le chemin des écuries ils parlèrent d'eux-mêmes, surtout d'Henri : non, il ne renonçait pas au théâtre ; dès qu'il pouvait, même en voiture, il étudiait Shakespeare, Gozzi et Crébillon fils, mais écrire des comédies ne permettait pas de vivre et il ne voulait plus rien devoir à sa famille. Il avait cependant accepté la protection de Daru, un parent éloigné. De l'intendance impériale, il espérait briguer un poste d'auditeur au Conseil d'Etat, ce qui n'était pas en soi un métier mais une étape vers tous les emplois; et d'abord une rente. Henri venait de passer deux ans en Allemagne où il partageait son temps entre l'administration, l'Opéra, la chasse et les jeunes filles :

— A Brunswick, dit-il, j'ai appris à devenir moins timide et à chasser.

— Tu as un bon coup de fusil?

— A ma première chasse aux canards, j'ai ramené deux corbeaux!

— Et pas d'Autrichiens?

— Je n'ai pas encore vu de vraie bataille, Louis-François. J'ai manqué Iéna de quelques jours. Avant Neubourg j'ai cru entendre le canon, c'était l'orage.

Henri avait pourtant franchi le pont d'Ebersberg quand la ville achevait de brûler; sa voiture avait roulé sur des cadavres sans figures; sous les roues il avait vu jaillir des entrailles; pour jouer le désinvolte et se donner une contenance dure, il avait continué à bavarder malgré une tenace envie de vomir. Comme ils entraient maintenant dans les écuries de l'intendance, Lejeune s'écria :

— C'est ça, ton cheval?

— Celui qu'on m'accorde, oui, je t'ai prévenu.

— Tu as raison : il ne lui manque que la charrue!

Si différents de costume et de monture, mais sans se soucier du ridicule, les deux amis prirent la route de Vienne dont on voyait de loin les remparts et la haute flèche du clocher de Saint-Etienne.

Vienne avait deux enceintes. La première, une simple levée de terre, limitait les faubourgs très peuplés où se tassaient des maisons basses à toits rouges; la seconde enfermait la vieille cité derrière une forte muraille munie de fossés, de bas-

tions, de casemates, de chemins couverts, mais,
parce que les Viennois ne craignaient plus les
Turcs ni les rebelles hongrois, des hôtels et des
magasins avaient librement poussé le long de ces
fortifications, et on avait planté des arbres sur les
glacis pour y tracer des promenades.

Lejeune et Beyle passèrent l'arche d'une grande
porte et s'enfoncèrent au pas dans les rues tor-
dues de la ville, entre des maisons longues, éti-
rées, médiévales et baroques mêlées, peintes avec
des couleurs tendres, italiennes, aux fenêtres
chargées de fleurs bleues, de cages à oiseaux. Le
spectacle des passants réjouissait moins l'œil : il
n'y avait partout que des soldats.

C'est une chose laide, un vainqueur, pensait
Henri à la vue des troupes dépareillées qui
régnaient sur Vienne. Napoléon venait de leur
abandonner pour quatre ou cinq jours cette ville
à peine grande comme un quartier de Paris, alors
ils en profitaient. On aurait dit une meute de
chiens de chasse. Ils avaient mille fois risqué la
mort, soit, et de vilaine manière, ils laissaient
derrière eux des cadavres d'amis, des estropiés,
des aveugles, un bras, une jambe, mais la peur
retombée justifiait-elle le débordement ? Ces
meubles que les dragons descendaient par des
cordes dans la rue, tandis que leurs compères
menaçaient les volés, cela ne manquerait pas de
nous aliéner une population d'un naturel pourtant doux. Un cuirassier au casque de fer, enve-
loppé dans un long manteau blanc autrichien,
avait jeté sur le sol des costumes de théâtre, des
clarinettes, des fourrures dérobées qu'il espérait
vendre à la criée. D'autres éventaires se suivaient
dans une ruelle, où ces pirates écoulaient leurs
rapines, colliers de verre ou de perles, robes,
ciboires, chaises, miroirs, statuettes éraflées, et

cela se bousculait comme dans un souk du Caire,
cela parlait vingt langues et venait de vingt pays
pour se fondre en une seule armée avec arrogance, Polonais, Saxons, Bavarois, Florentins
qu'on surnommait *charabias,* un mameluk de
Kirmann qui n'avait d'arabe que les culottes
bouffantes car il était né à Saint-Ouen. Il y avait
des faisceaux sur les places et à la croisée des
avenues. Des fantassins en guêtres grises bouton-
nées haut ronflaient dans la paille sur un parvis
d'église. Des chasseurs en tenue sombre poussaient des chevaux noirs, et un groupe de carabiniers à pied roulait des tonneaux de riesling.
Quelques hussards plastronnaient devant un café
en mangeant du bœuf bouilli, fiers de leurs
culottes bleu ciel et de leurs gilets garance, avec
leurs lourdes nattes tressées qui servaient à
amortir les coups de sabre, et des plumets sans
mesure pointés au shako. Un voltigeur sortait
d'un porche avec en fourragère un chapelet de
saucisses ; il titubait un peu en se tenant au mur
pour pisser.

— Regarde ! disait Lejeune à son ami. On se
croirait à Vérone...

Il indiquait du bras une fontaine, un immeuble
étroit, l'éclairage blond qui découpait les façades
d'une placette. Lejeune affectait de ne rien voir
d'autre. Ce n'était pas un officier ordinaire. De
ses garnisons et de ses campagnes il avait rapporté une multitude de croquis et des tableaux
très réussis. Napoléon, quand il était Premier
consul, lui avait acheté sa bataille de Marengo. A
Lodi, à Somo-Sierra, il partait à la guerre comme
devant son modèle. Ses personnages pris dans le
mouvement servaient de support, comme dans
cet assaut du monastère Santa Engracia de Saragosse, où l'on se massacrait au premier plan

devant une vierge de pierre blanche; ce qui retenait, dans cette composition, c'était le monument
arabisé, le ciselé du cloître, la tour carrée, le ciel.
Aboukir, c'était la lumière crue sur la presqu'île,
une chaleur qui faisait trembler les gris et les
jaunes. Louis-François ne regardait donc pas les
soldats en goguette, il admirait l'allure du palais
Pallavicini, et le fronton du palais Trautson lui
évoquait Palladio. Cet amour permanent des
belles choses avait naguère rapproché Louis-
François d'Henri Beyle, et leur amitié en naquit,
que les guerres comme les absences ne brisèrent
pas.

— Nous arrivons, dit Lejeune comme ils
entraient dans le quartier plutôt élégant de la Jordangasse.

Soudain, au tournant d'une rue il cabre son
cheval. Là-bas, des dragons entrent et sortent
d'une maison rose les bras chargés de tissus, de
vaisselle, de flacons, de jambons fumés qu'ils
amoncellent dans une carriole de l'armée. « Ah!
les sagouins! » crie Lejeune en piquant sa monture pour faire irruption au milieu de cet essaim
de voleurs. Surpris, ils en laissent tomber un
coffre qui se fend. L'un d'eux perd son casque
dans la bousculade, un autre valse contre le mur.
Henri s'approche. Toujours à cheval, mais dans
le vestibule, son ami distribue des coups de cravache et de botte.

— La ville est à nous, mon officier! dit un
grand cuirassier à la capote taillée dans la bure
d'un moine espagnol; il porte des éperons à ses
espadrilles et semble décidé à poursuivre le
déménagement.

— Pas cette maison! hurle Lejeune.

— Toute la ville, mon officier!

— Sors d'ici ou je te casse la tête!

Lejeune arme son pistolet d'arçon qu'il pointe sur le front de l'insolent, qui sourit :

— Eh bien tire, mon colonel !

Lejeune lui envoie un coup violent du canon de son arme ; l'autre, durement frappé à la joue, crache trois dents et du sang, puis il tire son sabre, mais ses compagnons le ceinturent et lui maintiennent les poignets.

— Foutez le camp ! Foutez le camp ! crie Lejeune d'une voix éraillée.

— Si tu vas au combat, mon officier, ne me tourne jamais le dos ! gronde l'homme à la mâchoire sanglante.

— Dehors ! Dehors ! dit Lejeune en frappant au hasard sur les dos et les têtes.

Les soudards abandonnent la place dévastée ; ils laissent une large part de leur butin, montent à cheval ou s'accrochent à la carriole qui démarre. Le grand cuirassier en habit brun montre le poing en beuglant qu'il se nomme Fayolle et vise juste.

Lejeune tremble de fureur. Il met enfin pied à terre et accroche sa monture à l'anneau de la porte palière. Un lieutenant décoiffé et sans veste, affalé sur l'unique banquette, souffle et râle. C'est son ordonnance ; il n'a pas pu intervenir contre les furieux. Henri les a rattrapés au fond du vestibule interminable et austère.

— Ils sont montés aux étages ?

— Oui mon colonel.

— Mademoiselle Krauss ?

— Avec ses sœurs et sa gouvernante, mon colonel.

— Tu étais seul ?

— Presque, mon colonel.

— Périgord est là ?

— Dans son appartement du premier, mon colonel.

Suivi d'Henri, Lejeune se précipite dans l'escalier principal qui grimpe raide, tandis que l'ordonnance ramasse des victuailles oubliées par les dragons.

— Périgord !

— Entrez, mon vieux, dit une voix qui résonne dans les couloirs vides.

Lejeune et Henri à sa suite pénètrent dans un vaste salon démeublé où, devant une psyché à cadre d'acajou, Edmond de Périgord, en pantalon rouge et torse nu, se relève les moustaches à la cire, aidé par son domestique personnel, un grassouillet à bajoues, en perruque et livrée galonnée d'argent.

— Périgord ! Vous avez laissé ces reîtres envahir la maison !

— Il faut bien que les brutes s'amusent avant d'aller au feu...

— S'amuser !

— Un amusement de brute, oui. Ils ont faim, mon cher, ils ont soif, ils ne sont pas riches et ils se devinent condamnés à mourir.

— Ils sont montés chez Mademoiselle Krauss ?

— Rassurez-vous, Louis-François, dit Périgord en entraînant son collègue dans les antichambres du premier. Deux dragons étaient étalés sur les marches d'un second escalier qui menait aux étages.

— Ces imbéciles voulaient piller un peu là-haut, dit Périgord d'une voix lasse. Je le leur ai interdit. Ils ont essayé de forcer le passage...

— Vous les avez tués ?

— Oh non, je ne pense pas. Ils ont pris à la volée une chaise en pleine figure. Je vous prie de croire, mon cher, que ces chaises sont diablement lourdes. Cela dit, en tombant, ils se sont peut-être tordu le cou, je n'y ai pas regardé de plus près. De toute façon, je vais les faire enlever.

— Merci.

— De rien, mon cher, ma galanterie naturelle y est pour beaucoup.

Henri, un peu éberlué par la scène qu'il venait de vivre, continuait à suivre son ami qui courait maintenant dans l'escalier et dans les couloirs, jusqu'à une porte massive où il cogna en appelant :

— C'est moi, c'est le colonel Lejeune...

Périgord avait enfilé une robe de chambre cousue de parements et de brocarts. Il les avait rejoints, la moitié seulement de sa moustache dressée. Pendant que Lejeune frappait à la porte, il causait à Henri comme s'il était dans une soirée de Trianon :

— Le pillage fait partie de la guerre, ne croyez-vous pas ?

— J'aimerais ne pas le croire, disait Henri.

— Souvenez-vous de l'histoire de ce vétéran d'Antoine qui avait fait la campagne d'Arménie. Il avait mutilé la statue d'or de la déesse Anaïtis pour en emporter une cuisse. Rentré chez lui, il avait revendu la jambe de la déesse, il s'était acheté une maison dans la région de Bologne, des terres, des esclaves... Combien de légionnaires romains, mon cher, sont-ils revenus avec de l'or volé en Orient ? Cela a servi au développement de l'industrie et de l'agriculture dans la plaine du Pô. Vingt ans après Actium, la région était florissante...

— Assez, Périgord, disait Lejeune. Arrêtez un peu vos leçons d'histoire !

— C'est dans Pline.

La porte s'ouvrit enfin sur une femme âgée au turban de crêpe blanc. Lejeune, qui était né à Strasbourg, lui parla en allemand, elle lui répondit dans la même langue, alors seulement le colo-

nel se sentit rassuré ; d'un signe, il pria Henri de
le suivre dans la pièce.

— Je vous laisse, dit Périgord. Dans cette
tenue négligée, je suis à peine présentable.

Anna Krauss avait dix-sept ans, des cheveux
très noirs et les yeux verts. Elle referma le livre
qu'elle faisait semblant de lire, se dressa quand
ils avancèrent vers elle, s'assit au bord du sofa
pour enfiler des sandales romaines et se leva avec
une souple lenteur. Sa jupe longue en percale des
Indes, très fine, était brodée de jasmins ; une
agrafe imitée de l'antique retenait une tunique en
dentelle sur ses épaules rondes ; ses mains sans
bijoux, sa pose tout entière fragile et ferme, sa
taille mince mais ses hanches solides, ainsi, à
contre-jour, avec la lumière qui traversait les
vêtements légers pour mieux dessiner le corps,
elle surgissait comme une allégorie contradic-
toire au milieu de la guerre. Lejeune la regardait,
les yeux mouillés ; il avait eu si peur. Ils se mirent
tous deux à parler en allemand, à voix presque
basse. En retrait, Henri avait de la sueur aux
tempes, les joues en flammes, des yeux fixes. Il
avait chaud. Il avait froid. Il n'osait bouger. Il
contemplait Anna Krauss ; son visage d'un ovale
italien ressemblait à un pastel de Rosalba Car-
riera qu'il avait apprécié naguère chez un collec-
tionneur de Hambourg, mais non, le velouté de
cette peau était réel, que le soleil filtré par des
fenêtres en vitrail adoucissait encore.

Au bout d'un moment, Lejeune se retourna
vers Henri pour lui traduire la conversation, car
malgré deux années à Brunswick, où tout le
monde parlait français avec lui, sinon des ser-
vantes qu'il caracolait et n'avait pas besoin
d'entendre, Henri ne s'était jamais habitué au
rocailleux de cette langue.

— Je lui ai dit que vendredi j'irais rejoindre les pontonniers sur le Danube, puis l'état-major, pour cantonner sur l'île Lobau.

— Oui, disait Henri.

— Je lui ai dit qu'en mon absence il fallait quelqu'un de confiance pour protéger sa maison des possibles voyous que nos armées trimbalent.

— Voyous, oui...

— Je lui ai dit que tu allais venir t'installer ici puisque toi, tu restes à Vienne.

— Ah...

— Tu n'es pas d'accord, Henri?

— D'accord...

— On ne peut pas la laisser seule dans cette ville occupée!

— On ne peut pas...

Henri ne trouvait plus ses mots, il se contentait de répéter en les soulignant des bouts de phrases de son ami.

— Tu as beaucoup d'affaires?

— Des affaires...

— Henri? Tu m'écoutes?

Anna Krauss souriait franchement. Est-ce qu'elle se moquait de ce gros jeune homme rougeaud? Y avait-il une once de tendresse dans cette moquerie? Un peu de sympathie? Aimait-elle Lejeune? Et Lejeune? Ce dernier prit Henri aux épaules et le secoua:

— Tu es malade?

— Malade?

— Si tu te voyais!

— Non non, ça va...

— Eh bien réponds-moi, bourrique! As-tu beaucoup de bagages?

— Une grammaire italienne de Veneroni-Gattel, l'*Homère* de Bitaubé, Condorcet, la *Vie* d'Alfieri, deux ou trois vêtements, des bricoles...

— Parfait! Que ton domestique apporte tout
ça demain matin.

— Mon domestique m'a laissé tomber.

— Pas d'argent?

— Peu d'argent.

— J'arrangerai ça.

— Il faut aussi que Daru soit d'accord.

— Il le sera. Tu acceptes?

— Bien sûr, Louis-François...

Lejeune traduisit cet échange à Anna Krauss,
en le résumant, mais elle en avait saisi l'essentiel
et battait des mains comme au concert. Henri,
toujours immobile, décida d'apprendre sérieuse-
ment l'allemand, puisqu'il avait désormais pour
cela un vrai motif. Du reste, Anna Krauss s'adres-
sait à lui dans son baragouin, mais il n'y discernait qu'une mélodie et le sens lui échappait.

— Louis-François, que me dit-elle?

— Elle nous propose du thé.

Tard dans la soirée, comme Lejeune reçut
l'ordre de retourner aussitôt à Schönbrunn près
de Berthier, Henri accepta l'invitation de Périgord à flâner dans Vienne; il espérait en fait lui
tirer des détails sur la vie d'Anna, le seul sujet qui
depuis l'après-midi lui tenait au cœur. Lejeune
avait donné à son ami l'une des liasses de fausse
monnaie offertes par Daru, aussi put-il inviter
Périgord, toujours bavard, mais qui connaissait
la ville et ses habitants pour y avoir autrefois
séjourné, et ils partirent dans les jardins du café
Hugelmann, au bord du Danube et de ses ponts
brûlés. Il n'y avait pas de baigneurs malgré un
temps chaud, pas de chalands, pas de marins
turcs, mais là encore des soldats. « En période
normale, disait Périgord, des voiliers très bariolés
vous promènent sur le fleuve, mais ils ont dû être
réquisitionnés par nos hommes ou coulés par les

Autrichiens. » Henri s'en moquait, comme de ce joueur de billard hongrois, très célèbre, qu'on venait applaudir et qui continuait à exercer pendant les hostilités; il pouvait frapper des heures sur sa bille sans perdre un point, et cela finit par lasser nos deux Français; ils choisirent d'aller vers le Prater tout proche, dans le faubourg Léopold.

Périgord avait une pelisse à tresses dorées, des culottes noires dans des bottes à revers, et pour s'épargner les ricanements, il avait prêté un cheval décent à Henri. En Espagne, récemment, on lui avait dérobé plusieurs chevaux de prix, aussi avait-il confié la garde de leurs montures, tandis qu'ils grignotaient des écrevisses, à un très jeune soldat de passage. Docile, le garçon les attendait.

— Bravissimo! lui dit Périgord. Ton nom?

— Voltigeur Paradis, Monsieur, 2e de ligne, 3e division du général Molitor sous les ordres du maréchal Masséna!

Périgord glissa quelques florins dans la vareuse du voltigeur et demanda à Henri, qui avait l'air pensif ou distrait, comme accablé de soucis :

— Mon domestique prendra vos affaires demain, Beyle, ne vous inquiétez pas.

— Vous connaissez Anna Krauss?

— Je loge chez elle depuis trois jours, non, deux, enfin, curieux comme je suis et diaphane comme elle est...

— Sa famille?

— Le père est musicien. C'est un proche de Monsieur Haydn.

— Où est-il?

— Il a suivi la cour de François d'Autriche réfugiée quelque part en Bohême, dit-on, mais en est-on certain?

— Sa mère?

— Je crois savoir qu'elle est morte. L'air n'arrivait plus à ses poumons.

— Mademoiselle Krauss est donc restée seule à Vienne?

— Avec ses sœurs plus jeunes et sa gouvernante plus vieille.

— Son père l'a abandonnée en pleine guerre!

— Mon cher, les Viennois ne prennent rien au sérieux. Tenez : comme ils trouvent que le lundi est triste et gâche le dimanche, ils ont transformé le lundi en jour chômé. Pas mal, n'est-ce pas, dans le désinvolte?

— Vous croyez que Lejeune en est amoureux?

— Des Viennois?

— Mais non! de cette jeune fille.

— Je l'ignore mais les symptômes ne trompent guère, fébrilité, inquiétude, demi-pâmoison. A vous aussi, au fait, elle donne des palpitations.

— Je ne vous permets pas, Monsieur...

— Turlututu! Vous n'y pouvez rien et moi non plus, mais la bataille promet d'être plus jolie entre vous deux qu'entre nous autres et les troupes de l'archiduc Charles! Voyez-vous, ce que je n'aime pas, mais pas du tout, dans les guerres, c'est la saleté, la mauvaise tenue, la poussière, la grossièreté, les vilaines blessures. En revenir entier, ah oui! Cela permet de briller dans les bals, de danser avec les fausses duchesses ou de vraies banquières...

Ils arrivaient sur les allées de sable du Prater. Les grands arbres avaient été abattus pour des barricades dérisoires. Sur les pelouses, des pavillons, des maisonnettes, des cabanes, un kiosque chinois, un chalet suisse, des huttes de sauvages, un capharnaüm créé pour le divertissement que fréquentait d'habitude une population mélangée venue de la planète; les Viennois et les Viennoises y côtoyaient des Bohémiens, des Egyptiens, des Cosaques, des Grecs; l'empereur François venait souvent s'y promener à pied et sans escorte, saluant ses sujets du chapeau, comme un bourgeois. Le soir, avec l'été, les insectes vous assaillaient par nuages et Périgord en plaisantait: « Un Allemand m'a expliqué naguère que sans ces insectes, l'amour ferait par ici trop de ravages! »

Ils s'attardèrent devant une roulotte qui offrait un spectacle curieux où les rôles se partageaient entre des marionnettes et des nains, en face d'un parterre de soldats français et alliés dont la plupart ne comprenaient pas le texte mais s'amusaient à discerner les acteurs, ceux de chair et ceux de bois.

— Que jouent-ils? demanda Henri.

— Du Shakespeare, mon cher. Voyez le minuscule avec sa fausse barbe et la couronne de carton, il en est au fameux monologue: « Qu'est-ce que je crains? Moi-même? *(Périgord récita en jouant la scène:)* Je suis seul? Richard aime Richard. Voilà: je suis moi. Y a-t-il un assassin par ici? Non. Si: moi. Alors va-t'en! Me fuir moi-même? si je me vengeais sur moi-même? Hélas, je m'aime. Pour tout le bien que je me suis fait? Oh non, je me hais pour les horreurs que j'ai commises! »

— Et moi, soupirait Henri, je me hais de ne pas savoir l'allemand!

— Rassurez-vous, mon cher Beyle, je le bredouille, mais le titre de la pièce est inscrit sur ce panneau et je connais *Richard III* par cœur.

Sur l'estrade, les nains et les marionnettes se démenaient autour d'un trône en bois peint. Périgord ajouta:

— Acte V, scène 3.

A Schönbrunn, dans le salon des Laques où des fleurs et des oiseaux dorés couraient sur les murs, Napoléon puisait dans sa tabatière d'écaille et se bourrait le nez. En robe de chambre de molleton blanc, un madras enroulé sur la tête comme un fichu des Antilles, il étudiait des cartes. Les épingles, par les couleurs, indiquaient la position actuelle des troupes, celle des magasins de vivres, de fourrage ou de chaussures, le parc d'artillerie...

— Monsieur Constant !

Le premier valet de chambre accourut, grand, la paupière lourde, sans bruit comme s'il glissait. L'Empereur montra son verre et le serviteur y versa du chambertin coupé d'eau.

— Mon poulet, Monsieur Constant.

— A l'instant, Sire.

— *Pronto !*

— Sire...

— Ce diable de Roustan a encore mangé mon poulet comme l'autre nuit ?

— Non Sire, non, le poulet est bien fermé dans sa panière d'osier et j'ai la clé du cadenas...

— Alors ?

— Sire, le prince de Neuchâtel, Son Excellence le major général...

— Simplifiez, Monsieur Constant ! Dites Berthier.

— Il attend, Sire...

— *Io lo so*, je l'ai fait appeler. Qu'il entre, ce butor, et mon poulet aussi !

Impeccable dans son grand uniforme d'apparat, suivi par Lejeune, le major général Berthier entra dans le bureau et posa son bicorne sur un guéridon. L'Empereur leur tournait le dos et ils durent écouter sans bouger son monologue :

— La flotte anglaise mouille au large de

Naples, le Tyrol se rebelle, le prince Eugène a des difficultés dans son royaume d'Italie et le pape devient indocile. Le meilleur de notre armée s'épuise en Espagne. Est-ce que je vais pouvoir longtemps compter sur la neutralité du tsar? Les Anglais financent partout des révoltes. En France, les esprits frondent et la censure ne contient plus les impertinences. Talleyrand et Fouché, si précieux hélas, ont intrigué pour me remplacer par ce pantin de Murat, mais je les tiens comme tous les autres par la peur et par l'intérêt! Les fonds publics baissent, les désertions se multiplient, mes gendarmes enchaînent les conscrits pour les mener aux casernes et aux camps. Nous manquons de sous-officiers, il faut les cueillir aux portes des lycées...

L'Empereur arrache un pilon du poulet que Constant vient de poser sur une table noire. Il mord dedans, se graisse le menton et grogne :

— Qu'est-ce que vous pensez de ce tableau sinistre?

— Qu'il est malheureusement exact, Votre Majesté, dit Berthier.

— Eh foutre, je le sais trop! J'ai dû rechercher ce rapace de Masséna, et contraindre Lannes, qui espérait se reposer dans ses châteaux! *Venga qui!*

Avec l'os du poulet, Napoléon pointe l'île Lobau sur sa grande carte :

— Dans trois jours on s'installe dans cette saleté d'île. Le pont?

— Il sera jeté sur le Danube, répond Lejeune, puisque vous l'avez décidé.

— *Bene!* Vendredi, les voltigeurs de Molitor y débarquent, la nettoient des quelques crétins d'Autrichiens qui y bivouaquent encore. Prévoyez assez de barques. Pendant ce temps, avec le matériel que vous aurez acheminé à Bredorf...

— Ebersdorf, Sire, corrige Berthier.

— Occupez-vous de vos fesses! Je vous ai demandé votre avis? Qu'est-ce que je disais?

— Vous parliez du matériel, Sire.

— *Si!* On lance immédiatement le pont flottant sur le grand bras du fleuve, pour relier Lobau à notre rive. Les cavaliers de Lasalle renforcent tout de suite les hommes de Molitor qui, eux, passent sur la rive gauche et occupent les deux villages.

— Essling et Aspern.

— Si ça vous chante, Berthier! Samedi soir, le grand pont, et l'autre qui va conduire de l'île à la rive gauche, doivent être établis et solides.

— Ce sera fait, Sire.

— Le dimanche à l'aube nos troupes s'implantent dans vos foutus villages de je ne sais plus quoi, s'y retranchent et attendent. L'Archiduc nous aperçoit. Il se réveille. Il me croit idiot d'acculer mes troupes au fleuve. Il attaque. Masséna le reçoit au canon. Avec Lannes, Lasalle et Espagne, vous chargez, Berthier, pour enfoncer le centre autrichien et couper leur armée en deux. Alors Davout passe le grand pont avec ses réserves, il renforce vos attaques et nous écrabouillons ces *coglioni!*

— Qu'il en soit ainsi, Votre Majesté.

— Il en sera ainsi. Je le vois et je le veux. Vous n'approuvez pas, Lejeune?

— Je vous écoute, Sire, et à vous écouter j'apprends.

L'Empereur lui donna une forte claque sur la joue, pour signifier qu'il était content de la réponse sans en être vraiment dupe. Il détestait la familiarité et les avis, ne voulait de ses officiers comme de ses courtisans qu'une obéissance muette. Lannes, Augereau, voilà bien les seuls

qui osaient lui parler net. Sinon, il s'était façonné
une cour de faux princes et de ducs inventés,
compromis, grossiers, cauteleux : il n'en exigeait
que des courbettes qu'il récompensait en châteaux, en titres et en or. Constant s'agitait d'un
pied sur l'autre devant la porte du salon, ce que
Napoléon finit par remarquer. Il dit en bougonnant :

— Quelle est cette nouvelle danse, Monsieur
Constant ?

— Sire, Mademoiselle Krauss est arrivée...

— Qu'elle se déshabille et qu'elle m'attende.

A ce nom, Lejeune pensa défaillir. Quoi ? Anna
était à Schönbrunn ? Elle allait passer la nuit
dans le lit de l'Empereur ? Non. Ce n'était pas
pensable. Cela ne lui ressemblait pas. Lejeune
regardait son souverain qui terminait le poulet
puis s'essuyait les doigts et la bouche au rideau.
Que pouvait faire Lejeune ? Rien. Lorsque Napoléon les congédia de la main, Berthier et lui,
comme des laquais, il s'empressa de demander
l'autorisation de rentrer à Vienne.

— Allez, mon ami, répondit un Berthier pater-
nel. Prenez du bon temps mais ne gaspillez pas
vos forces, nous en aurons besoin.

Lejeune salua et sortit très vite. Berthier le vit
sauter sur son cheval et bondir. « Serons-nous
encore vivants la semaine prochaine ? » pensait le
major général.

Lejeune galopa jusqu'à la maison rose du quartier de la Jordangasse. Il se rua à l'étage où devait
dormir Anna Krauss, entra sans cogner dans la
chambre, s'avança silencieux et sans souffle
jusqu'au lit en forme de sarcophage où elle rêvait,
car elle était bien là, éclairée par un dernier quartier de lune, calme, souriant presque. Il écouta sa
respiration si régulière. Elle eut un gémissement

léger, s'étira un peu sans se réveiller. Lejeune poussa un siège près du lit et la regarda dormir avec émotion. Plus tard, il apprit que la demoiselle qui visitait l'Empereur, si elle portait le même nom, avec un *s* en moins, se prénommait Eva ; c'était la fille adoptive d'un commissaire des guerres ; l'Empereur l'avait remarquée un matin pendant la revue dans la cour du palais : parmi tant de femmes en couleurs vives, elle seule était vêtue de noir comme un affolant présage.

Henri n'arrivait pas non plus à fermer l'œil, dans la chambre d'auberge des faubourgs qu'il partageait avec un autre adjoint. Celui-ci ronflait avec vacarme. A la bougie, Henri préparait donc sa malle en cuir pour le déménagement du lendemain. Il feuilletait chacun de ses livres avant de les ranger, tomba au hasard sur une page du *Naufrage* d'Alberti : « Nous ne savions pas vers quelle direction nous dérivions dans l'immensité de la mer, mais il nous semblait déjà merveilleux de pouvoir respirer la tête hors de l'eau. » Ces lignes écrites sous la Renaissance correspondaient bien à son état. Tout à l'heure, avec Périgord, en déambulant à la torche dans les catacombes creusées sous l'église des Augustins, ils avaient découvert des corps entassés, assis ou debout, secs, par miracle intacts et sans la moindre trace de décomposition, et ils avaient pensé ensemble à ce roi de Naples qui crachait sur ses ennemis embaumés, rangés comme des marionnettes, à cette époque où un Visconti dressait des molosses à dépecer les hommes, quand l'Individu qui surgissait alors en Italie avait des griffes et des crocs. Enfin, Henri consentit à s'étendre sur son matelas, et il s'assoupit peu avant l'aube, tout habillé, avec en mémoire l'image obsédante et douce d'Anna Krauss.

CHAPITRE II

A quoi rêvent les soldats

Il faisait un temps magnifique et les acacias sentaient bon. Ce samedi, veille de Pentecôte, le soldat Paradis se reposait sur la berge de l'île Lobau. Il avait ôté sa veste de voltigeur, posé à côté de lui son shako à plumet jaune et vert, son havresac, tout le fourbi dont il était sanglé; sa capote roulée lui servait d'oreiller. C'était un grand paysan rouquin, un duvet sous le nez, avec d'énormes mains qui devaient mieux tenir la charrue que les armes. Le fusil, il ne s'en était jamais servi que pour éloigner des loups. Il ne songeait qu'à déserter avant les moissons, pour revenir au pays où il serait plus utile, mais comment y parvenir à la faveur des batailles qui s'annonçaient? Dans un mois, pourtant, il faudrait bien faucher l'avoine, et puis le froment en août; son père n'y arriverait jamais seul, et le frère aîné, lui, n'était pas revenu de la guerre. Il mâchonnait une brindille en songeant qu'il n'avait même pas eu le temps de profiter des florins qu'il avait gagnés, l'autre nuit à Vienne, en gardant les chevaux d'Edmond de Périgord. Soudain les oiseaux s'arrêtèrent de chanter. Il se redressa sur les coudes, dans l'herbe : le 4e corps d'armée de Masséna traversait le Danube sur ce

grand pont que le génie venait d'achever à midi.
On n'entendait plus que le bruit de trente mille
pas qui frappaient les planches. A l'aide de gaffes
et de rames, debout, en mauvais équilibre sur
leurs embarcations légères, attachés pour ne pas
tomber dans les remous, des sapeurs détour-
naient les troncs d'arbres que charriaient les
eaux, pour qu'ils ne coupent pas les filins d'amar-
rage. Le Danube devenait sauvage. L'avant-veille,
à nuit close, la division du voltigeur Paradis avait
embarqué sur de longs bateaux et des radeaux
pour passer ce fleuve aux vagues violentes. Les
soldats avaient abordé l'île brusquement pour y
déloger la centaine d'Autrichiens qui y veillait. Il
y avait eu une courte fusillade, des coups de
baïonnettes dans les fourrés, quelques prisonniers attrapés dans le noir, pas mal de fuyards...
　　Paradis était habile à poser des collets et à
manier la fronde et, sur la Lobau, une ancienne
réserve de chasse, le petit gibier ne manquait pas.
Il avait touché ce matin un oiseau dont il ignorait
l'espèce, un loriot à tête jaune, peut-être, qu'il
avait remarqué sur la branche d'un saule.
L'oiseau rôtissait sur sa baïonnette, et il se leva
pour le tourner sur le feu de bois sec. De l'autre
côté de l'île, Paradis avait aussi repéré des bro-
chets et des gardons dans un bras mort du
Danube; il avait promis à l'un de ses compagnons, plus instruit mais ignorant la nature, de
lui apprendre à pêcher. Il haussa les épaules car
il savait que l'avenir, même proche, ne lui appartenait plus. La voix de l'adjudant Roussillon
confirma du reste cette pénible pensée :
　　— Hé! La Flemme! On a besoin de tes bras!
　　Sur le grand pont, maintenant, des chariots
transportaient des pontons et des batelets qui
devaient servir à monter le deuxième pont, entre

Lobau et la rive gauche, cinquante mètres dans un courant rapide. A leurs uniformes qui brillaient au soleil, Paradis reconnut de loin les maréchaux Lannes et Masséna qui devançaient le convoi, entourés de leurs officiers emplumés.

— Et on s'grouille! braillait l'adjudant Roussillon, fier de sa Légion d'honneur toute neuve, épinglée en vue sur sa poitrine, qu'il caressait parfois avec un soupir d'aise.

Paradis enleva l'oiseau à moitié grillé de sa baïonnette, en se brûlant les doigts, piétina le feu qui se mit à fumer, ramassa son attirail et suivit Roussillon qui avait regroupé trente voltigeurs à la lisière d'un bois feuillu. Ils étaient en bras de chemise ou torse nu, ils portaient des haches de bûcherons. Il s'agissait d'abattre des arbres pour le petit pont, car on manquait de chevalets, de poutrelles et de madriers sur quoi on poserait le tablier de planches.

— Allez-y, les gars! les houspillait l'adjudant. Dans deux heures ça doit être prêt!

Les hommes crachèrent dans leurs paumes et se mirent à frapper la base des ormes; l'écorce tombait, des copeaux volaient.

— Garde à vous! hurla Roussillon, lui-même raide comme un pieu.

— Repos! dirent ensemble les deux officiers qui avançaient dans les herbes hautes.

Le colonel Lejeune, qui suivait de près les travaux depuis plusieurs jours, était accompagné de Sainte-Croix, l'ordonnance de Masséna. Celui-ci demanda à l'adjudant:

— Ce sont les hommes de Molitor?

— Exact, mon colonel!

— Que font-ils avec des haches?

— Le deuxième pont, mon colonel, et y a pas d'temps à gaspiller.

— Mais c'est le travail des sapeurs.

— Ils sont fourbus, ceux-là, à c'qu'on m'a dit.

— M'en fiche! Ils se reposeront après. Je veux ces hommes sur la rive gauche où ils établiront une tête de pont. Ordre du maréchal Masséna!

— Vous avez entendu, tas d'fainéants? cria l'adjudant. Équipez-vous!

Paradis soupira en posant sa cognée. Il avait bien entamé son arbre et en était satisfait, mais tant pis. La vie militaire se ramassait en contre-temps : poser le fusil, le reprendre, boucler le ceinturon, marcher, marcher encore, dormir deux heures n'importe où, s'embusquer, attendre, marcher comme un pantin sans esprit, et pas question de broncher, d'avoir mal aux chevilles, de souffler, de manger autre chose que ces infâmes fèves grasses qu'on partageait à deux dans une même gamelle. Paradis vérifia que rien ne manquait dans sa giberne, les trente-cinq cartouches, les pierres à fusil. Il remonta sur ses mollets les guêtres qui le serraient, alla cueillir son fusil dans le faisceau et se rangea à la suite de ses camarades pour gagner les taillis, face à la rive gauche du Danube.

— Houlà! dit Sainte-Croix à Lejeune. L'eau s'élève et le courant augmente...

— Vous avez raison et cela m'inquiète.

— Ne perdons pas de temps. Il faut que j'emmène ces bonshommes de l'autre côté, en bateau. Vous avez dû repérer un endroit favorable pour le pont?

— S'il débouche là-bas, vous voyez, les bosquets serviraient à le masquer aux éventuels espions autrichiens.

A ce moment, Lejeune entendit parler dans les rangs des voltigeurs. Paradis expliquait à son voisin que dix mètres plus en amont il y avait eu un bac. Lejeune appela le garçon :

— Qu'est-ce que tu disais?

— Il y avait un bac autrefois, mon officier, à la hauteur de cette touffe de roseaux.

— Comment le sais-tu?

— Ben c'est facile, mon officier. Regardez, sur le talus, on voit la trace des chemins ruraux qui descendent au fleuve.

— Je ne vois rien.

— Moi non plus, dit Sainte-Croix malgré sa lorgnette.

— Si! insistait le soldat. Les herbes sont pliées et plus courtes. Elles ont été longtemps piétinées, alors elles ont pas poussé pareil. Y avait des chemins, j'vous jure.

Lejeune regarda le soldat avec reconnaissance :

— Mais tu es précieux, toi!

— Oh non, Monsieur l'officier, je suis qu'un paysan.

— Sainte-Croix, dit Lejeune en se tournant vers l'ordonnance de Masséna, je vous laisse traverser avec vos voltigeurs, mais je garde celui-ci *(il montrait Paradis)*. Il a un sérieux coup d'œil, et je compte bien m'en servir pour mes reconnaissances.

— Accordé. Je n'ai besoin que de deux cents hommes pour couvrir les pontonniers.

Paradis comprenait mal ce qui lui arrivait.

— Ton nom? lui demanda Lejeune.

— Voltigeur Paradis, mon officier, 2e de ligne, 3e division du général Molitor!

— Tu as aussi un prénom, je suppose?

— Vincent.

— Eh bien suis-moi, Vincent Paradis.

Lejeune et sa trouvaille s'éloignèrent vers le centre de l'île tandis que Sainte-Croix ordonnait qu'on mette à flot, avec difficulté, les batelets sortis des chariots. Des tirailleurs, dans l'eau jusqu'à mi-cuisse, les maintenaient dans le courant pour que la compagnie embarque sans mouiller la poudre ni les armes.

Cent mètres plus loin, dans une clairière surveillée par des sentinelles, d'autres hommes dressaient la grande tente de l'état-major, un véritable appartement de toile où Berthier recevrait les ordres de l'Empereur et les ferait parvenir aux officiers. Le mobilier était encore dans l'herbe mais Berthier n'attendait pas que tout soit installé pour organiser les opérations. Il était assis dans un fauteuil, dehors, et ses aides de camp étalaient des cartes en y posant des pierres pour qu'elles ne s'envolent pas au vent. Devant Berthier comparaissaient les prisonniers autrichiens de l'autre nuit, qu'il voulait questionner. Lejeune arrivait à point pour traduire. Perdu au milieu de tant d'officiers, le voltigeur Paradis hésitait sur la contenance à prendre, et il se tordait les mains, très gauche, rouge d'émotion. Il s'était senti important lorsque Lejeune avait averti la sentinelle qui lui barrait le chemin :

— Celui-ci est avec moi. C'est un éclaireur.

— Il en a pas la tenue, mon colonel.

— Il l'aura.

A quoi pouvait ressembler une tenue d'éclaireur ? se demandait Vincent Paradis.

Les joues bleuies par une barbe de trois jours, sales et dépenaillés dans leurs uniformes clairs, seize Autrichiens sans grade restaient debout au milieu de la clairière, godiches, serrés les uns contre les autres comme des volailles, étonnés de vivre encore. Ils répondaient docilement aux questions de Lejeune, très à l'aise dans son rôle, qui livrait à mesure leurs informations à Berthier :

— Ils appartiennent au 6ᵉ corps d'armée du baron Hiller.

— Il y a d'autres avant-postes? demanda le major général.

— Ils n'en savent rien. Ils disent que le gros des troupes campe là-haut sur le Bisamberg.

— Nous le savons. Combien d'hommes?

— Ils disent au moins deux cent mille.

— Exagération. Divisons par deux.

— Ils parlent de cinq cents canons.

— Mettons trois cents.

— Plus intéressant, ils affirment que l'armée de l'archiduc Charles a été récemment renforcée par des détachements venus de Bohême et deux régiments de hussards hongrois.

— Comment le savent-ils?

— Ces Hongrois ont poussé des reconnaissances jusqu'au Danube. Ils ont identifié leurs uniformes, ils leur ont même parlé.

— Bon, dit Berthier. Qu'on les expédie à Vienne, ils serviront dans nos hôpitaux.

Peu après, avant même que Lejeune s'enquière d'un nouvel uniforme pour Vincent Paradis, à supposer que cela soit possible, on vint prévenir que le petit pont était établi. La cavalerie de Lasalle et les cuirassiers d'Espagne devaient aussitôt le franchir pour occuper les villages de la rive gauche, suivis par le reste de la division Molitor. Lejeune alla porter ces ordres.

Il se tenait maintenant à l'entrée du petit pont bâti à la hâte, et que les flots remuaient. On avait doublé les planches, la plupart des pontons de soutènement étaient reliés à la rive par des gros filins, mais l'eau continuait à monter et tant d'improvisation dérangeait Lejeune; qu'importe, ça avait l'air de tenir. Les chasseurs de Lasalle passèrent derrière leur général, son éternelle pipe courbe au bec, la moustache en broussaille, et parvenus sur l'autre rive ils forcèrent leurs chevaux à grimper le talus pour disparaître parmi les arbres. Voici Espagne, grand, le visage carré, très pâle, les joues mangées par des favoris noirs et touffus, qui regardait ses cuirassiers trotter sur le pont agité. Il avait l'air inquiet mais il n'y eut aucun incident. L'un des cavaliers croisa le regard de Lejeune avec intention. Ce grand type, avec son casque à crinière et son manteau brun, c'était Fayolle, que Lejeune avait l'autre soir frappé au visage quand il pillait la maison d'Anna Krauss. Pris dans le mouvement, Fayolle dut se contenter d'un froncement de sourcils, et il franchit à son tour le petit pont pour s'évanouir avec l'escadron derrière les fourrés profonds de l'autre berge. Ensuite, selon le plan prévu par l'Empereur et conduit par Berthier, la division Molitor suivit au grand complet, sans Paradis qui en était heureux et voyait ses compagnons de la veille passer à bras des pièces d'artillerie. Le voltigeur collait aux basques de Lejeune, redoutant qu'il ne l'oublie, et il risqua :

— Je fais quoi, mon colonel ?

— Toi ? dit Lejeune, mais il n'eut pas le loisir de poursuivre : on entendait des coups de feu sur la rive gauche.

« Ah ! ça commence... » disait le cuirassier Fayolle à son cheval en lui tapotant l'encolure. Non, pas vraiment. Des uhlans s'étaient laissé canarder par nos fantassins à la lisière d'un bois, et on les voyait s'enfuir au galop dans les moissons vertes. Le général Espagne envoya Fayolle et deux de ses compagnons pour vérifier le terrain. Les villageois s'étaient échappés d'Aspern et d'Essling, on avait suivi leur exode à la lorgnette, leurs chars surchargés, leurs bêtes, leurs enfants, mais peut-être restait-il des francs-tireurs capables de harceler et de tuer dans le dos. Fayolle et les deux autres avançaient au pas dans ce paysage coupé de prairies, d'arbres en bouquets, de flaques d'eau, protégés par des futaies, rarement à découvert. Ils atteignirent d'abord Aspern qui touchait au fleuve ; deux rues larges se rapprochaient pour aboutir à une petite place devant le clocher carré de l'église. Ils se méfiaient surtout des ruelles transversales, au détour des maisons basses, en maçonnerie, identiques, avec une cour sur le devant et à l'arrière un jardin clos de haies vives. Un mur entourait l'église, où l'on pouvait s'abriter des tirailleurs mais pas du canon ; une maison massive et contiguë au cimetière, avec un jardin que fermait un mur de terre, devait servir de presbytère. Ils notèrent ces détails. Quelques rares oiseaux s'envolaient à l'approche des chevaux. Sinon, aucun bruit humain. Les cuirassiers tournèrent un moment en observant les fenêtres, puis ils croisèrent une patrouille des chasseurs de Lasalle auxquels ils abandonnèrent l'inspection de ce village pour se diriger vers le clocher voisin d'Essling, qu'on apercevait à l'est, à environ quinze cents mètres. Ils poussèrent jusque-là à travers les champs dégagés, en évitant les fondrières.

Fayolle entra le premier dans Essling désert.

Le village ressemblait au précédent, en plus petit, avec une seule rue principale, des maisons moins groupées mais semblables. Il fallait avoir l'œil partout, déceler le moindre son anormal. Il n'y avait sans doute rien à craindre, mais ces villages fantômes créaient un malaise. Fayolle essayait de les imaginer vivants, avec des hommes et des femmes sous les chênes de cette allée et, dans ces jardins, penchés sur leurs

légumes. Là il devait y avoir un marché, là des
écuries, là un grenier. Tiens, se dit-il, si je visitais
les greniers ? Ils n'ont pas dû tout emporter. A cet
instant un éclat de soleil frappa son casque et son
œil. Il leva la tête vers le deuxième étage d'une
maison blanche. Etait-ce un rayon réfléchi par
les carreaux, ou quelqu'un de caché qui aurait
poussé une fenêtre ? Rien ne remuait. Il confia
son cheval à l'un de ses acolytes et tenta d'ouvrir
la porte en bois avec l'autre. La porte était ver-
rouillée. Il donna en vain un fort coup de pied
dans la serrure, qui résista, puis retourna chercher son pistolet dans ses fontes pour éclater la
serrure grossière.

— Pas discret, dit l'autre cuirassier qui s'appelait Pacotte.

— S'il y a des gens, ils nous ont vus. S'il n'y a
qu'un chat ou une chouette, on s'en fiche !

— Ouais, on en f'ra un civet.

Ils entrèrent dans la maison, sur leurs gardes,
le pistolet armé dans un poing, le sabre dans
l'autre. Fayolle poussa les volets de l'épaule pour
y voir clair. La pièce était peu meublée, une table
épaisse, deux chaises de paille, un coffre à bois
ouvert et vide, des cendres dans la cheminée. Les
cendres étaient froides. Un escalier en raidillon
grimpait aux étages.

— On y va ? demanda Fayolle au cuirassier
Pacotte.

— Si ça t'amuse.

— Tu entends ?

— Non.

Fayolle ne faisait plus un geste. Il avait perçu
un grincement de porte ou de plancher.

— C'est l'vent, dit Pacotte mais à voix plus
basse. Je vois pas qui aurait eu l'idée de rester
dans c'piège à rats.

— Peut-être un rat, justement, dit Fayolle. On va vérifier...

Il posa le pied sur la première marche, hésitait, l'oreille tendue. Pacotte le poussa, ils montèrent. En haut, dans la pièce sombre, on ne distinguait que la forme vague d'un lit. A tâtons, Fayolle longea le mur jusqu'à trouver sous ses doigts la fenêtre, qu'il brisa d'un coup de coude et dont il ouvrit le volet sans lâcher son sabre. Il se retourna. Son compagnon était au sommet de l'escalier. Ils étaient seuls. Pacotte tira une porte basse et Fayolle, en se baissant, pénétra dans la chambre voisine où une forme lui sauta dessus. Il se débattit, entendit la lame d'un couteau crisser sur le métal de sa ventrière après avoir déchiré son manteau brun; il étira les bras en envoyant son agresseur bouler contre le mur; dans la demi-obscurité, il le transperça d'un violent coup de sabre à la hauteur du ventre; s'il voyait mal, il sentait maintenant le sang chaud lui poisser la main qui maintenait l'arme dans un corps secoué de spasmes; puis il ôta le sabre d'un mouvement brusque et son ennemi tomba au sol. Le cuirassier Pacotte s'était précipité et il avait ouvert la fenêtre pour éclairer la scène: un gros homme chauve, en culottes de peau, agonisait en râlant par terre, du sang lui arrivait aux lèvres par flots, ses yeux blancs ressemblaient à des œufs durs épluchés.

— Pas vilains, ses brodequins, hein, Fayolle?

— La veste aussi, un peu courte, mais ce porc l'a salie!

— Moi j'veux les bretelles. Du velours, dis donc...

Et il s'accroupit pour s'en emparer, mais aussitôt ils sursautèrent. Quelqu'un derrière eux venait d'étouffer un cri. C'était une jeune paysanne en jupon court et plissé, tassée dans un angle, derrière un montant de lit. Elle se tenait la bouche des deux mains, ouvrait des yeux immenses et noirs. Le cuirassier Pacotte mit la fille en joue mais Fayolle lui baissa le bras :

— Arrête, idiot ! Pas la peine de la tuer, enfin, pas tout d'suite.

Il s'approche. Son sabre dégouline de sang. L'Autrichienne se recroqueville. Fayolle lui pose la pointe de l'arme sous le menton et lui ordonne de se lever. Elle ne bouge pas. Elle tremble.

— Elle comprend qu'son patois, Fayolle. Faut l'aider.

Pacotte lui attrape le bras pour la dresser contre le mur où elle s'appuie en flageolant. Les deux soldats la regardent. Pacotte siffle d'admiration parce qu'elle est charnue à son goût. Fayolle tourne son sabre et en essuie le revers au corset bleu de la jeune paysanne, puis du tranchant il fait sauter les boutons d'argent, déchire la guimpe de dentelle ; ensuite, d'un geste rapide, il ôte le bonnet de drap. Les cheveux de l'Autrichienne coulent sur ses épaules, ils ont des reflets mordorés comme de la soie indienne, très lisses, brillants.

— On la ramène aux officiers ?

— T'es fou !

— Y a peut-être d'autres foutus bouseux qui nous guettent avec des tranchoirs ou des faux.

— On va réfléchir, dit Fayolle en arrachant le jupon et ce qui restait de la guimpe. T'as déjà connu des Autrichiennes, toi ?

— Pas encore. Rien qu'des Allemandes.

— Les Allemandes, ça sait pas dire non.

— T'as raison.

— Mais les Autrichiennes ?

— A sa mine, celle-là elle nous dit non ou pire.

— Tu crois ? *(A la fille :)* Tu nous trouves pas beaux ?

— On t'fait des frayeurs ?

— Remarque, dit Fayolle en gloussant, si j'étais à sa place, ta gueule me ferait peur !

Dehors, le troisième cuirassier les appelait et Fayolle s'avança vers la fenêtre :

— Braille pas comme ça ! Y a des francs-tireurs...

Il s'arrêta au milieu de sa phrase. Le cuirassier, en bas, n'était plus seul. Cliquetis, poussière, bruit de sabots, la cavalerie venait d'investir Essling et le général Espagne attendait en personne au pied de la maison :

— Vous en avez repéré ? demanda-t-il.

— Ben c'est ça, mon général, dit Fayolle. Y en a un gros qui voulait me charcuter tout vif.

Le cuirassier Pacotte traîna vers la fenêtre le corps du paysan, il le posa sur le rebord avant de le basculer. Le cadavre s'écrasa comme un paquet mou et le cheval d'Espagne fit un écart sur le côté.

— Il y en a d'autres ?

— On n'a étourdi que celui-là, mon général...

Puis, entre ses dents, Fayolle dit à son compagnon :

— T'es pas un peu bête, toi ? On aurait pu garder ses brodequins, ça avait l'air costaud, en tout cas plus que mes espadrilles...

— Vous, là-haut ! cria encore le général. Descendez ! Il faut visiter toutes ces baraques et nettoyer le village !

— A vos ordres, mon général !

— Et la fille ? demanda Pacotte à Fayolle.

— On la garde au chaud.

Avant de rallier l'escadron, Fayolle et l'autre déchirèrent en bandelettes le jupon bleu et les dentelles pour ficeler la paysanne; ils lui enfoncèrent dans la bouche son bonnet, qu'ils nouèrent sur la nuque avec les bretelles de velours récupérées sur le mort. Ils la jetèrent sur un matelas de crin. Avant de s'esquiver, Fayolle lui embrassa le front :

— Sois sage, ma cocotte, et t'inquiète pas. Gironde comme t'es, on peut pas t'oublier. Hé! Notre prise de guerre, elle a le front bouillant...

— Doit avoir d'la fièvre.

Ils rejoignirent leurs camarades en éclatant de rire.

Vincent Paradis remuait des bûches calcinées :

— Suffirait d'souffler dessus pour que le feu il reprenne, mon colonel.

— Ils nous ont vus, ils ont filé...

— J'crois pas. On n'est que deux. Eux, ils étaient plus. Regardez les taillis piétinés par leurs chevaux.

Avec son nouvel éclaireur, Lejeune avait poussé l'exploration bien au-delà des villages, soupçonnant des espions dans le moindre bosquet.

— Ça devait être les uhlans de tout à l'heure qui ont déguerpi, dit-il.

— Ou d'autres qui sont pas loin. C'est facile de s'cacher, par ici.

Un froissement de feuilles les alerta et Lejeune arma son pistolet.

— Ayez pas d'craintes, mon colonel, dit Paradis. C't'une bête qui a grimpé au hêtre. Elle est plus effrayée que nous.

— Tu as peur?

— Pas encore.

— Pourtant, à te voir, tu n'as pas l'air à l'aise.

— J'aime pas abîmer les moissons en galopant dedans.

Lejeune avait emprunté un cheval d'artillerie pour y monter son protégé en habit de voltigeur. Il le regardait et dit :

— Demain, on va s'entre-tuer au canon dans cette plaine verte. Il y aura beaucoup de rouge, et ce ne seront pas des fleurs. Quand la guerre sera finie...

— Y en aura une autre, mon colonel. La guerre elle sera jamais finie, avec l'Empereur.

— Tu as raison.

Ils tournèrent bride vers Essling, sans se presser mais aux aguets. Lejeune se serait volontiers attardé, avec son carnet de croquis, pour dessiner un paysage doux et sans hommes. Au village, les troupes continuaient d'affluer. Sur la place, devant l'église, Lejeune reconnut Sainte-Croix et des officiers de Masséna. Le maréchal ne devait pas être loin. Il visitait en effet le grenier public. Au bout d'une allée bordée de chênes, ce grenier avait trois étages en briques et pierres de taille, relié à une grande ferme par un jardin qu'entourait un mur ; il avait des lucarnes sur les toits, des pignons percés d'ouvertures rondes et grillées où des tirailleurs pouvaient s'embusquer.

— J'ai compté quarante-huit fenêtres, dit Masséna à Lejeune. Les murs ont plus d'un mètre d'épaisseur, les portes et les volets sont doublés de tôle : du solide. A l'occasion on pourra s'y retrancher et y tenir. Tenez, Lejeune, j'ai fait relever les mesures exactes. Apportez ces précisions au major général...

Masséna fourra le papier dans la main du colonel, qui le parcourut : le bâtiment avait trente-six mètres de long sur dix de large, les fenêtres du rez-de-chaussée s'ouvraient à un mètre soixante-cinq au-dessus du sol...

— Vous restez à Essling, Monsieur le duc ?

— J'en sais foutre rien, dit Masséna, mais sur cette rive, oui. Vous avez poussé jusqu'où ?

— Ce bouquet de hêtres, là-bas.

— Et alors ? Bredouille ?

— Des traces, mais personne.

— Mouais, Lasalle dit la même chose. Espagne aussi. Ses cuirassiers n'ont tué qu'un malveillant, mais pourquoi cet imbécile était-il resté ? Je sens l'Autrichien tout autour, et j'ai du nez !

Masséna s'approcha encore pour murmurer à l'oreille de Lejeune :

— Vous avez mon renseignement ?

— Lequel, Monsieur le duc ?

— Le niais ! Les millions des Génois, pardi !

— Daru affirme qu'ils n'existent pas.

— Daru ! Evidemment ! Ce menteur s'empare de tout ce qui brille ! comme une pie ! Fallait pas demander à Daru ! Pouvez disposer.

Masséna rentra en bougonnant dans le grenier public.

Dans la cour principale de Schönbrunn, perché sur un essieu, Daru détacha au hasard l'un des sacs de la première charrette du convoi, et il s'écria, en rage :

— De l'orge !

— Il n'y a plus d'avoine, Monsieur le comte, dit un adjoint d'une voix gênée.

— De l'orge ! Impossible ! La cavalerie a besoin d'avoine !

— La nouvelle récolte n'est pas assez haute, on n'a trouvé que de l'orge...

— Où reste Monsieur Beyle ? C'était sa mission, bon sang !

— Je le remplace, Monsieur le comte.

— Et ce paresseux ?

— Au lit sans doute, Monsieur le comte.

— Avec qui, s'il vous plaît ?

— Sa fièvre habituelle, Monsieur le comte, tenez, j'ai un mot qui l'atteste, que je devais vous remettre...

Daru arracha le mot et y lut un congé en bon ordre, signé par Carino, un médecin allemand, contresigné par le chirurgien-major de la Garde. Ne pouvant rien y redire, Daru manqua s'étouffer, il prit une poignée d'orge qu'il jeta au visage de l'adjoint :

— Eh bien, nos chevaux boufferont de l'orge ! Allez !

Et il fit signe au convoi de partir vers l'île Lobau. Donc, une fois encore, Henri avait d'affreuses migraines qu'il traitait à la belladone, mais il souffrait plutôt d'une vérole, car il n'y avait pas d'autre mot pour désigner ces maladies galantes, pénibles mais peu graves, dont on souriait entre garçons mais qui vous embarrassaient avec les dames. Ce handicap, auquel il avait fini par s'habituer, ne l'empêchait cependant pas de mener à son compte d'autres batailles, car il n'était pas au lit, malgré sa réelle fatigue et des suées désagréables : il attendait au fond du Prater, dans un pavillon de chasse en ruine, non loin de bizarres constructions imitées du gothique. Quelques mois plus tôt, à Paris, il s'était épris d'une actrice facile, Valentina, qui se prénommait simplement Louise dans le civil. Elle avait comme tant de ses congénères suivi les troupes jusqu'à Vienne. Henri lui avait donné ce rendez-vous pour rompre, puisqu'il ne rêvait que d'Anna Krauss, et ses fièvres portaient cet amour neuf à incandescence. Comment écarter Valentina ? Elle devenait un embarras. Henri voulait une liberté totale. Comment annoncer la rupture ? Avec brutalité ? Henri ne savait pas s'y prendre sur ce

registre. Avec une feinte lassitude? Avec froi-
deur? Henri se mit à sourire tout seul. Il avait été
si jaloux de Valentina! Il se demandait comment
il avait risqué de se battre en duel avec son amant
officiel, un coriace capitaine de l'artillerie à cheval : là encore, ses migraines l'avaient sauvé de la
blessure ou du ridicule. Valentina tardait. Peut-
être avait-elle oublié? Il l'avait remarquée cet
hiver à Paris, au théâtre Feydeau; elle chantait
dans *L'Auberge de Bagnières,* un opéra-comique
frais et sans prétention de Messieurs Jalabert et
Catel :

> *J'avais pris mon petit chapeau*
> *Ma robe de crêpe amarante*
> *Mon châle et mes souliers ponceau*
> *Ma toilette était ravissante...*

Elle arriva en calèche, presque vêtue comme
dans sa chanson, c'est-à-dire aussi légère, mais sa
robe de crêpe était hortensia, elle portait des bot-
tines de satin, un corsage très brodé, et deux
longues plumes pointaient à sa toque de velours
noir. Ses cheveux bruns tire-bouchonnaient aux
tempes. Pâle comme l'exigeait la mode, mais ron-
delette, elle frisait le nez, tanguait des hanches et
riait en montrant exprès ses dents qu'elle savait
impeccables.

— *Amore mio* ! dit-elle dans un italien mâtiné
d'accent des faubourgs.

— Valentina...

— Ça y est! Le théâtre de la porte de Carinthie
va rouvrir, et celui de la Vienne aussi!

— Valentina...

— Je vais y jouer, Henri! Un rêve! Moi, sur la
scène, ici, dans la capitale du théâtre! Tu t'rends
compte, mon biquet?

Oh oui, le biquet se rendait compte, mais il n'arrivait pas à placer une phrase, et il n'avait guère le courage d'éteindre l'exaltation de la jolie comédienne.

— Il y a quatre rangs de loges! Et puis les décors changent à vue! Sur scène, il y aura même l'éruption du Vésuve!

— Un opéra sur Pompéi?

— Mais pas du tout, c'est *Dom Juan*.

— De Mozart?

— De Molière, tiens!

— Mais, Valentina, tu es d'abord une chanteuse.

— C'est chanté du début à la fin.

— *Dom Juan*? De Molière?

— C'est ça, gros bêta!

Henri se renfrognait. Il ne se sentait pas bêta et détestait les allusions à son poids. Il se sauva par une dérobade, en songeant que la fuite est parfois la plus habile des solutions, en amour du moins. Ses dents claquaient, il avait des frissons de froid malgré la douceur de ce mois de mai, et cela allait le servir. Il s'épongea le front de son mouchoir, en forçant à peine son air douloureux:

— Valentina, je suis malade.

— Je vais t'soigner!

— Non non, tu dois répéter les chansons de Molière.

— On va s'en débrouiller. Tiens, tu vas m'aider à les apprendre!

— Je ne veux pas que tu me traînes comme un boulet.

— T'en fais pas, mon biquet, je suis assez vaillante pour tout mener de front, ma carrière et toi, je veux dire: toi et ma carrière aussi!

— J'en suis persuadé, Valentina...

— Tu acceptes?

— Non.
— Tu dois quitter Vienne ?
— C'est probable.
— Eh bien je te suivrai !
— Sois raisonnable...

Quel gaffeur je suis, pensa Henri au moment où il prononçait ces mots, comment pouvait-on en appeler à la raison de Valentina ? Elle avait tout sauf cela. Il s'empêtrait. Plus il se montrait pitoyable et mieux elle devenait attentive et aimante. Les cloches de toutes les églises se mirent à sonner.

— Déjà cinq heures ! dit Valentina.
— Six, mentait Henri, j'ai compté...
— Oh, mais je suis affreusement en retard !
— Allez, va vite essayer tes robes et apprendre ton rôle.
— Je te ramène en calèche !
— C'est moi qui te ramène.

Henri déposa l'actrice à Vienne, devant le théâtre où elle espérait se produire. Avant de le quitter, elle l'embrassa comme une furieuse ; il ferma les yeux et ne répondit à ce baiser qu'en imaginant les lèvres d'une autre qu'il aimait trop et de trop loin. Valentina courut vers l'entrée du théâtre et, sous le péristyle, se retourna très vite pour lancer un dernier signe de sa main gantée. Henri soupira. Comme je suis lâche ! pensait-il, puis il donna au cocher l'adresse de la maison rose de la Jordangasse où il logeait depuis trois nuits. Il oubliait la guerre, et son mal, et ses amis, il ne rêvait qu'à Mademoiselle Krauss qui possédait à la perfection l'ensemble des qualités. Il l'inventait à chaque seconde. Lui qui plaçait Cimarosa au-dessus de tous les musiciens, la semaine précédente, le voilà qui fredonnait Mozart : Anna et ses sœurs, au violon, en jouaient le soir rien que pour lui dans leur grand salon vide.

Sur l'île Lobau il n'y avait qu'une maison en pierre, un ancien rendez-vous où les princes de Habsbourg venaient s'abriter des orages soudains. Monsieur Constant arrangeait des bûches dans la cheminée de l'étage. Des valets nettoyaient, balayaient, disposaient les meubles apportés en fourgons du château voisin d'Ebersdorf, où l'Empereur avait passé la nuit. Des cuisiniers déballaient leurs casseroles et leurs broches, l'obligatoire parmesan que Sa Majesté mangeait avec tout, ses macaronis préférés, son chambertin. Deux laquais montaient le lit de fer. Les chambellans surveillaient et activaient les préparatifs :

— Dépêchez-vous !

— La vaisselle ! Des chandeliers !

— Le tapis, ici, en haut de l'escalier !

— Désolé, Monsieur le maréchal, mais c'est la maison de l'Empereur !

Le maréchal Lannes était moins stylé, bien plus grand et bien plus fort que ce chambellan qui lui interdisait le passage ; il l'attrapa aux revers argentés de son habit et le poussa devant lui avec vigueur. Constant arriva en entendant glapir le domestique et gronder le maréchal, dont il connaissait la grosse voix. Il fallut céder au sans-gêne, et Lannes s'installa au rez-de-chaussée dans une salle basse garnie de paille. Il s'attribua même un bougeoir, une chaise et un bureau sur lequel il jeta son sabre et son bicorne chargé de plumes. Lannes était célèbre pour les colères qu'il contenait mais qui lui montaient le rouge au visage ; sinon il avait une mine paisible, des traits carrés, le cheveu clair aux mèches courtes et

ondulées. A quarante ans, il n'avait pas encore de
ventre et se tenait droit, à cause d'une raideur
dans le cou, une blessure reçue à Saint-Jean-
d'Acre... Il s'en souvenait quand cette vieille douleur lui faisait porter une main à la nuque...
C'était au douzième assaut contre la citadelle ; il
avait escaladé les enceintes au pas de charge avec
ses grenadiers. Son ami le général Rambaud était
presque arrivé au sérail de Djezzar-Pacha mais il
n'avait pas reçu les renforts désirés ; il s'était barricadé dans une mosquée avec ses hommes.
Lannes revoyait les fossés comblés par les
cadavres des Turcs. Le général Rambaud avait
été tué. Lui, touché à la tête, on l'avait cru mort.
Le lendemain il remontait en selle et entraînait
ses soldats dans les collines de Galilée...

   Le maréchal était fatigué par quinze ans de
combats et de dangers. Il venait de conduire
l'affreux siège de Saragosse. Riche, marié à la
plus belle et à la plus discrète des duchesses de la
cour, fille d'un sénateur, il aurait voulu se retirer
en famille dans sa Gascogne, voir grandir ses
deux fils. Il était las de partir sans jamais savoir
s'il reviendrait autrement que dans une caisse.
Pourquoi l'Empereur lui refusait-il cette tranquil-
lité ? Comme lui, la plupart des maréchaux
n'aspiraient qu'à la paix des champs. Ces aventu-
riers, avec le temps, devenaient bourgeois. A
Savigny, Davout construisait des huttes en osier
pour ses perdreaux et à quatre pattes il leur donnait du pain ; Ney et Marmont adoraient jardi-
ner ; MacDonald, Oudinot, ne se trouvaient à
l'aise qu'entourés de leurs villageois ; Bessières
chassait sur ses terres de Grignon s'il ne jouait
pas avec ses enfants. Quant à Masséna, il disait
de sa propriété de Rueil, qui regardait la Malmai-
son proche où se retirait l'Empereur : « D'ici, je

peux lui pisser dessus ! » Sur un ordre, ils étaient venus en Autriche, à la tête de troupes disparates et jeunes, qu'aucun motif puissant ne poussait à tuer. L'Empire déclinait déjà et n'avait que cinq ans. Ils le sentaient. Ils suivaient encore.

Lannes passait vite de la colère à l'affection. Un jour il écrivait à sa femme que l'Empereur était son pire ennemi : « Il n'aime que par boutade, quand il a besoin de vous » ; puis Napoléon le comblait de faveurs et ils se tombaient dans les bras. Leurs sorts restaient liés. Il y avait peu, dans les escarpements difficiles d'une sierra espagnole, l'Empereur s'était cramponné à son bras. A pied, dans la neige qui les giflait en tempête, avec leurs hautes bottes en cuir, ils dérapaient. Ensemble ils avaient enfourché la volée d'un canon, et des grenadiers les avaient hissés comme sur un traîneau au sommet du col de Guadarrama. Des souvenirs émus se mêlaient aux cauchemars. Lannes regrettait quelquefois de n'être pas devenu teinturier. Il s'était enrôlé tôt. Il s'était fait remarquer par ses témérités dans l'armée des Alpes, sous les ordres d'Augereau, au tout début de l'aventure... Affalé dans la paille, il songeait à cent épisodes contradictoires de sa vie, lorsque Berthier entra dans la pièce :

— Quand il y a du tapage, c'est toi.

— Tu as raison, Alexandre, colle-moi aux arrêts que je puisse dormir en paix !

— Sa Majesté te confie la cavalerie.

— Et Bessières ?

— Il devient ton subordonné.

Lannes et Bessières se détestaient autant que Berthier et Davout. Le maréchal sourit et changea d'humeur :

— Qu'il attaque, l'Archiduc ! On va le recevoir au sabre !

A cet instant, essoufflés, Périgord et Lejeune vinrent annoncer au major général :

— Le petit pont vient de rompre !

— Nous sommes coupés de la rive gauche. Les trois quarts des troupes sont bloqués sur l'île.

La lune, dans son dernier quartier, éclairait faiblement la longue rue d'Essling, mais sous les arbres du chemin qui menait au grenier public, sur la place ou à l'orée des champs, l'Empereur avait autorisé les feux des bivouacs : l'ennemi devait savoir que la Grande Armée avait franchi le Danube, cela devait l'inciter à attaquer selon le plan prévu, même si l'archiduc Charles était connu pour sa timidité dans l'offensive. Aussi, cela flambait de tous côtés. Les cantinières versaient des gobelets d'eau-de-vie à ras bord et prenaient des claques sur leurs fesses rondes, on entonnait des couplets vulgaires, on avalait les rations à grosses cuillerées, on plaisantait pour se donner du cœur avant la bataille certaine du lendemain. Les hommes avaient détaché leurs cuirasses et posé leurs casques à crinière qui réfléchissaient le rouge des foyers. Ils s'apprêtaient à dormir sous les étoiles, comme leurs chevaux, protégés par quelques sentinelles qui scrutaient la plaine sans rien y voir, souvent un peu ivres. Certains avaient découvert de la farine, une bouteille, un canard, bien peu de chose puisque les villageois avaient presque tout emporté, leur basse-cour, leurs tonneaux, leur grain. Les cuirassiers occupaient seuls le village. Masséna avait regagné Aspern avant la tombée du jour, près du petit pont cassé par les flots et que les sapeurs réparaient au flambeau, dans l'eau glacée et remuante qui les éclaboussait et leur gelait les doigts.

Autour du général Espagne, les officiers s'étaient réfugiés pour la nuit dans l'église d'Essling ; la balustrade de bois peint qui partageait la nef servait à nourrir des braseros qui enfumaient et traçaient sur les murs des silhouettes infernales. Dans son manteau, debout, Espagne demeurait en retrait, accoudé à l'autel, et les formes qui tremblaient sur la pierre au gré des flammes ne le rassuraient pas. Il avait des pressentiments depuis plusieurs semaines. Il n'aimait pas cette campagne. Sans crainte mais comme en sursis, il se taisait en songeant à la mort. Ses cuirassiers connaissaient les superstitions qui affolaient leur général, même s'il n'en laissait jamais rien paraître sur sa mine grave. Chacun respectait son silence. Chacun se répétait son histoire étrange...

Les soldats Fayolle et Pacotte avaient mangé dans la même gamelle une soupe épaisse et mal définie, mais qui tenait au ventre. Ils causaient justement de leur général. Pacotte ne savait rien, trop récent dans le régiment ; Fayolle, lui, était au courant :

— C'était au château de Bayreuth. On arrive tard, il est fatigué, il se couche. J'étais pas loin, dans le grand escalier, avec les autres, et voilà qu'au milieu de la nuit on entend crier.

— On a essayé de tuer le général ?

— Attends ! Ça venait de sa chambre, en effet, et les officiers d'ordonnance accourent, moi je les suis avec les factionnaires. La porte est fermée de l'intérieur. On la casse en se servant d'un canapé comme bélier, on entre...

— Et alors ?

— Attends ! Qu'est-ce qu'on voit ?

— Qu'est-ce que tu vois ?

— Le lit était au milieu de la pièce, renversé, avec le général en dessous.

— Et il crie.

— Non, il est évanoui. Vite, notre médecin lui fait une saignée, on l'observe, il ouvre les yeux, terrifié, puis il nous regarde, il est pâle, on doit lui donner une poudre calmante. Alors il a dit, tiens-toi bien, Pacotte, il a dit : « J'ai vu un spectre qui voulait m'égorger ! »

— Oh ?

— Ris pas, imbécile. C'est en luttant contre ce spectre que le lit s'est renversé.

— T'y crois ?

— On lui demande de décrire son fantôme, ce qu'il fait avec précision, et tu sais ce que c'était, hein ? Non tu sais pas. Je vais te l'dire, moi. C'était la Dame blanche des Habsbourg !

— Qui c'est ?

— Elle apparaît dans les palais viennois quand un prince de la maison d'Autriche doit mourir. Elle était déjà venue trois ans plus tôt, à Bayreuth. Le prince Louis de Prusse s'est battu avec elle comme notre général.

— Et il en est mort ?

— Ouais môssieur ! Près de Saalfeld, la gorge percée par un hussard. Le général, il était blême, il a dit tout bas : « Son apparition annonce ma mort prochaine », et il est allé dormir ailleurs.

— T'y crois, à ces sornettes ?

— On verra demain.

— Donc, toi, Fayolle, t'y crois !

— Ça va ! J'te dis d'attendre pour être sûrs.

— Et si le général est tué ?

— Et nous, alors ?

— Nous, ça s'rait de la malchance...

La mésaventure laissait le soldat Pacotte très sceptique. Dans son bourg de Ménilmontant, on

ne croyait pas trop à ce style de fadaises.
Apprenti menuisier quand on l'avait recruté, il
avait l'habitude des choses concrètes, tourner un
pied de table, clouer des planches et gaspiller sa
paie dans les guinguettes. Il tapa dans le dos de
Fayolle que cette histoire impressionnait :

— Faut s'changer les idées, mon vieux. Si on
allait saluer notre Autrichienne ? Elle nous
attend. Ligotée comme elle est, j'la vois pas chan-
gée en fantôme !

— Tu t'souviens de l'endroit ?

— On va trouver. Le village, il a qu'une rue.

Ils décrochèrent la lanterne d'une charrette et
s'en allèrent dans Essling, où les maisons se ressemblaient toutes. Ils se trompèrent deux fois.
« Quelle peste ! grognait Fayolle. On r'trouvera
jamais ! » Plus loin, Pacotte reconnut à la lanterne le corps de leur assaillant que personne
n'avait enterré. Ils se regardèrent avec un sourire
et poussèrent la porte. Pacotte manqua une
marche et la bougie de leur lanterne s'éteignit.

— Gros malin, va ! dit Fayolle, et il s'enroula
une main dans sa cape pour ôter le verre brûlant,
tandis que Pacotte battait son briquet. Enfin à
l'étage, ils marchèrent jusqu'à la pièce du fond où
la fille n'avait pas bougé.

— Comment on dit *bonjour ma belle* en allemand ? demanda Pacotte.

— J'en sais rien, dit Fayolle.

— Elle dort drôlement bien...

Ils posèrent la lanterne sur un tabouret à trois
pieds, et Fayolle, avec son sabre, trancha les
liens. Le cuirassier Pacotte, en enlevant le bâillon, empocha les bretelles de velours qui l'atta-
chaient dans le cou, puis il se pencha et il
embrassa leur prisonnière à pleine bouche. Il
sauta en arrière :

— Peste!

— Tu sais pas la réveiller? demanda Fayolle, rigolard.

— Elle est morte!

Pacotte cracha par terre avant de s'essuyer la bouche avec sa manche.

— Pourtant elle a même pas les pieds froids, not'poupée, continuait Fayolle en tâtant la fille.

— Touche pas, ça porte malheur!

— Tu crois pas à mes fantômes, mais là, tu claques des dents? Pousse-toi, mauviette.

— J'reste pas là.

— Eh ben va-t'en! Laisse-moi la lanterne.

— J'reste pas là, Fayolle, ça se fait pas, tout ça...

— Tu parles d'un guerrier! se moqua Fayolle en dégrafant sa ceinture.

Pacotte dégringola l'escalier dans le noir. Dehors, il s'adossa au mur de la maison. Il respira plusieurs fois à fond. Il se sentait mal. Ses jambes picotaient. Il n'osait imaginer son complice qui besognait cette pauvre paysanne, morte étouffée par le bâillon que lui, Pacotte, avait dû nouer trop serré. Il avait l'air fanfaron, mais il n'avait jamais eu envie de tuer. A la bataille, bon, pas moyen de s'en sortir autrement, mais là?

De longues minutes passèrent.

Là-bas, près de l'église, des soldats chantaient.

Fayolle sortit à son tour. Ils n'échangèrent pas un mot à propos de l'Autrichienne mais Pacotte demanda :

— Passe-moi la lumière, j'vais vomir.

— T'as pas besoin d'y voir, moi si.

— Voir quoi?

— Mes nouvelles grolles.

Il désigna le corps étendu dans la courette :

— C'est l'moment de soulager ce bonhomme de ses brodequins. J'en ai plus besoin que lui, non ?

Fayolle s'accroupit et posa la lanterne au sol. Il défit ses éperons pour les essayer sur les souliers du cadavre et pesta : impossible de les ajuster ! Il se releva déçu et appela :

— Pacotte !

Sa lanterne à bout de bras il s'éloigna dans la rue en ronchonnant :

— Tu peux pas m'répondre, mon cochon ?

Il distingua une forme, près d'un arbre, et marcha dans cette direction :

— Y t'faut un arbre pour débagouler tes tripes ?

Il foulait l'herbe et les orties du bas-côté à longues enjambées, quand il buta sur un obstacle, un tronc cassé, sans doute. Il cogna dedans. Ce n'était pas du bois. C'était mou comme un corps. Il se baissa pour éclairer un uniforme. Comme le soldat avait le visage contre terre, il le retourna : barbouillé de vomissure et de sang, son ami Pacotte avait un couteau planté dans la gorge.

— Alerte !

A quelques pas, dans l'ombre, des Autrichiens de la Landwehr, cette milice du peuple, en veste gris souris, le chapeau noir orné d'une branche de feuillage, se courbaient pour disparaître dans les blés.

Masséna avait fait allumer des brasiers et fixer des lampes aux poteaux de soutènement. Il avait confié son habit brodé d'or et son bicorne à son ordonnance, et il se multipliait pour hâter la consolidation du petit pont. Les bottes dans la vase de la rive, il attrapa au col un pontonnier à moitié noyé par un tourbillon du fleuve. Masséna avait l'énergie des brutes. Il escaladait les poutrelles, portait des planches, entraînait par l'exemple en menant le travail de dix hommes. Il n'avait jamais été malade. Si, une fois, en Italie : il avait réussi à trafiquer des licences d'importation qui lui avaient rapporté trois millions de francs. Averti, l'Empereur l'avait prié d'en verser un tiers au Trésor ; le maréchal avait pleuré après ses économies, sa famille lui coûtait cher, il se disait pauvre, endetté. Cela finit par exaspérer l'Empereur qui confisqua la totalité de cette fortune placée dans une banque de Livourne. Alors Masséna tomba malade.

Dans l'action, le maréchal oubliait ses brigandages, son avarice et l'or des Génois qu'il supposait dormir dans un coffre de Vienne ; il s'en soucierait plus tard. Il souleva sans montrer d'effort une énorme poutre pour que les sapeurs puissent la fixer avec leurs filins contre l'un des batelets, lesté de boulets, qui dansait dans les vagues fortes. Quelques planches se détachèrent du tablier inachevé pour filer dans le courant. Masséna hurlait comme un diable. En face, sur l'île, d'autres pontonniers tentaient la jonction ; les deux équipes devaient se retrouver vers le milieu de ce bras furieux du Danube. Ils y parvenaient presque, se lançaient maintenant des câbles auxquels ils avaient attaché des pierres, ceux d'en face les prenaient au vol pour les tendre comme une ébauche de parapet. En dessous, les flots montaient et roulaient toujours, et ils avançaient ainsi à la rencontre les uns des autres, poutre après poutre, planche après planche, ils tiraient, ils nouaient, ils clouaient à la lueur incertaine et rougeâtre des grands feux, trempés par les paquets d'eau qui heurtaient leur ouvrage, harassés, engourdis, encordés en chapelets humains.

Masséna les encourageait et les insultait à la manière d'un dompteur, magnifique avec sa cravate entortillée jusque sous le menton, les manches de sa chemise en soie troussées aux coudes. A l'extrême bord du tablier reconstruit, il levait un écheveau de chaînes dans sa main droite, qu'il lança à un sergent accroché sur un ponton : « Autour de ce tronc ! » Le sergent avait les doigts glacés et n'arrivait pas à entourer le poteau désigné, son embarcation tanguait, il recevait des vagues froides en pleine figure, risquait de perdre l'équilibre. Masséna descendit vers lui par un cordage, poussa l'incapable, fixa les chaînes. Un coup de vent rabattait la fumée, les hommes toussaient, le travail continua à l'aveuglette. « A droite ! Plus à droite ! » criait Masséna comme si, de son œil unique, il voyait mieux dans la nuit que des pontonniers habitués à l'exercice. De l'autre côté, sur la Lobau, le reste de l'armée attendait de passer, sac au dos, fusil au pied. Ceux des premiers rangs apercevaient leur maréchal et, s'ils ne l'aimaient pas, cette nuit ils l'admiraient quand même ; d'autres priaient pour que cette saleté de pont ne tienne jamais, que le Danube l'éparpille et qu'ils rentrent chez eux.

Deux cents mètres plus loin, dans une clairière au centre de l'île, les officiers de l'état-major et leur personnel se détendaient sur le gazon. Dans des petites boîtes ouvragées, beaucoup d'entre eux portaient des bagues, des portraits miniatures, une mèche des cheveux de leur maîtresse, dont ils vantaient les mérites pour oublier le présent. Quelques-uns reprenaient en chœur des refrains nostalgiques :

Vous me quittez pour aller à la gloire
Mon tendre cœur suivra partout vos pas...

Lejeune se taisait, assis sous un orme. Tandis que son ordonnance, à quatre pattes, soufflait sur les braises d'un feu de branches, Vincent Paradis dépouillait deux lièvres qu'il avait assommés avec sa fronde. Inspiré par cette nuit champêtre, ce calme, cette verdure, Périgord achevait de disserter sur Jean-Jacques Rousseau :

— Dormir dans l'herbe et sous les étoiles, en été, soit, mais pas trop souvent. Il y a des fourmis. Et puis les oiseaux vous réveillent à l'aube de leur vacarme. On est mieux dans des draps, fenêtre bien close, en compagnie de préférence, je suis un peu frileux.

Puis il s'adressa à Paradis :

— Garde-moi les peaux, mon garçon. Ce sera excellentissime pour frotter mes bottes... Des lapins ! Chaque fois que je vois ces bestioles je repense à la chasse ratée de Grosbois ! Est-il sot, notre major général !

— Maladroit peut-être, corrigea Lejeune assez contrarié, mais pas sot. N'exagérez pas, Edmond. Et puis nous n'étions même pas à cette partie de chasse.

— De quoi parlez-vous ? demanda un colonel des hussards qui se délectait par avance du ragot.

— De cette journée où, pour flatter l'Empereur...

— Pour lui être agréable, rectifia Lejeune.

— C'est la même chose, Louis-François !

— Non.

— Le maréchal, pour flatter Sa Majesté... répéta le hussard qui encourageait le médisant Périgord.

— Le maréchal Berthier, reprit celui-ci, avait

offert à l'Empereur une chasse aux lapins sur ses terres de Grosbois. Or, s'il y avait du gibier, il n'y avait pas un lapin. Que fait le maréchal ? Il en commande mille. Le jour venu, on lâche les lapins, mais au lieu de filer pour échapper aux fusils, ces bêtes courent vers les invités, leur font la fête, se glissent entre les bottes, pas sauvages pour un sou, et manquent même faire trébucher Sa Majesté. Le maréchal avait oublié de préciser qu'il voulait des garennes, on lui avait livré des lapins de choux : en voyant tout ce monde, ils avaient cru qu'on leur apportait à manger !

Périgord en pleurait de rire, et le hussard aussi. Lejeune s'était levé avant la fin de cette histoire qu'il avait trop souvent entendue et qui ne l'amusait plus. Aux yeux de tous, Berthier passait pour un crétin et cela l'affectait ; il lui devait son grade et son rôle. Jeune sergent d'infanterie en Hollande, puis officier du génie grâce à ses talents, Berthier l'avait remarqué et emmené avec lui comme aide de camp. Sa première mission, Lejeune s'en souvenait, avait été de convoyer des sacs d'or à des curés du Valais qui devaient aider à traîner l'artillerie au-delà des Alpes... Ensuite, Lejeune avait partout suivi le maréchal ; il connaissait sa valeur et son passé, ses combats aux côtés des insurgés d'Amérique, à New York, à Yorktown, sa rencontre à Potsdam avec Frédéric II, son attachement dès la guerre d'Italie au jeune général Bonaparte dont il devinait le destin, puis à ce Napoléon auquel il servait tour à tour d'homme de confiance, de confident, de nourrice et de souffre-douleur. Depuis des semaines, Davout et Masséna faisaient courir des bruits injustes contre lui. Au début de cette campagne d'Autriche, c'est vrai, Berthier menait seul les opérations en se fiant aux dépêches que lui envoyait l'Empereur de Paris, mais souvent ces directives arrivaient tard, et sur le terrain la situation évoluait vite, d'où quelques manœuvres dangereuses qui avaient failli conduire les armées au désastre. L'Empereur laissait accuser Berthier, et l'autre ne cherchait jamais à se justifier, comme ce jour, à Rueil, où l'Empereur tirant au hasard dans un vol de perdreaux ne réussit qu'à éborgner Masséna. Il se tourna vers le fidèle Berthier :

— Vous venez de blesser Masséna !

— Pas du tout, Sire, c'est vous.

— Moi ? Tout le monde vous a vu tirer de travers !

— Mais, Sire...

— Ne niez pas !

L'Empereur avait toujours raison, surtout lorsqu'il mentait ; il n'était pas question de répliquer. La haine de Masséna pour Berthier, toutefois, était plus ancienne. Elle datait de l'époque où celui-là dirigeait l'armée de Rome, pillant à son seul profit le Quirinal, le Vatican, les couvents, les palais. Sans solde, l'armée se mutina contre le profiteur. Rationnés en pain noir, maltraités, les Romains du Trastevere s'étaient insurgés en profitant du désordre. Devant le Panthéon d'Agrippa, les officiers rebelles offrirent alors le commandement à Berthier, qui dut l'accepter pour apaiser les esprits et demander au Directoire le rappel de Masséna. Celui-ci, qui avait dû s'enfuir pour échapper à la colère de sa propre armée, ne pardonna jamais.

Lejeune haussa les épaules. Ces rivalités lui semblaient misérables. Comme il aurait aimé rester à Vienne, ôter son uniforme voyant, partir avec son carnet et son crayon pour baguenauder dans les collines, emmener Anna, voyager avec

elle, vivre avec elle, la contempler sans fin. Honnête avec lui-même, le colonel Lejeune savait
pourtant que d'un mal était sorti un bien, que
sans cette guerre il n'aurait jamais rencontré la
jeune fille. Une grande clameur le tira de ses
rêveries. Sur le grand pont flottant, derrière
l'écuyer Caulaincourt qui maintenait son cheval
par la bride, l'Empereur arrivait sur l'île Lobau
acclamé par les troupes.

Au deuxième étage d'une maison peinte en
rose, à Vienne, Henri Beyle admirait à la chandelle les portraits d'Anna Krauss que son ami
Lejeune avait esquissés. La jeune fille avait posé
avec complaisance et sans pudeur. Henri admirait la ressemblance. Il fixait des yeux ces croquis
jusqu'à leur donner volume, chair, vie et mouvement. Voici Anna en tunique qui remontait l'une
de ses mèches noires ; Anna pensive, de profil,
qui guettait on ne savait quoi par la fenêtre ;
Anna endormie dans ses coussins ; Anna debout
et nue comme une divinité modelée par Phidias,
à la fois irréelle par ses perfections et provocante
par son allure, abandonnée, farouche ; là encore
dans une autre pose, de dos ; et là, repliée au bord
d'un sofa, le menton contre ses genoux, avec un
regard franc planté sur l'artiste qui la dessine.
Henri était ébloui et gêné, comme s'il avait surpris la Viennoise dans son bain, mais il n'arrivait
pas à se détacher de ces croquis. S'il en volait un ?
Louis-François s'en apercevrait-il ? Il y en avait
tellement. Allait-il en faire des tableaux ? Puis
Henri remua des pensées affreuses qu'il rejetait
de toute sa raison (mais lui restait-il assez de raison ?), bref, il souhaitait confusément, sans le
formuler, que Louis-François meure à la bataille,
pour consoler Anna Krauss et le remplacer

auprès d'elle, car le modèle, c'était clair, ne pouvait qu'aimer le peintre.

La fenêtre était entrebâillée, la nuit paisible. Henri entendit les notes d'un piano, déliées, nobles, et il alla se pencher pour identifier d'où venait la musique.

— Vous aimez cette musique, Monsieur?

Henri se retourna, comme pris en défaut. Un jeune homme inconnu était entré dans sa chambre. A la chandelle, Henri le voyait mal. Il lui demanda :

— Comment êtes-vous entré?

— Votre porte était ouverte et j'ai remarqué votre lumière.

Henri s'approcha et observa l'intrus. Il avait presque un visage de fille et des yeux clairs. Il parlait français avec un accent plus rude qu'à Vienne.

— Qui êtes-vous?

— Un locataire, moi aussi, mais sous les combles.

— Vous êtes de passage?

— Je passe.

— D'où venez-vous?

— D'Erfurt. Je travaille dans une maison de commerce.

— Ah bien, dit Henri, vous êtes allemand. Je m'occupe des fournitures de l'armée.

— Je n'ai rien à vendre, dit le jeune homme. Je ne suis pas à Vienne pour travailler.

— Sans doute êtes-vous un ami de la famille Krauss?

— Si vous voulez.

En posant des questions, Henri avait retourné les dessins de Lejeune pour les cacher, mais le jeune Allemand n'y avait pas jeté un coup d'œil; il regardait Henri fixement :

— Je m'appelle Friedrich Staps. Mon père est pasteur luthérien. Je suis venu à Vienne pour rencontrer votre Empereur. Ça sera possible ?

— S'il retourne à Schönbrunn, demandez une audience. Que lui voulez-vous ?

— Le rencontrer.

— Vous l'admirez donc ?

— Pas comme vous l'entendez.

La conversation prenait une tournure déplaisante ; Henri voulut y mettre un terme :

— Eh bien, Monsieur Staps, nous nous verrons demain. Comme je suis malade, je ne quitte guère cette maison.

— L'homme qui joue du piano, en face, il est malade lui aussi.

— Vous le connaissez ?

— C'est Monsieur Haydn.

— Haydn ! dit Henri en repartant vers la fenêtre pour mieux entendre jouer l'illustre musicien.

— Il s'est alité quand il a vu des uniformes français dans les rues de sa ville, continua Friedrich Staps. Il ne se lève plus que pour interpréter l'hymne autrichien qu'il a composé.

Sur ces mots, le jeune homme moucha la chandelle entre deux doigts. Henri resta dans l'obscurité. Il entendit refermer sa porte et jura :

— *My god !* Il est fou, cet Allemand ! Où ai-je fourré le briquet ?

A trois heures du matin, les troupes franchirent enfin le petit pont réparé et s'établirent sur la rive gauche du Danube dans les villages d'Aspern et d'Essling. On veillait. On dormait peu ou mal. Le maréchal Lannes ne quittait pas des yeux son uniforme d'apparat, posé sur la chaise, dont la bougie permettait aux ors de scintiller. Il

l'enfilerait à l'aube pour mener ses cavaliers à
une probable boucherie, mais au moins cela
aurait de la gueule. A la tête des troupes il porte-
rait toutes ses décorations, même le grand cordon de Saint-André que lui avait donné le tsar.
Son costume le désignerait à l'ennemi, il le savait,
il le voulait, autant se faire sabrer avec élégance,
c'était là sa fonction. Oh oui, il en avait assez. Ce
qu'il avait vécu en Espagne le dégoûtait encore ; il
n'avait jamais retrouvé un sommeil calme. Là-
bas, pas de batailles régulières, de troupes bien
rangées, mais une guerre anonyme qui avait
éclaté le même jour à Oviedo et à Valence, sans
mot d'ordre, et on voyait surgir devant soi des
armées de vingt laboureurs menés par leur
alcade. Ils avaient bientôt été plusieurs millions.
Les bouviers andalous, avec leurs lances à marquer les taureaux, l'avaient emporté à Baylen,
puis des guérillas éclatèrent dans toutes les mon-
tagnes ; avec haine. A Saragosse, des gamins se
glissaient sous les chevaux des lanciers polonais
pour les éventrer, les moines fabriquaient des
cartouches dans leurs couvents, ils grattaient la
terre des rues pour en tirer le salpêtre. Les soldats de Lannes recevaient des tessons de bouteilles, des pavés, et si par malheur ils étaient
capturés on leur coupait le nez, on les enterrait
jusqu'au cou pour jouer aux quilles. Sur les pontons de Cadix, combien étaient mangés par la
vermine ? Combien avaient été égorgés ou sciés
entre deux planches ? Combien jetés au feu, mutilés, la langue arrachée, les yeux crevés, sans nez,
sans oreilles ?

— A quoi tu penses, Monsieur le duc ?

Lannes, duc de Montebello, refusait de se
confier à Rosalie, cette aventurière comme tant
d'autres qui marchait à l'arrière-garde des

armées pour y trouver son bonheur, quelques
sous, des colifichets, des histoires à raconter.
Lannes n'était pas infidèle, il adorait sa femme,
mais elle était si loin et il se sentait trop seul. Il
avait cédé à la grande fille blonde aux cheveux
défaits qui avait lancé tout à l'heure ses vêtements dans la paille. Il ne répondit rien. Il avait
d'autres hantises. Il revoyait les enfants cloués à
la baïonnette dans leurs berceaux, et ce grenadier
qui lui avait confié : « Au début c'est pas facile,
Monsieur le Maréchal, mais on s'y habitue. »
Lannes ne s'y habituait plus.

— C'est pas moi ta maîtresse, hein ? C'est lui,
là-haut...

Rosalie n'avait pas tort. L'Empereur marchait
à l'étage au-dessus, et le bruit de ses pas portait
sur les nerfs du maréchal. Si demain, songeait-il,
un boulet me coupait en deux, au moins je pourrais dormir sans rêves !

— Viens, il s'en va, disait Rosalie.

L'Empereur descendait en effet l'escalier avec
les mameluks qui l'entouraient partout comme
des dogues. Lannes entendit les sentinelles qui
présentaient les armes. Il se leva pour consulter
sa montre en or gravé. Il était trois heures et
demie. A quelle heure le soleil allait-il se lever et
sur quelle comédie ?

Rosalie insistait :

— Viens !

Cette fois il lui obéit.

Napoléon était allé retrouver Masséna en vigie
dans le clocher d'Aspern.

— Ils s'apprêtent, Sire, dit le maréchal.

L'Empereur ne répondit rien, il prit la lorgnette
des mains de Masséna et regarda, appuyé contre
l'épaule d'un dragon : des bivouacs coloraient

l'horizon de points rouges et vacillants. Il imaginait la bataille dans les moissons, il entendait le
canon, les cris, ce fracas qui terrifiait l'Europe.
« Une grande réputation, pensait-il, c'est un
grand bruit. Plus on en fait, plus loin il porte. Les
lois, les institutions, les monuments, les nations,
les hommes, tout disparaît, mais le bruit continue à résonner au long des siècles... » Dans cette
plaine de Marchfeld qu'il avait devant lui, Napoléon savait que Marc Aurèle avait écrasé les Mar-
comans du roi Vadomar comme il allait écraser
les Autrichiens de l'Archiduc. L'évocation lui plai-
sait. A l'époque du Romain il n'y avait pas de blés
mais des marais, des roseaux, des hérons, des
talus de bruyère. Les légions déboulaient des
forêts de Bohême où elles s'étaient taillé une voie
à la hache, en massacrant pour l'ordinaire des
ours et des bisons. Ce n'était déjà plus cette
fameuse armée des paysans du Latium, lourde,
ordonnée, mais des centuries hétéroclites qui
avançaient derrière les joueurs de cors aux torses
à demi vêtus de peaux de fauves, des cavaliers
marocains, des arbalétriers gaulois, des Bretons,
des Ibères prêts à choisir parmi leurs prisonniers
ceux qu'ils enverraient creuser leurs mines
d'argent des Asturies, des Grecs, des Arabes, des
Syriens mauvais comme des hyènes, des Gètes
aux tignasses couleur de paille et pleines de poux,
des Thraces en jupes de chanvre. Et Marc Aurèle
dans ce flot, sans armes, sans cuirasse, qu'on
reconnaissait de loin à son manteau pourpre...

CHAPITRE III

Première journée

A l'aurore, une brume de chaleur voilait la plaine. Aucun souffle d'air ne dérangeait les blés. Devant les villages où son armée se préparait, voûté sur son cheval clair, Napoléon considérait ce paysage trop calme entouré de ses maréchaux, de leurs officiers, des ordonnances, des écuyers. Ils formaient une bonne cible, les chefs regroupés, Berthier, Masséna, Lannes, Bessières arrivé de Vienne, et les généraux parés comme pour une revue, Espagne à la mâchoire crispée, Lasalle, moustache retroussée, qui mâchait sa pipe froide, Boudet, Claparède, Mouton, Saint-Hilaire enfoncé dans son col, Oudinot, mine butée, le poil ras mais d'épais sourcils, Molitor avec ses cheveux hirsutes même sur les joues et son nez mince comme une lame, l'imposant Marulaz au ventre boudiné dans une écharpe coquelicot. La forte tension interdisait les gestes et les mots. Immobiles sur leurs chevaux aux pattes droites et qui secouaient mollement leurs crinières, tout en plumes et en couleurs, festonnés, brodés, dorés jusqu'à leurs bottes qui brillaient de cire, ces héros composaient un tableau anachronique que Lejeune regrettait de ne pouvoir fixer, même au crayon, à la va-vite, tant l'excitait ce décalage qu'il ressentait si vif entre la nature et les soldats, la sérénité de l'une et l'impatience des autres. Il ne se passait rien. Lejeune méditait sur la puissance du décor, capable de modifier le sens et le jeu des personnages qu'on y jetait. Il revoyait l'une de ses amantes de fortune, une Allemande rose qui se baignait dans un torrent de Bavière : naturelle dans la nature elle n'était que jolie, mais à la nuit, quand elle avait de nouveau ôté sa jupe dans un salon chargé de tentures, de bibelots, de meubles sombres, aussi nue mais plus grave elle était devenue troublante ; son abandon, sa légèreté, ses frusques sur le tapis contrastaient avec le décor sévère. « C'est drôle, pensait Lejeune, je songe à l'amour en attendant la guerre... » Il sourit. La voix de l'Empereur le ramena à cette dernière réalité :

— Mais ils dorment ! Saletés d'Autrichiens ! *Mascalzoni!*

Personne ne commenta, personne n'approuva ; l'heure n'était plus à la servilité ; avant la fin du jour, c'était probable, quelques-uns de ces princes, barons, comtes et généraux seraient morts. La brume se dissipait, elle ne flottait plus qu'en bandeaux au-dessus des champs. Le bleu du ciel était plus franc, les blés plus verts. A l'horizon, sur les pentes de Gerasdorf, les Autrichiens avaient formé les faisceaux.

— Qu'est-ce qu'ils attendent ! criait l'Empereur.

— La soupe, dit Berthier, l'œil dans sa lunette d'approche.

Lannes bougonnait :

— Ce n'est qu'une arrière-garde, Sire, allons les culbuter !

— Mes cavaliers, continuait Bessières, n'ont rien rencontré sur des lieues.

— Non, répétait Masséna, l'armée autrichienne est là, tout près.

— Soixante mille hommes au moins, disait Berthier, si mes renseignements sont exacts.

— Tes renseignements ! Lannes grondait : Ils t'ont raconté des fadaises, les prisonniers ! Ils étaient sacrifiés sur cette fichue île, qu'est-ce qu'ils savent des intentions de l'archiduc Charles ?

— Des francs-tireurs ont égorgé cette nuit l'un de mes hommes, lâcha Espagne d'une voix atone.

— C'est ça, reprit Lannes, des francs-tireurs, des maraudeurs, et le gros des régiments reste au chaud en Bohême !

— Sans doute, ajouta Bessières, attendent-ils le renfort de leur armée d'Italie...

— *Basta !*

L'Empereur avait crié avec agacement. Il était fatigué de les entendre jacasser. Il n'avait aucun besoin de leurs avis. De la main, il fit un petit signe à Berthier puis s'éloigna en compagnie de son écuyer Caulaincourt, du jeune comte Anatole de Montesquiou, son ordonnance au visage mou, des inévitables mameluks ramenés d'Egypte qui jouaient les importants, avec des turbans à aigrettes, des pantalons turcs écarlates, leurs poignards de luxe passés à la ceinture. Berthier prit alors la parole d'une voix forte, sans même regarder les maréchaux :

— Sa Majesté a imaginé un dispositif que vous allez mettre en œuvre à l'instant. Il ne doit compter aucune faille. Nous nous trouvons le dos au fleuve, d'où arriveront des troupes fraîches, le ravitaillement, les munitions. Il s'agit d'opposer à l'ennemi une ligne continue d'un village à l'autre. Masséna tiendra Aspern, avec Molitor, Legrand et Carra-Saint-Cyr. Lannes occupera Essling avec les divisions Boudet et Saint-Hilaire. Entre les villages, il faut barrer le terrain dégarni : les cuirassiers d'Espagne et la cavalerie légère de Lasalle s'y déploieront sous le commandement de Bessières. Allez !

Il n'y avait pas à discuter. Le groupe se défit et chacun alla rejoindre le poste prévu. Songeur, Berthier prit le chemin de son campement. Lejeune et Périgord l'encadraient. Le major général demanda :

— Qu'en pensez-vous, Lejeune ?

— Rien, Monseigneur, rien.

— En vérité.

— Cet éclairage me donne envie de peindre.

— Et vous, Périgord ?

— Moi ? J'obéis.

— Nous en sommes tous réduits à obéir, mes enfants, soupira Berthier.

Ils traversèrent l'un derrière l'autre le petit pont qui dansait dans le courant. Sur l'île, Périgord mit son cheval à la hauteur de celui de Lejeune et souffla sur un ton de confidence :

— Il est bien sombre, notre major général.

— Ce doit être l'incertitude. L'Empereur semble choisir la défensive, on se retranche, on attend. Les Autrichiens vont-ils attaquer ? L'Empereur le croit. Il doit avoir ses raisons.

— Seigneur ! dit Périgord en levant les yeux au ciel, pourvu qu'il sache où il nous mène ! Tout de même, cher ami, nous serions mieux à Paris, ou à Vienne, et notre major général dans ses terres avec ses deux femmes ! Tenez : je suis certain qu'il pense à la Visconti...

Lejeune ne répondit pas. Tout le monde savait que Berthier menait un ménage à trois et qu'il en éprouvait des tourments. Depuis treize ans, il était amoureux fou d'une Milanaise aux yeux gris, hélas mariée au marquis Visconti, un brave diplomate âgé et très discret, peu ému par les incessantes infidélités de sa trop belle et trop chaude épouse. Quand Berthier s'était résolu à suivre Bonaparte en Egypte, en quittant sa maîtresse, ce fut dans les déchirements. Au milieu du désert, sous la tente, il avait dressé une sorte d'autel à sa Giuseppa, il lui écrivait sans cesse des lettres éperdues et salaces. Et cela dura. A la longue, Napoléon trouva cette interminable passion ridicule. Nommé prince de Neuchâtel, Berthier avait alors été contraint de choisir une vraie princesse pour fonder un semblant de dynastie. Docile, malheureux, entre deux larmes il se décida pour Elisabeth de Bavière qui avait le museau pointu et pas de menton : Giuseppa Visconti n'en serait pas jalouse. Et que se passa-t-il, deux semaines après cette cérémonie obligatoire ? Le marquis mourut dans son lit et Berthier ne pouvait plus épouser sa veuve. Il en avait été secoué de fièvres, au bord de la crise nerveuse, il avait fallu le consoler, le soutenir, le récompenser, même si ses deux femmes se supportaient, se fréquentaient et jouaient ensemble au whist. Ce dimanche 21 mai 1809, alors qu'on attendait le feu des canons autrichiens, voilà pourquoi Berthier soupirait.

Le maréchal Bessières soupirait pour des motifs semblables mais secrets. Froid, d'une politesse rare, peu loquace, sans émotions apparentes, insoupçonnable du moindre écart amoureux, il avait su se ménager une double vie à l'abri des potins. Aussi portait-il deux médaillons sous sa veste bleu et or. L'un évoquait sa femme Marie-Jeanne, pieuse, très douce et considérée à la cour ; l'autre figurait son amante, une danseuse de l'Opéra pour laquelle il dépensait des millions, Virginie Oreille, dite Letellier.

Sous ses allures d'Ancien Régime, avec ses cheveux longs et poudrés qu'il ramenait aux tempes
en ailes de corbeau, Bessières ne laissait jamais
rien paraître des pensées peu militaires qui
l'occupaient souvent. Quand il entra pour la première fois dans Essling à côté du général
Espagne, il leva d'abord les yeux sur le clocher.
Quelle Pentecôte! Ce n'était pas le Saint-Esprit
qui allait aujourd'hui leur tomber sur la tête,
mais d'autres langues de feu, les obus et les boulets de l'Archiduc. Sur la place, les chevaux déjà
sellés mangeaient de l'orge répandue en tas. Les
cavaliers s'aidaient mutuellement à fermer leurs
cuirasses, quelques-uns nettoyaient leurs armes
avec des rideaux arrachés aux fenêtres.

— Espagne, allez informer vos officiers des
vœux de Sa Majesté, dit Bessières en descendant
de cheval.

Puis il marcha pensif vers l'église où il entra.
Le chœur avait été transformé en camp et deux
prie-Dieu achevaient de se consumer devant
l'autel dépouillé de ses ornements. Bessières
resta debout devant le crucifix qu'on avait essayé
de desceller, il baissa la tête, fouilla dans sa veste
et regarda les médaillons qui représentaient ses
chéries, l'une dans chaque paume. Marie-Jeanne
devait être à la messe, dans la chapelle de leur
château de Grignon; Virginie, à cette heure, dormait dans le grand appartement qu'il lui avait
acheté près du Palais-Royal. Et lui, que faisait-il
donc dans cette église autrichienne à moitié cassée? Il était maréchal d'Empire, il avait quarante-
trois ans. Jusqu'à présent les circonstances
l'avaient servi. Tant de chemin couru en si peu de
temps! Très jeune, dans la garde de Louis XVI, il
avait tenté de protéger la famille royale pendant
l'émeute du 10 août. Il n'avait jamais approuvé la

vulgarité de la Révolution ni l'asservissement des prêtres. Un moment suspect, il avait dû se cacher à la campagne chez le duc de la Rochefoucauld avant de gagner l'armée des Pyrénées puis celle d'Italie, dans l'entourage de ce Bonaparte dont il aida le coup d'Etat, et pour lequel il inventa un corps de prétoriens qui allait devenir la Garde impériale... Dans une heure il serait à cheval. Les soldats l'aimaient. Les ennemis aussi, comme ces moines de Saragosse qu'il avait protégés de ses propres régiments. Était-il né pour commander? Bessières n'en savait plus rien.

Dehors, Espagne était déjà entré en action. Il distribuait ses ordres, activait les préparatifs, inspectait les chevaux et les armes. Il remarqua que des cuirassiers creusaient une tombe sous les ormes, au bout de la rue principale, et il envoya un capitaine pour expédier cet enterrement au plus tôt. Le capitaine Saint-Didier y alla à pied, sans véritable empressement.

Trois cuirassiers, avec des pelles volées dans une remise, achevaient leur trou. Dans l'herbe, le soldat Pacotte était blanc et raide.

— On se dépêche, les gars, dit le capitaine Saint-Didier.

— Faut c'qui faut, mon capitaine, dit seulement Fayolle en plantant sa pelle dans la terre qui montait autour de la fosse.

— Nous quittons ce maudit village!

— On enterre not'frère, mon capitaine, dit encore Fayolle, pour pas qu'les renards le grignotent.

— On a des principes, ajouta l'un des cuirassiers, un costaud de forgeron qui s'appelait Verzieux.

— Et le bonhomme que vous avez éventré hier soir dans la maison, vous ne l'enterrez pas?

— Oh lui! dit Fayolle, c'est un Autrichien.

— Si les renards le bouffent, c'est des renards à lui, dit le troisième soldat, un petit brun qui ricanait et que le capitaine sermonna :

— Assez, Brunel!

— Vous auriez d'la religion, mon capitaine? demanda un Fayolle narquois, qui caressait les bretelles noires qu'il avait trouvées dans la poche de Pacotte, et qu'il portait autour du cou comme une cravate, un souvenir ou un trophée.

— Dans un quart d'heure je veux vous voir tous les trois dans votre peloton! ordonna le capitaine Saint-Didier en tournant les talons, mécontent d'avoir à diriger des brutes.

Dès qu'il fut à cent pas, Brunel demanda aux deux autres :

— Saint-Didier, c'est un nom d'aristo, ça, ou j'me trompe?

— P'têt qui nous évitera le pire, dit Fayolle. J'l'ai vu à l'ouvrage devant Ratisbonne. Il connaît son métier.

— Ah ouais! reprit Verzieux en se mettant à creuser. Y en a marre de ces p'tits officiers péteux qu'on récolte à la sortie des collèges et qu'on nous forme en quinze jours parce qu'ils causent le latin!

Là-bas, près des berges du Danube, des mouettes grinçaient de rire. Fayolle, rejetant son manteau brun sur l'épaule, fit une grimace :

— Si même les oiseaux s'foutent de nous, ça commence mal...

Les régiments de cavalerie cantonnés à Vienne sortirent tous au début de la matinée, et le sol en tremblait. Friedrich Staps se rangea contre un mur pour laisser le passage à des dragons lancés au galop et qui l'auraient piétiné sans un regard, puis il s'enfonça dans les vieilles rues autour de la cathédrale Saint-Etienne. Il poussa la porte vitrée d'une quincaillerie qui venait d'ouvrir et recevait déjà un client, un monsieur corpulent vêtu de sombre, avec des cheveux gris, rares et longs qui rebiquaient sur son collet. Ce client parlait français et le marchand ouvrait des yeux ronds en essayant d'expliquer en viennois, cet allemand chanté, qu'il ne comprenait pas. Le Français sortit une craie de sa poche et dessina quelque chose sur le comptoir, sans doute mal car le commerçant restait perplexe. Staps s'approcha et proposa son aide :

— Je sais un peu votre langue, monsieur, et si je peux vous être utile...

— Ah ! jeune homme, vous me sauvez !

— Qu'avez-vous dessiné ?

— Une scie.

— Vous voulez acheter une scie ?

— Oui, assez longue et solide, pas trop souple, avec des dents fines.

Informé par Staps, le marchand fila dans ses cartons pour en tirer plusieurs modèles que le Français prit en main. Staps l'étudiait avec curiosité :

— Monsieur, je ne vous imagine pas du tout en charpentier ou en menuisier.

— Et vous auriez raison ! Excusez-moi, je suis assez pressé, ce matin, je ne me suis même pas présenté : Docteur Percy, chirurgien en chef de la Grande Armée.

— Vous avez besoin d'une scie pour soigner vos malades ?

— Soigner ! J'aimerais bien, mais dans les batailles on ne soigne pas, on répare, on traque la mort, on coupe des bras et des jambes avant que la gangrène s'y mette. Gangrène, vous connaissez ce mot ?

— Je ne vois pas, non.

— Avec cette chaleur, dit Percy en hochant sa grosse tête, les membres blessés pourrissent, jeune homme, et mieux vaut les trancher avant que le corps tout entier ne se défasse du dedans.

Le docteur Percy choisit une scie à sa convenance, que le commerçant enveloppa; il paya en tirant un billet d'une liasse de florins qu'il avait sortie de sa mallette, empocha sa monnaie, remercia, s'enfonça sur le crâne un tricorne noir à cocarde. Par la vitre de la boutique, Staps le regarda s'éloigner vers la rue de Carinthie où il grimpa dans une calèche.

— Et pour vous, monsieur? demanda le marchand.

Staps se retourna et dit :

— Il me faudrait un couteau large et pointu.

— Pour découper de la viande?

— Exactement, répondit-il avec un sourire à peine marqué.

En sortant de la quincaillerie, Friedrich Staps rangea son couteau de cuisine, emballé de papier gris, dans la poche intérieure de sa redingote fripée et partit d'un bon pas dans la ville en effervescence; des escadrons continuaient à confluer vers les portes de Vienne pour prendre la route d'Ebersdorf, du Danube et du grand pont flottant. Arrivant à la maison badigeonnée en rose de la Jordangasse, Staps rencontra des hommes torse nu, bonnet de police sur la tête, qui déchargeaient un fourgon bâché de l'intendance. Sans poser une question, il en suivit deux; ils suaient en portant une grosse panière vers les cuisines de l'étage, où il pénétra à leur suite. Des poulets, des flacons, des pains ronds, des légumes s'entassaient sur la longue table brune. Les sœurs Krauss et leur gouvernante plumaient, coupaient, épluchaient, lavaient, tandis qu'Henri Beyle, malgré sa mauvaise mine, revenait de la pompe avec deux seaux d'eau que Staps lui prit des mains :

— Reposez-vous, vous êtes malade.

— Bien aimable, Monsieur Staps.

Puis, montrant les victuailles d'un geste du bras, Henri expliqua :

— Mes collègues de l'intendance, vous voyez, s'occupent aussi de ma santé.

— Et de celles de ces demoiselles.

Henri regarda Staps, son air angélique, son sourire ambigu ; ce garçon trop poli le gênait. On pouvait donner un double sens à chacune de ses paroles. Fallait-il s'en méfier ? Pourquoi ? Henri oublia ses soupçons en entendant Anna Krauss qui plaisantait avec ses jeunes sœurs, sans qu'il comprît à propos de quoi ou de qui. Bientôt Staps se mêla à la conversation, en allemand, ce qui acheva de le rendre odieux à Henri, en bout de table, qui assistait à leurs rires sans pouvoir y prendre sa part. Il pâlit et serra les dents, essaya de se lever, eut un malaise, un frisson. Soudain inquiète, Anna se dépêcha de le soutenir. Comme elle lui donnait le bras, et qu'il sentait sa chaleur contre lui, Henri se mit à rougir comme une tomate.

— Il reprend des couleurs ! s'écria Friedrich Staps en français.

Henri aurait voulu le mordre, ce petit imbécile.

La veste ouverte et le bas du pantalon retroussé sur des galoches boueuses, Vincent Paradis ne ressemblait plus à un voltigeur et pas encore à un éclaireur ; on aurait dit un civil déguisé. L'ordonnance du colonel Lejeune avait dû le secouer pour qu'il se réveille. Il bâillait, il s'étirait devant le Danube jaune, un fleuve comme il n'en avait jamais vu, large comme un bras de mer et ins-table comme un torrent, avec des caprices, des violences subites. Le soleil commençait à frapper et Paradis ramassa son shako, le mit, ajusta la jugulaire de cuir doré sous son menton. Qui donc avait inventé des chapeaux aussi hauts ? Protégé par un officier de l'état-major général, il se croyait à l'abri sur l'île Lobau, et il s'amusait du remue-ménage qu'il distinguait au loin sur l'autre rive, vers les maisons tassées et les fermes d'Ebersdorf. Puis il entendit une musique. Précé-dant les troupes qui s'engageaient maintenant sur le grand pont cahoteux, les clarinettes de la Garde impériale jouaient une marche de Cheru-bini composée pour elles. Derrière venaient les drapeaux à losanges tricolores montés d'une aigle aux ailes déployées, ensuite les grenadiers impeccables. Personne ne les supportait dans l'armée, ceux-là. Ils avaient tous les droits et le montraient. L'Empereur les choyait, ils en étaient arrogants. Ils ne montaient en première ligne qu'à la fin des batailles pour parader entre les cadavres d'hommes et de chevaux, ils mangeaient dans des gamelles personnelles, voyageaient le plus souvent dans des voitures garnies de paille, ou en fiacre, pour ne pas s'abîmer. A Schön-brunn, où ils avaient campé, l'intendance leur avait offert des chaudières de vin sucré. Ils por-taient comme l'Empereur des culottes de casimir sous leurs guêtres de toile blanche. Dorsenne, leur chef, élégant à l'excès, cheveux noirs frisés au fer et visage hautain d'un habitué des salons, vérifiait les boutons des uniformes, les faux plis, la propreté des baïonnettes sur lesquelles il pas-sait un doigt ganté.

Les grenadiers de la Garde approchaient sur trois rangs, en traversant cet interminable pont de planches qui reposait sur des bateaux de tailles et de formes inégales que le courant balançait. Au fur et à mesure de leur marche lente et scandée, ils jetaient leurs bicornes qu'emportaient les eaux, et chacun dénouait sur le sac de qui le précédait ce fameux bonnet en fourrure d'ours, enfermé dans un étui, avant de s'en coiffer.

— Quel spectacle ! dit l'ordonnance de Lejeune qui assistait à la scène derrière Paradis.

— Oui mon lieutenant.

— Ça réchauffe le cœur !

— Oui mon lieutenant, répétait le voltigeur Paradis pour ne pas contredire ses bienfaiteurs qui l'éloignaient du front, mais ce cérémonial affecté l'irritait.

On avait moins d'égard pour la piétaille, toujours dans la bouillasse, toujours courbée sous les armes, les jambes et le dos rompus, qui dormait par terre même sous la pluie, qui se chamaillait pour avoir une place chaude pas trop loin du feu des bivouacs.

Lejeune arriva, les mains dans le dos, l'air maussade. Cela ne présageait rien d'agréable. Il prit Paradis par l'épaule, avec trop d'affection, et le poussa à l'écart vers les berges. Soudain Lejeune sauta en arrière, il venait de marcher sur un serpent qui se faufilait entre les touffes d'herbe.

— Ayez pas d'crainte, dit Paradis en souriant, c'est une couleuvre à collier, ça mange que les grenouilles et les tritons.

— Tu en sais des choses.

— Vous aussi, mon colonel, mais c'est pas les mêmes.

— Tu m'as été utile.

— Je dis c'que j'sais, voilà tout.

— Ecoute...

— Vous avez l'air ennuyé.

— Je le suis.

— Oh allez, j'ai compris, va!

— Qu'est-ce que tu as compris?

— Vous n'avez plus besoin de moi.

— Si...

— Ben alors?

— Les Autrichiens vont attaquer, puisque l'Empereur le croit. Tu seras désormais plus utile dans ta division.

— C'est bien ce que j'avais compris, mon colonel.

— Ce n'est pas moi qui décide.

— Je sais. Personne décide.

— Prends tes affaires...

Le voltigeur retourna vers le campement des officiers, se harnacha, vérifia ses armes, ses cartouches et partit vers le petit pont qui reliait la rive gauche sans se retourner. Lejeune aurait voulu lui crier qu'il n'y était pour rien, mais ce n'était pas tout à fait vrai, alors il se tut, désolé, comme s'il avait trahi la confiance d'un brave garçon. Pourtant, ici comme dans les fourrés d'Aspern où Paradis allait regagner la division Molitor, ils risquaient tous leur peau.

— Ah! Ils bougent! Enfin! Qu'on en finisse!

A la fois inquiet et satisfait, avec cette excitation qui devance les combats avant que le sang coule, Berthier prêta sa lorgnette à Lejeune pour s'assurer qu'il n'avait pas la berlue. Ils étaient au sommet du clocher d'Essling d'où ils découvraient la plaine entière. Lejeune ne put que constater : l'armée autrichienne descendait la plaine au pas, sur une ligne en arc de cercle.

— Prévenez immédiatement Sa Majesté!

Lejeune dégringola l'escalier de bois qui tour-

naît en colimaçon, manqua s'assommer contre
une poutre et se prendre les pieds dans ses éperons, traversa l'église en courant, passa le portail
grand ouvert et trouva l'Empereur sur la place,
dans un fauteuil, les coudes sur une table où il
avait étalé une carte précise de la région qui en
indiquait le moindre relief, et presque les sentiers
que cachaient des blés trop hauts.

— Sire! cria Lejeune, les Autrichiens
avancent!

— Quelle heure?

— Midi.

— Où sont-ils?

— Sur les collines.

— Bravo! Ils ne seront pas là avant une heure.

L'Empereur se leva en se frottant les mains et,
de bonne humeur, réclama sa soupe aux macaronis qu'une cantine ambulante avait prévue. Des
marmitons activèrent le feu des braseros pour
réchauffer le bouillon, y jetèrent les pâtes déjà
cuites, asticotés par l'Empereur parce que ce
n'était pas prêt. Berthier vint à son tour confirmer la nouvelle.

— Tout est en place? demanda Napoléon.

— Oui, Sire.

Alors il avala sa soupe à la cuiller, jura parce
qu'elle était brûlante, s'en versa sur le menton,
réclama en hurlant le parmesan qu'on avait
oublié et ferma à demi les yeux pour mieux
savourer, non le plat mais ses pensées. Autour,
les officiers le regardaient manger, si tranquille
soudain, et le sang-froid de leur maître leur
redonnait confiance, même s'ils avaient la gorge
nouée avant d'entrer en scène. Ils avaient reçu
des ordres clairs, à eux de les exécuter à la lettre
puisque tout semblait prévu, même la victoire.
L'Empereur connaissait l'habileté stratégique de

l'archiduc Charles, ses talents d'organisateur, ses hésitations aussi dont il saurait profiter. Sur un geste, Berthier versa un verre de chambertin, lorsque Périgord déboucha sur la place, exténué, sauta de son cheval fumant et annonça :

— Sire, le grand pont vient de lâcher.

L'Empereur balaya sa soupe et son verre de la manche, il se leva en fureur :

— Qui m'a foutu des cornichons pareils ! Fusillés pour désertion devant l'ennemi, les pontonniers, voilà ce qu'ils méritent !

— Précisez, demanda Berthier à son aide de camp.

— Eh bien, dit Périgord en reprenant son souffle, il y a eu une crue subite, le fleuve a monté très vite...

— Ce n'était pas prévu ? rugissait l'Empereur.

— Si, Votre Majesté, mais ce qui n'était pas prévu c'est que les Autrichiens, postés loin en amont, à une boucle du fleuve, jetteraient contre notre pont des barques lourdes de pierres, elles ont fracassé les madriers, brisé les amarres...

— *Incapaci !* Incapables !

L'Empereur marchait de long en large et vociférait. Il attrapa Lejeune par son dolman de fourrure :

— Vous avez appartenu au génie, allez me rétablir ce pont !

Les officiers traduisaient la situation : plus de pont praticable, plus de contact avec la rive droite, le ravitaillement, les munitions, les troupes qui allaient arriver de Vienne et l'armée de Davout. Lejeune salua, enfourcha le premier cheval, celui de Périgord qui devant l'urgence n'osa protester, et disparut en forçant l'allure. En rage, l'Empereur jeta un regard circulaire et méchant sur l'assistance et dit d'une voix glacée :

— Pourquoi restez-vous plantés comme des pots à merde ? Ce contretemps ne change rien ! Rejoignez vos postes, *massa di cretini !* Bons à rien !

Puis à Berthier, en tête à tête, soudain radouci comme s'il avait feint la colère :

— Si l'Archiduc est averti de l'accident, et il doit l'être, il va vouloir en profiter. Il va précipiter le mouvement, et nous attaquer en force parce qu'il nous imagine bloqués sur la rive gauche.

— Nous le recevrons, Sire.

— Les idiots ! Le Danube est avec nous !

— Puisse-t-il vous entendre, Sire, marmonna le major général.

— Périgord ! appela l'Empereur. Prévenez Monsieur le duc de Rivoli que les Autrichiens peuvent surgir le long de cette boucle du Danube qui s'achève à Aspern...

Périgord emprunta lui aussi le premier cheval, par chance plus frais que le sien, et partit communiquer l'ordre au maréchal Masséna. L'Empereur le vit s'éloigner entre les taillis, sourit et murmura à Berthier :

— S'ils lancent des bateaux pour casser notre grand pont, Alexandre, c'est qu'ils sont déjà installés contre le Danube.

— Au moins une avant-garde...

— Non ! Venez.

Napoléon poussa son major général vers la table, retourna la carte et griffonna un plan au crayon sur son envers :

Berthier regardait et écoutait :

— Charles envoie des troupes descendre la plaine, c'est la flèche A...

— On ne voit qu'eux.

— Justement ! Pendant ce temps, depuis le

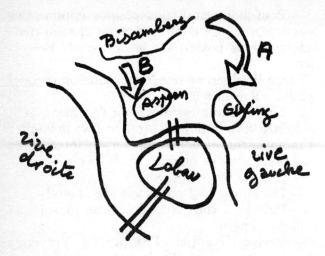

Bisamberg, là, en haut à gauche de mon plan, où nous savons que les Autrichiens campent depuis des jours, il envoie une autre armée, sans doute plus imposante, avec des canons, qui longe le Danube, c'est la flèche B. Ils espèrent déboucher à l'arrière d'Aspern, attaquer par surprise quand on les attend ailleurs, s'engouffrer derrière nos lignes, nous encercler...

L'Empereur continuait à crayonner et son plan devenait un illisible gribouillis, mais Berthier avait compris.

Galopant au détour d'un bosquet, Lejeune reconnut à leurs plumets des voltigeurs de Molitor; il ne voulait pas s'attarder, d'abord il n'avait guère de temps à gaspiller, ensuite il n'avait pas envie de tomber nez à nez, par un vilain hasard, avec le soldat Paradis qui avait tant espéré demeurer auprès de l'état-major et loin du feu. Comment lui expliquer que Berthier avait été très ferme : « Pas de favoritisme, Lejeune, et chacun à son poste. Renvoyez-moi dans son régiment votre chasseur de lapins. Pas de mauvais exemple ! » Lejeune n'avait pas su répondre. A ce stade des événements, à quoi diable pouvait servir un éclaireur ? On avait besoin d'artilleurs et de tireurs. Obéir n'ôtait cependant pas le remords, mais l'action allait tout balayer.

Le colonel franchit au pas le petit pont battu par les flots ; le Danube avait beaucoup grossi, les planches vacillaient, son cheval posait les sabots dans des flaques d'eau. Sur l'île il put reprendre sa course, pour découvrir la catastrophe de l'autre côté. Le grand pont flottant était ouvert en son milieu et les vagues fortes qui s'engouffraient dans cette brèche continuaient à arracher des poutres. Les amarres claquaient les unes après les autres, trop tendues, et une partie de l'ouvrage risquait de dériver, malgré les tentatives des pontonniers et des sapeurs requis ; avec des perches, des gaffes, des haches, des manches de pioches ils tentaient de repousser ces barques lestées de gravats que les Autrichiens lançaient dans le courant. L'une de ces embarcations avait été échouée sur la berge de l'île et Lejeune l'examina. C'était une petite barque triangulaire et profonde, qu'on avait remplie de grosses caillasses ; à cause de sa forme, elle naviguait en tournoyant et cognait à grande vitesse, de tous ses angles, les bateaux enchaînés qui tenaient le grand pont à la surface du Danube. Quelle folie ! pensait Lejeune, de jeter à la hâte un pont flottant sur un fleuve en crue. Voilà que l'ennemi en profitait, avec raison ; c'était facile. Il pestait contre l'ouvrage bâclé faute de temps, mais n'aurait jamais osé le dire à quiconque. Il aurait fallu attendre que le Danube s'apaise et retrouve son cours, deux semaines, un mois tout au plus, et planter un pont solide avec

des bois fichés dans les fonds. Ces spéculations
ne servaient à rien. Il devait conduire les travaux
de réparation, trouver le moyen d'éparpiller sur
les rives les barques, les troncs d'arbres
qu'envoyaient les Autrichiens pour détruire ce
pont fragile.

Avec une certaine lassitude, Lejeune se débar-
rassa des ornements de son uniforme qui risquaient de le gêner; il les laissa tomber dans
l'herbe, le sabre, le shako, la sabretache. Il avisa
un officier du génie qui s'évertuait à contrer l'une
de ces terribles barques triangulaires, avec dix
hommes qui tenaient un madrier épais pour la
tamponner, attendant le choc. La barque rapide
heurta cette espèce de bélier improvisé, les
hommes lâchèrent prise, quatre d'entre eux val-
sèrent dans les eaux en tumulte mais réussirent à
s'accrocher aux poteaux et aux pontons encore à
l'attache, en se cognant, en criant, en avalant les
flots boueux, mais le projectile dériva et versa
contre l'île.

— Capitaine !

L'officier du génie, trempé, moustache dégoulinante, prit la main que Lejeune lui tendait et se
hissa sur le pont. Il ne demanda rien et se mit aux
ordres de l'envoyé de l'état-major en pantalon
rouge. Cela le soulageait.

— Capitaine, combien de nos barques de soutènement ont-elles été emportées ?

— Une dizaine, mon colonel, et pas moyen
d'en dénicher d'autres.

— Je le sais. Fabriquons des radeaux.

— Ouh là ! ça va prendre des heures !

— Vous avez une autre solution ?

— Non.

— Rameutez vos hommes.

— Tous ?

— Tous. Ils vont couper ces arbres, les préparer, les rassembler, les clouer avec des planches, les encorder, comme il vous plaira, mais nous devons obtenir au plus vite des radeaux, autant que de barques coulées.

— D'accord.

— Regardez, les planches du tablier ne sont pas toutes allées se perdre, d'ici j'en vois qui ont été poussées sur l'île. Qu'on aille les chercher.

— Il n'y en a pas tant...

— C'est déjà ça! Rétablissons la liaison avec la rive droite à tout prix, et vite!

— Vite, vite, mon colonel...

— Capitaine, dit Lejeune en gardant son calme, les Autrichiens vont attaquer d'un moment à l'autre. J'espère que vers Ebersdorf, en face, ils le savent et ils agissent.

Les soldats de Molitor se serraient dans un long chemin creux qui reliait l'arrière d'Aspern à l'un des nombreux bras morts du Danube. Ils avaient chargé leurs fusils et attendaient un peu comme dans une tranchée, à l'abri de ce parapet naturel couronné de broussailles. Ils se croyaient en réserve puisque les Autrichiens marchaient dans la plaine, en face des villages, et qu'ils se heurteraient d'abord à la cavalerie ou aux canons de Masséna. Inquiets, mais certains de ne pas avoir à subir le premier choc, quelques-uns écoutaient pour se distraire les récits de l'adjudant Roussillon, qu'ils savaient pourtant par cœur; il s'était battu partout, et d'avoir survécu le comblait de fierté, alors, pour la énième fois il racontait ses blessures ou des horreurs à vous hérisser le poil, comment, par exemple, au Caire, un seul bourreau avait tranché la tête de deux mille rebelles turcs en cinq heures sans se fouler le poignet. Vincent Paradis s'était écarté de ce groupe. Il redoutait de vivre sa dernière journée, et pour ne penser à rien, sinon à l'immédiat, il taquinait avec un roseau une grosse tortue ; ramassée dans la vase, elle se débattait, retournée sur sa carapace.

— Elle arrivera jamais à s'rétablir, ta bestiole, commentait un autre voltigeur. Elle a les pattes trop petites, comme nous. Moi, si j'avais les pattes plus grandes, et qui flageolent pas, j'te jure que je décamperais et vite !

— Pour aller où, Rondelet ?

— M'terrer dans un trou, pardi, en attendant que ça passe. J'envie les taupes.

— Tais-toi...

Paradis tendait l'oreille.

— Tu entends, Rondelet ?

— J'entends les sornettes de l'adjudant mais j'écoute pas.

— Les oiseaux...

— Quoi, les oiseaux ?

— Ils se sont arrêtés de chanter.

Le voltigeur Rondelet s'en fichait. Il grignota un biscuit tellement sec qu'il manqua se casser les dents, et il chantonna la bouche pleine :

> *Vive, vive Napoléon*
> *Qui nous baille*
> *De la volaille*
> *Du pain et du vin à foison*
> *Vive, vive Napoléon...*

Paradis se haussa au bord du chemin creux qui dissimulait sa compagnie. Il vit un drapeau à fond jaune qui dépassait d'un coteau, puis des casques de fer noir, des éclats de lumière sur les lames pointues des baïonnettes, et bientôt une colonne d'uniformes blancs, puis une autre, une autre encore, sans tambours, sans bruit. Paradis se laissa redescendre sur le derrière au fond du chemin, et il parvint à articuler :

— Les v'là !

— Ça y est, les v'là d'nôt'côté, répéta le voltigeur Rondelet à son voisin, qui le répéta, et la nouvelle courut jusqu'à Aspern, chuchotée par les jeunes soldats.

Ils se rangeaient en une dizaine de lignes, prêts à grimper dans les prairies et les collines d'où venait le danger. Sans lever le ton, la voix ferme, les officiers commandèrent aux trois premières lignes de prendre leur position de tir pour barrer la route aux Autrichiens. Environ cinq cents voltigeurs escaladèrent en silence les parois de terre et de pierraille ; un genou dans l'herbe, derrière les buissons qui bordaient leur retranchement, ils épaulèrent en pointant leurs armes vers les collines. Dans leur dos, des camarades se préparaient à les remplacer dès qu'ils auraient tiré, pour leur laisser le temps de recharger et assurer la continuité du feu.

— Pas d'impatience ! ronchonnait l'adjudant Roussillon. Laissez-les approcher...

Les voltigeurs baissèrent leurs fusils.

— Quand ils auront atteint le petit arbre rabougri (vous le voyez ? A cent cinquante mètres...), alors on pourra y aller !

Plus loin sur leur droite, à mi-distance du village, on apercevait les shakos d'une autre compagnie après les murettes et sous la grange d'une grosse ferme en pierres maçonnées. Molitor avait disposé ses troupes en profitant de tous les accidents du terrain, même des levées de boue séchée que les paysans avaient installées pour se protéger des inondations. Paradis se sentit d'un coup très calme. Il s'absorbait dans l'observation de ces colonnes blanches, ordonnées, lentes, presque immatérielles, qui marchaient pourtant droit sur lui, puis qui s'évanouirent au détour d'un coteau, comme si elles s'y étaient englouties. Le sol tourmenté, près du Danube, gâchait les perspectives et ces bougres d'Autrichiens le savaient.

Il était treize heures, il faisait chaud, quand retentirent des coups de fusils isolés du côté de la ferme. Les soldats restaient crispés, leurs armes vers le sol, les yeux rivés sur un horizon mouvant et cette dernière colline d'où pouvaient surgir à chaque seconde les tirailleurs de l'Archiduc. Où restaient-ils, Bon Dieu ! Ils sortirent brusquement dans l'herbe haute, en lignes obliques et parfaitement ordonnées, avec leurs longues guêtres grises, leurs tenues propres et toutes semblables, pointant leurs baïonnettes d'un même mouvement comme pour une parade, et Paradis baissa les yeux sur ses pantalons déjà déchirés par les ronces ; Rondelet, lui, portait une veste civile sous son baudrier blanchi à la craie ; l'officier qui les conduisait n'avait plus de chapeau et ses joues étaient crayonnées par une barbe de deux jours. En face, les Autrichiens avançaient, et il en venait toujours ; combien pouvaient-ils être ?

— Y en a dix fois comme nous, marmonna Rondelet.

— T'exagères, lui répondait Paradis pour ne pas perdre courage.

Les ennemis allaient franchir la limite de l'arbre rabougri et chacun épaulait, le doigt fébrile sur la détente.

— Feu ! commanda l'officier qui avait dégainé son sabre, dont il tenait le fourreau vide dans la main gauche.

Paradis tira et il crut s'arracher l'épaule tant le

recul était violent. Il s'accroupit pour laisser ses compagnons de la deuxième ligne le remplacer. Il avait tiré devant lui, à hauteur de poitrine, au jugé, et ne savait pas s'il avait touché quoi que ce soit.

— Feu !

Il entendit la salve suivante, sans rien voir de plus, à l'abri du chemin creux où il rechargeait. Il prit une cartouche, la déchira avec ses dents, versa la poudre dans le canon chaud, bourra avec la baguette, glissa la balle ; l'opération prenait chaque fois trois minutes, et il vivait cela comme un répit. Au-dessus, on tiraillait toujours. Et les Autrichiens ? Paradis n'avait pas encore vu de blessés. Quand ce fut son tour de remonter, la fumée dissipée, les Autrichiens avaient de nouveau disparu de l'autre côté des collines.

Au lieu de s'effacer comme Vincent Paradis s'en persuadait, les Autrichiens se groupaient selon un plan étudié. Ce que le fantassin ignorait en tirant au hasard dans la campagne, le maréchal Masséna le découvrait. En haut du clocher d'Aspern, sa vue portait sur l'ensemble du champ de bataille. Il tournait en effleurant la cloche de bronze, passait d'une fenêtre à l'autre, ouvertures étroites mais hautes, terminées en ogives, et il devinait maintenant les mouvements des troupes adverses, trois énormes masses d'hommes disciplinés qui enveloppaient le village depuis les marécages de la boucle du Danube jusqu'au milieu de la plaine du Marchfeld, et peut-être même après Essling, à l'autre extrémité du front. Çà et là des régiments s'ouvraient pour que s'avancent des dizaines de canons attelés et de caissons avec leurs artilleurs assis dessus comme à cheval. Pâle, muet, Masséna frappait les murs de sa cravache attachée au poignet de la main

droite ; il se maudissait de ne pas avoir crénelé les
bâtiments, ni fait creuser de larges tranchées
pour retarder la progression inévitable des
armées de l'Archiduc. Il comprenait que celui-ci
voulait encercler les villages, détruire les ponts,
enfermer les trente mille soldats déjà passés sur
la rive gauche, les priver de renforts, les anéantir
avec des effectifs trois fois supérieurs. Il sentit
que la situation dépendait désormais de ses
propres décisions. Dans l'escalier du clocher,
suivi par son aide de camp Sainte-Croix, il criait :

— Ils vont nous assiéger et nous réduire en
miettes !

— Sans doute, disait Sainte-Croix.

— Sûrement ! Vous avez deux yeux, non ? Dans
ce cas, que feriez-vous ?

— Je protégerais les ponts en priorité, Monsieur le duc.

— Ça ne suffit pas ! Quoi encore ?

— Eh bien...

— En Bavière, vous avez vu des ours ?

— Des ours ? De loin.

— Un ours, quand il est blessé, il se lèche et il
s'endort ?

— Je l'ignore, Monsieur le duc.

— Il attaque ! On va faire pareil ! On va leur
trouer ces jolis bataillons bien habillés avec nos
gueux ! On va les surprendre ! On va les désorga-
niser ! On va les couper en morceaux, mon petit
Sainte-Croix !

Dans la sacristie, Masséna ramassa une
superbe étole brodée de fils d'or et se la jeta sur
l'épaule en disant :

— Ça vaut une fortune, ces choses-là, Sainte-
Croix, ça serait bête qu'on la piétine, cette
écharpe de curé ! Vous croyez aux églises, vous,
avec votre nom suspect ?

— Je crois en vous, Monsieur le duc.

— Bien répondu, dit Masséna en éclatant de rire.

Il allait prendre l'initiative de l'attaque et il en était radieux. Sous les ormes de la place, aux officiers réunis qui attendaient ses ordres, il dit :

— Nous avons deux kilomètres de front à tenir avant l'arrivée de nos armées de la rive droite. En face, ils sont trois fois plus que nous, avec au moins deux cents canons qu'ils sont en train de poster. A nous de lancer le premier assaut !

— Le grand pont n'est pas encore réparé...

— Justement ! Nous n'avons plus le temps.

Masséna sauta sur le cheval que l'un de ses écuyers lui présentait par la bride, il enfila ses gants blancs, donna un coup de cravache et rejoignit les artilleurs qu'il avait déployés sur le pourtour d'Aspern, masqués sous des arbres ou à des angles de bâtisses. Tout était prêt. Les servants restaient debout derrière une vingtaine de canons déjà chargés. Sur un geste de Masséna, ils allumèrent la mèche de leurs boutefeux. Bien en vue dans la plaine, les troupes du 6e corps d'armée autrichien que commandait le baron Hiller, habile mais âgé, se tenaient au repos, serrées, compactes.

— Pointez au ras des blés ! ordonna le maréchal.

Puis il s'empara du boutefeu d'un artilleur, et, sans descendre de cheval, l'œil féroce, livra ses instructions :

— Quand j'aurai allumé la charge du premier canon, attendez le temps d'une respiration et déchaînez le canon numéro quatre, puis le sept, le dix, le treize, et ensuite le deux, le cinq, le neuf, ainsi de suite. Je veux une ligne de feu ! Ces chiens sont à notre portée !

A ces mots, il baissa le boutefeu qu'il tenait,

alluma la charge qui déclencha le tir avec fracas, suivi par le quatrième et les autres à intervalles égaux, tandis qu'on rechargeait déjà et à la hâte dans un nuage de fumée.

Cette bataille n'avait pas encore de nom. Chacun l'imaginait, la craignait ou la méditait depuis une semaine, mais elle venait réellement de commencer.

A trois heures de l'après-midi, les habitants de Vienne entendirent résonner les canons. Les plus curieux se précipitèrent en masse vers tous les observatoires possibles pour assister au spectacle. Ils se perchaient sur les toits, sur les clochers, sur les anciens créneaux des remparts. Ils se disputaient les meilleures places comme au théâtre. En compagnie de son médecin allemand, Carino, qui lui avait cédé en l'autorisant à prendre l'air, et malgré une douleur lancinante, Henri Beyle s'était installé à la pointe d'un bastion d'où l'on apercevait les méandres du Danube et la grande plaine verte. Il y avait été entraîné par les sœurs Krauss, et, quelle chance, l'agaçant Monsieur Staps ne les avait pas suivis. Très loin dans le Marchfeld, les bataillons en marche ressemblaient à des miniatures inoffensives, et la fumée des canons à des boules de coton. Henri avait l'impression d'être dans une loge d'avant-scène et il en ressentait de l'embarras. Les flammes qui montaient maintenant des maisons bombardées d'Aspern ne le réjouissaient guère. Anna s'emmitouflait dans son grand châle d'Egypte comme s'il faisait froid, et elle tremblait légèrement, les lèvres pincées. Elle prévoyait certainement le pire pour Louis-François, dans cette mêlée lointaine, mais Henri, dépourvu de jalousie, n'admirait en elle que l'image de la douleur impuissante.

Un lunetier de la vieille ville louait des longues-vues pour un temps minuté, qu'il contrôlait sans cesse en consultant sa montre. Par le biais du docteur Carino, Henri en demanda une, mais le bonhomme avait été dévalisé et répondit que ce gros monsieur, là, à gauche, aurait bientôt achevé son temps de location, qui coûtait deux florins, une misère pour une représentation de qualité qu'on ne reverrait pas de sitôt. Lorsque Henri put enfin profiter de la lunette, il la dirigea vers Aspern où flambait une grange. Une colonne de fumée noire montait, la maison voisine s'embrasait, le toit allait s'effondrer mais sur qui ? Puis il se tourna vers le pont où s'affairaient des hommes-fourmis. Une rumeur circulait à laquelle Henri ne croyait pas : l'Empereur avait brisé le grand pont flottant pour empêcher une retraite et forcer ses soldats à la victoire. Anna tendit la main avec un sourire triste ; Henri lui donna sa longue-vue, où elle colla un œil, anxieuse, mais à cette distance, même avec cet instrument, on ne distinguait que des mouvements, rien de précis, surtout pas des visages ni même des silhouettes connues. Le loueur protestait. On n'avait pas le droit d'utiliser ses longues-vues à plusieurs, il réclamait deux florins supplémentaires. Quand le docteur Carino eut traduit ces récriminations à Henri, celui-ci approcha son visage près du marchand et beugla un « Non ! » qui le fit reculer. A ce moment, une voix féminine appela :

— Henri !

Il jura entre ses dents. C'était Valentina. Elle arrivait sur les remparts pour se montrer, avec la troupe qui s'apprêtait à exécuter le *Dom Juan* de Molière à la mode viennoise. Ils étaient tous très élégants, les filles en tuniques de percale, les gar-

çons en habits étriqués, culottes de panne ren-
trées dans des bottes à revers jaunes. Ils avaient
leurs lorgnettes de théâtre et commentaient cette
bataille à leur goût trop éloignée, dont ils profitaient mal. Ils parlaient du *Comte Waltron*, une
pièce à grosse machinerie, avec des foules de
figurants costumés, des charges de cavalerie qui
frôlaient les spectateurs.

— Dis à tes amis qu'ils peuvent se rapprocher
des boulets, dit Henri à Valentina.

— Toujours aussi aimable ! dit-elle vexée.

— En bas, ils verront de véritables morts, du
véritable sang, et qui sait, peut-être auront-ils la
veine de recevoir une poutre calcinée sur la tête.

— Tu n'es pas drôle, Henri !

— Je ne suis pas drôle, tu as raison, parce que
je n'ai aucune raison de l'être.

Il se retourna vers cette limite du bastion où
Anna s'inquiétait, mais elle était partie avec ses
sœurs, expliqua le docteur Carino : « Et vous
feriez bien de les imiter, mon pauvre ami. Si vous
voyiez votre mine... Vous avez une rude fièvre, je
vous conseille de regagner votre lit avec un bouillon. » Henri s'en alla donc sans dire au revoir à
Valentina dont les amis continuaient de pérorer
sur la qualité des incendies qui s'allumaient du
côté d'Aspern. Ils les trouvaient moins réalistes
que l'orage de *La Flûte enchantée*, qu'ils avaient
vue dans le grand théâtre en plein air du célèbre
Schikaneder.

La canonnade de Masséna avait ravagé les
rangs autrichiens, mais après un moment d'une
dangereuse pagaille et un bref repli, leur artillerie
était entrée en action. Une grange de bois s'était
embrasée, puis sous le feu permanent de deux
cents pièces, des toits s'étaient effondrés, des
incendies éclataient partout dans le village qu'on

n'avait ni le temps ni les moyens d'éteindre. Les premiers morts avaient brûlé comme des torches, ils s'étaient roulés dans le sable en vain. Les voltigeurs couvraient la gauche du village à distance, mais ils sentaient la chaleur du brasier ; ils recevaient des flammèches qu'ils écrasaient d'une claque sur leurs manches ; un vent léger rabattait vers eux une fumée noire, épaisse, qui irritait les gorges. Le soldat Rondelet cracha par terre et plaisanta sans conviction :

— Ça débute à peine et on est déjà cuits.

Paradis fit la grimace en tripotant l'acier de son fusil. Les hommes de la division Molitor n'avaient pas changé de position, et, après quelques échanges de tirs qui n'avaient égratigné personne, désœuvrés, ils avaient rompu les rangs. Leur capitaine avait rengainé son sabre mais sorti une paire de pistolets des basques de son habit. L'adjudant Roussillon, sans émotion, rameutait la compagnie :

— Les p'tits gars, on part balayer le terrain ! En éventail ! On passe à l'attaque.

— On attaque quoi ? osa demander Paradis.

— L'infanterie autrichienne se concentre sur Aspern, expliqua le capitaine. Il faut les prendre à revers.

Songeur, l'officier arma ses pistolets et s'avança à grandes enjambées dans l'herbe. Trois mille hommes se répandirent alors dans les champs et les vallons en remontant la berge du Danube, avec un semblant d'ordre, aux aguets, mais le crépitement de l'incendie si proche, le fracas des canons, le craquement des charpentes qui croulaient les empêchèrent d'entendre un escadron de hussards autrichiens en vestes vertes qui jaillissait au grand trot sur leur flanc. Les hussards s'élancèrent en criant, le sabre tendu à

bout de bras, le dos courbe de la lame vers le ciel
pour mieux plonger et embrocher les fantassins
au sol.

La terre vibrait sous cette galopade, et une
trompette sonna pour se mêler au gueulement
des hussards. Paradis et ses compagnons, surpris, font demi-tour et épaulent d'instinct. Les
deux bras parallèles au sol, leur capitaine
décharge en même temps ses deux pistolets, les
jette et met la main sur son sabre, alors les voltigeurs tirent à hauteur d'encolure sans viser et
sans ordre. Dans la horde qui roule et va les écraser, Paradis voit un cheval qui se cabre ; le cavalier bascule dans les pattes d'un cheval voisin
qu'il déséquilibre ; un troisième Autrichien a reçu
une balle dans le front mais sa monture emme-
née par le mouvement poursuit sa course, avec
lui sur sa selle, à la renverse. Impossible de
recharger. Paradis fiche la crosse de son fusil
dans une motte de terre meuble et le tient à deux
mains, en baissant les épaules et la tête, crispé
comme sur une lance, sentant à ses épaules les
épaules de ses compagnons pour former une
herse. Il ferme les yeux. Le choc se produit aussitôt. Les chevaux de tête se déchirent sur les
baïonnettes dressées mais les bousculent, et
Paradis, recroquevillé dans l'herbe, les bras
meurtris, à moitié assommé, sent un liquide
chaud et gluant lui coller aux doigts. Il est sûrement blessé, se dresse sur les mains, regarde
autour de lui une mêlée de voltigeurs et de hussards. Il secoue son voisin, le retourne face au
ciel ; il a les yeux révulsés. Derrière, un cheval
éventré rue de douleur et frappe des sabots, il a le
ventre ouvert et disperse ses intestins. Sur un
champ de bataille, se dit Paradis, on ne comprend vraiment rien. Est-ce que je suis mort ? Ce

sang? Non, il ne m'appartient pas. Celui du cheval? Celui de mon voisin dont je ne connais même plus le nom?

— Pssst!

Paradis voit Rondelet à plat ventre et qui lui cligne de l'œil. Il lui demande:

— T'as rien?

— Rien mais faut pas l'répéter. J'fais le cadavre par prudence.

— Attention!

Un Autrichien désarçonné s'approche en boitant. Il a entendu le dialogue du faux moribond et lève son sabre. Mis en garde par son ami, Rondelet roule sur le côté sans demander d'explication et Paradis lance une poignée de terre dans les yeux du hussard; aveuglé, ce dernier trébuche et risque une série de dangereux moulinets quand l'adjudant Roussillon, qui a ramassé une baïonnette, la lui plante dans le dos en poussant fort.

— Blessés ou pas, debout! commande l'adjudant. Ils vont revenir.

— Ils sont donc partis? soupire Rondelet que l'adjudant attrape par le gras du bras et soulève:

— Toi, t'as même pas pris un sabot dans la joue! Et toi?

— C'est du sang, ah oui, répond Paradis, mais je sais pas celui de qui.

— On se regroupe derrière le chemin creux, et plus vite que ça!

Les miraculés se lèvent, étourdis, maladroits sur leurs jambes.

— Et ramassez les gibernes, bougonne l'adjudant Roussillon. Faut pas gaspiller les cartouches.

A l'autre bout du champ les hussards verts se reformaient pour un nouvel assaut. Les deux voltigeurs s'exécutèrent sans tarder ni trop regarder les vrais cadavres.

A la quatrième charge meurtrière, le général Molitor décida une retraite vers le village où il pensait prendre un appui. Il contenait son cheval effrayé, l'arme au poing, pour organiser un nécessaire repli après le chemin creux où un cinquième assaut d'ailleurs se brisa. Croyant sauter un monticule, des hussards s'y écrabouillèrent comme dans une ravine ; ils se cassèrent la nuque, finirent percés à coups de baïonnettes ou la cervelle brûlée à bout portant. Les voltigeurs cédaient ainsi du terrain mais ils emportaient un fourbi ramassé sur les morts, celui-ci avait un fusil sous le bras et un autre à la bretelle, celui-là avait récupéré un baudrier de cuir noir où il avait glissé la lame nue d'un sabre ; la poitrine barrée de plusieurs gibernes, Paradis s'était coiffé du shako rouge d'un Autrichien. Ils reculaient vers les premières maisons d'Aspern, évitant les grands chevaux bruns, tombés, qui hennissaient : ils avaient l'agonie lente mais pas question de les achever, les cartouches étaient précieuses, qu'il fallait réserver aux hommes en visant de préférence la tête et le ventre.

Par une étrangeté de la perception, l'incendie était moins spectaculaire de près. La plupart des maisons de la grande-rue où les soldats avançaient en troupeau étaient presque intactes, parce que les canons du baron Hiller avaient fini par se taire, parce que les flammes violentes de tout à l'heure s'apaisaient faute de combustible. Des hommes tentaient partout d'étouffer les foyers en y lançant de la terre. Ruinées, noircies, des architectures de poutres fumaient et craquaient, tombaient parfois d'un bloc en soulevant des cendres. Suffoqués par les fumerolles, des voltigeurs déchiraient un pan de leur chemise pour le plaquer devant leur visage. La chaleur des braises devenait insupportable.

Sur le vaste terre-plein devant l'église d'Aspern, au brouillard dense et noir des incendies s'ajoutait celui de la poudre, car les artilleurs continuaient à tirer sans rien voir dans une fumée épaisse ; ils avaient le visage sali, les lèvres sèches, ils ramassaient les boulets lancés par l'ennemi pour les leur renvoyer. La tour carrée de l'église avait été éclatée à son sommet par un obus, la cloche de bronze en tombant avait fracassé l'escalier d'accès. Sur la plate-forme d'une charrette s'entassaient les blessés qu'on avait un moment abrités sous un hangar épargné. Ils allaient se rapatrier vers la tête de pont de l'île Lobau, où le docteur Percy commençait à monter sa première ambulance. Une jambe ou un bras emmaillotés dans des lambeaux d'uniformes, ces éclopés râlaient, boitaient, rampaient comme des diables, et les moins abîmés portaient les plus touchés dans des manteaux.

Masséna était à pied sur le parvis. Son étole de curé en écharpe autour du cou, il tenait un fusil chargé et gueulait ses ordres d'une voix rude :

— Deux canons en enfilade dans la deuxième rue !

Pendant que des artilleurs attelaient, Molitor s'approcha du maréchal en tirant son cheval par la bride.

— Beaucoup de morts, général ?

— Cent, deux cents, Monsieur le duc, peut-être plus.

— Des blessés ?

— Au moins autant, je crois.

— Autour de moi, dit Masséna, le reste de votre division a dû subir les mêmes proportions de pertes. Il y a autre chose...

Le maréchal poussa Molitor au départ de la deuxième grande-rue pour lui montrer, dans un voile de brume, les drapeaux jaunes frappés d'aigles noires à trois cents mètres.

— Vous arrivez par un bout du village, Molitor, les Autrichiens arrivent par l'autre bout. Je peux les contenir au canon, mais nous allons bientôt manquer de poudre. Ramassez les plus frais de vos hommes et foncez !

— Même les plus frais ne sont pas très frais, Monsieur le duc.

— Molitor ! Vous avez déjà battu les Tyroliens, les Russes, et même l'Archiduc à Caldiero ! Je ne vous demande que de recommencer.

— Mes voltigeurs sont bien jeunes, ils ont peur, ils n'ont pas notre habitude ni notre mépris.

— Parce qu'ils n'ont pas encore vu assez de morts ! Ou parce qu'ils pensent trop !

— Ce n'est pas vraiment le lieu de les sermonner.

— C'est vrai, général. Donnez-leur du vin ! Saoulez-moi ces foutriquets et montrez-leur le drapeau !

Le colonel Lejeune déboula sur la place et fit cabrer son cheval devant Masséna :

— Monsieur le duc, Sa Majesté vous demande de résister jusqu'à la nuit.

— J'ai besoin de poudre.

— Impossible. Le grand pont ne sera pas praticable avant ce soir.

— Eh bien on se battra avec des bâtons !

Et Masséna tourna le dos, désinvolte, pour renouer la conversation interrompue avec Molitor :

— Le vin, général, il y en a plein la nef. Je l'ai fait décharger des carrioles de l'intendance qui évacuent maintenant nos blessés.

Lejeune galopait déjà dans la campagne coupée de haies et de palissades pour rallier Essling et l'Empereur, quand la saoulerie obligatoire s'organisa. Les obus avaient jusqu'à présent oublié la toiture de l'église ; une centaine de gros fûts s'empilaient à l'intérieur, que Molitor fit rouler sous les ormes. Avec cette chaleur du mois de mai que redoublait celle des ruines brûlantes, et la fumée qui séchait les gosiers, ce fut une ruée. Environ deux mille voltigeurs épuisés se bousculèrent pour recevoir des gamelles de métal remplies à ras, qu'ils buvaient comme on s'abreuve, vite, avant d'y revenir. Sans métamorphoser en guerriers convaincus des garçons qui avaient davantage envie d'éviter la mort que de tuer, cela finit par les rendre plus inconscients de leur situation, et leur permit de l'affronter. Ivres, au moins guillerets, ils s'encourageaient en se moquant des Autrichiens que Masséna persévérait à canonner afin de les maintenir à distance. Chaque détonation provoquait des commentaires grivois ou vengeurs, et lorsque les voltigeurs se trouvèrent regonflés, Molitor les aligna dans des semblants de rangs, il brandit le drapeau aux trois couleurs où était brodé en jaune le nom du régiment, et ils le suivirent en marchant bravement dans la grande-rue à l'extrémité de laquelle l'infanterie du baron Hiller venait de s'engager. Après avoir essuyé un premier feu et regardé tomber quelques-uns de ses camarades, qu'il accusa de malchance, le soldat Paradis, aviné comme les autres, tira droit devant, puis, à un commandement, baïonnette tendue à hauteur d'estomac, il se mit à courir pour transpercer cette foule de gens en uniformes blancs qu'il voyait un peu floue.

L'Empereur, à cheval à côté de Lannes, se
tenait en avant d'Essling, au bord de la plaine,
entouré par les grenadiers tout bleus coiffés
d'oursons du 24ᵉ régiment d'infanterie légère.

— Alors ? demanda-t-il à Lejeune.

— Le duc de Rivoli a juré de tenir.

— Donc il tiendra.

Puis l'Empereur baissa la tête et fit la moue. Il
se souciait peu des canons autrichiens qui se
déclenchaient contre Essling avec la même vio-
lence que contre Aspern, mais un boulet vint
frapper la cuisse de son cheval, qui secoua la crinière en hennissant avant de se coucher avec son
cavalier. Lannes avait bondi à terre, et Lejeune ;
des officiers aidaient l'Empereur à se relever, le
mameluk Roustan ramassa son chapeau.

— Ce n'est rien, dit l'Empereur en brossant des
mains sa redingote, mais chacun avait en
mémoire le récent accident de Ratisbonne,
lorsque la balle d'un Tyrolien l'avait blessé au
talon. Il avait fallu le panser, assis sur un tambour, avant qu'il remonte en selle.

Un général emplumé ficha son épée dans
l'herbe et cria :

— Bas les armes si l'Empereur ne se retire pas !

— Si vous ne partez pas d'ici, hurla un autre,
je vous fais enlever par mes hommes !

— *A cavallo !* dit Napoléon en remettant son
chapeau.

Tandis que ses mameluks, au poignard, achevaient le cheval blessé, Caulaincourt en amena
un autre ; Lannes aida l'Empereur à s'y jucher ;
Berthier, qui n'avait pas bougé, demanda à
Lejeune d'accompagner Sa Majesté dans l'île et
de lui inventer un observatoire d'où il pourrait
surveiller les opérations sans se mettre en péril.
Protégé au milieu d'une escorte, silencieux,

l'Empereur s'éloigna au petit trot en traversant Essling, ensuite un grand bois touffu qui reliait ce village au Danube. La troupe côtoya le fleuve jusqu'au petit pont, franchi au pas, et pour cette courte traversée l'écuyer tenait le cheval de l'Empereur. Une fois sur la Lobau, ce dernier entra dans une colère. Il insulta Caulaincourt en argot milanais, réalisant que ses officiers lui avaient donné des ordres, l'avaient menacé, et qu'il avait obtempéré. Auraient-ils osé l'emmener de force vers l'arrière? Il posa la question à Lejeune qui lui répondit que oui, alors sa fureur s'apaisa et il se mit à bougonner :

— D'ici on ne voit rien!

— Cela peut s'arranger, Sire, dit Lejeune.

— Que proposez-vous? dit l'Empereur d'une voix mauvaise.

— Ce gros sapin...

— Vous me prenez pour un chimpanzé de la ménagerie de Schönbrunn?

— On peut y assurer une échelle de corde, et de là-haut rien ne vous échappera.

— Alors *presto!*

Une manière de camp s'improvisa au pied du sapin. L'Empereur tomba dans un fauteuil. Il ne regardait pas les jeunes soldats très agiles qui escaladaient les branches pour fixer l'échelle de corde, il entendait à peine les canons incessants, il ne sentait même pas l'odeur de brûlé qui venait de la plaine. Impassible, il fixait la pointe de ses bottes; il songeait : « Ils me détestent tous! Berthier, Lannes, Masséna, les autres, tous les autres, ils me détestent! Je n'ai pas le droit de me tromper. Je n'ai pas le droit de perdre. Si je perds, ces canailles vont me trahir. Ils seraient même capables de me tuer! Ils me doivent leur fortune et on dirait qu'ils m'en veulent! Ils simulent la fidélité, ils ne marchent que pour amasser de l'or, des titres, des châteaux, des femmes! Ils me détestent et je n'aime personne. Même pas mes frères. Si. Joseph peut-être, par habitude, parce que c'est l'aîné. Et Duroc aussi. Pourquoi? Parce qu'il ne sait pas pleurer, parce qu'il est sévère. Où est-il? Pourquoi n'est-il pas là? Et si lui aussi me détestait? Et moi? Est-ce que je me déteste? Même pas. Je n'ai pas d'opinion sur moi. Je sais qu'une force me pousse et que rien ne peut l'empêcher. Je dois avancer malgré moi et contre eux. »

L'Empereur renifla une prise de tabac et il éternua sur Lejeune qui lui annonçait :

— Sire, l'échelle est installée. Avec votre télescope de campagne vous couvrirez tout le champ de bataille.

L'Empereur leva les yeux vers le sapin et l'échelle souple qui y balançait. Lui qui avait tant de mal à se maintenir sur une selle, comment allait-il grimper là-haut? Il soupira :

— Montez, Lejeune, et rendez-moi compte par le détail.

Lejeune était déjà au-dessus des branches basses quand l'Empereur ajouta :

— Ne considérez pas les hommes mais les masses, comme pour vos foutus tableaux!

Parvenu en haut de l'arbre, le colonel s'enroula une main dans la corde, posa un pied sur la base d'une branche solide et déplia le télescope pour balayer le paysage. Des masses, il ne voyait que cela. Comme il avait appris avec Berthier à reconnaître les régiments de l'Archiduc à leurs enseignes, il pouvait les nommer, en savoir les chefs, en estimer le nombre de soldats. Grâce à la lunette de l'Empereur, il pouvait même distinguer les fanions jaunes des uhlans, les chenilles noires entortillées aux casques des dragons. Dans cet embrouillement de troupes, sur la droite il voyait l'infanterie de Hohenzollern et les cavaliers de Bellegarde se concentrer sur Essling sans y pénétrer. Sur l'autre aile, à Aspern qui flambait toujours, il voyait l'offensive redoutable du baron Hiller. Au milieu de ces deux places qui résistaient encore, il voyait aussi, légèrement en retrait face aux champs, l'étendard vert bridé d'argent du maréchal Bessières, les cuirassiers d'Espagne immobiles, rangés en dix-sept escadrons prêts à l'attaque, et les chasseurs de Lasalle. En face d'eux, dans la fumée, il y avait des lignes de canons qui crachaient le feu mais moins de bataillons et moins de cavaliers ; les troupes autrichiennes se déplaçaient maintenant vers les deux villages pour y porter l'essentiel de leur effort ; le centre s'en trouvait à chaque instant plus dégarni. Lejeune redescendit porter cette information à l'Empereur. En bas, il arriva en même temps que deux cavaliers : l'un venait d'Essling et l'autre d'Aspern.

Le premier, Périgord, souriait. Le second, Sainte-Croix, les cheveux roussis par les flammes, avait la mine battue et grave. L'Empereur les observa très vite :

— Commençons par les heureuses nouvelles. Périgord ?

— Sire, le maréchal Lannes tient Essling. Avec la division Boudet, il n'a pas perdu un pouce de terrain.

— Brave Boudet ! Depuis le siège de Toulon il est brave, celui-là !

— Vous savez, Sire, que l'Archiduc en personne conduisait l'assaut...

— Conduisait ?

— Il a été saisi par l'une de ses fièvres convulsives.

— Qui le remplace ?

— Rosenberg, Sire.

— *La fortuna è cambiata !* Là où Charles n'a pas réussi, ce malheureux Rosenberg va échouer !

— C'est ce que pense le major général, Sire.

— Rosenberg est courageux mais un peu trop, et puis il manque de résolution, il est prudent par nature... Sainte-Croix ?

— Monsieur le duc de Rivoli a un urgent besoin de munitions, Sire.

— Il a déjà connu ce genre de situation.

— Que dois-je lui répondre, Sire ?

— Que le soir tombe à sept heures, qu'il se débrouille jusque-là pour nous conserver Aspern ou ses ruines. Ensuite le pont sera rétabli, les bataillons qui piaffent sur la rive droite passeront le Danube. Nous serons alors soixante mille...

— Moins les morts, murmura Sainte-Croix.

— Vous dites ?

— Rien, Sire, je me raclais la gorge.

— Demain matin l'armée de Davout arrivera de Saint-Polten. Nous aurons quatre-vingt-dix mille hommes et les Autrichiens seront épuisés...

A peine les deux messagers étaient-ils remontés en selle que l'Empereur se tourna sans un mot vers Lejeune, qui répondit aussitôt à cette interrogation muette :

— Sire, les Autrichiens se portent en foule vers les villages.

— Ils allègent donc leur dispositif au centre.

— Oui.

— Ils ont le ventre mou ! Berthier s'en est sûrement aperçu, allez le retrouver à la tuilerie d'Essling, dites-lui que c'est le moment de lancer notre cavalerie sur l'artillerie de l'Archiduc. Que le major général règle les détails avec Bessières. Caulaincourt ! Remplacez Lejeune en haut du sapin.

Le colonel partit à son tour transmettre l'ordre et l'Empereur se renfrogna dans son fauteuil en marmonnant :

— Qu'on m'accuse de témérité je veux bien, mais pas de lenteur !

Au soleil depuis le matin, Fayolle commençait à bouillir sous sa cuirasse et son casque de fer. Son cheval frappait le sol pour se dégourdir, ou frottait son encolure à celle du voisin. Au sixième rang de son escadron le soldat ne recevait de la bataille que des bruits sourds, et de chaque côté il apercevait les flammes des maisons bombardées ; soudain, plus en avant, entre les dos de ses compagnons il perçut un mouvement. L'étendard des chasseurs de Bessières flotta au-dessus des troupes, puis Fayolle reconnut les cheveux longs et poudrés du maréchal qui levait son sabre. Les trompettes sonnèrent, la voix des officiers répercutait l'ordre de marcher, et, sur un front d'un kilomètre, les milliers de cavaliers s'ébranlèrent vers les canons dissimulés par un brouillard qui sentait la poudre.

Fayolle avançait. Son armure pesante, secouée par le trot, lui brisait les épaules à la jointure. Il avait roulé en boudin son manteau espagnol pour l'attacher en travers de la poitrine. La lame de son sabre, pointée vers le sol au bout de sa main, pendait contre sa jambe de drap gris. Il se concentrait, il imaginait l'assaut imminent, il revoyait son ami Pacotte la gorge ouverte et il se sentait prêt à larder ces sales Autrichiens. Lorsque les trompettes ordonnèrent la charge, enfin, il piqua des deux éperons les flancs de son cheval noir et se trouva lancé avec ses compagnons dans un galop sauvage, l'arme tendue, cinglé par le vent de la course et la poussière, la bouche tordue dans un interminable hurlement pour oublier le danger, pour insulter la mort, pour l'effrayer, pour se donner du cœur et s'éblouir, pour se sentir un simple élément d'une troupe invincible. Une précédente charge des chasseurs s'était cassée sur des batteries dont les boulets brûlants avaient fauché du monde, et il fallait sauter les obstacles des cadavres éclatés en morceaux, éviter que les sabots ne trébuchent ou ne dérapent dans cette bouillie sanguinolente de tripes et d'os. Au loin, on distinguait à leurs plumets vert cru les dragons de Bade emmenés par le gros Marulaz, et les lourdes toques de fourrure des sous-officiers de Bessières qui rassemblaient leurs cavaliers vers l'arrière, tandis que les cuirassiers fonçaient avant que les artilleurs n'aient eu le temps de recharger. Les premiers essuyèrent le choc et les suivants, dont Fayolle, Verzieux, Brunel, volèrent par-dessus les fûts et les roues des caissons. Fayolle planta son sabre dans un cœur, piétina un bougre qui portait un boulet, en cloua un autre sur sa pièce, puis il continua à frapper du tranchant, à l'aveuglette, faisant virer son cheval quand il tomba sur des fantassins blancs formés en carré et qui tiraient. Une balle sonna contre son casque et il allait se jeter contre ce hérisson de baïonnettes lorsqu'un trompette signala le repli, pour laisser place nette à d'autres vagues d'assaut conduites par le général Espagne en personne, défiguré par une rage, seul en tête, les yeux fous, exposé comme s'il voulait donner raison aux fantômes qui le menaçaient en rêve depuis sa mésaventure de Bayreuth.

Trop avancé derrière la ligne des canons, Fayolle vit arriver son général comme une furie, et, tournant bride, voulut se ranger, mais son cheval leva les pattes de devant, touché entre les yeux. Fayolle désarçonné tomba sur le dos et la jugulaire de son casque lui scia le menton. A moitié étourdi il tendit la main vers son sabre, dans les blés piétinés, se dressa sur un coude quand il sentit un coup de lame, amorti par la crinière du casque, qui grinça sur sa dossière métallique; l'officier autrichien en veste rousse, le cuirassier à quatre pattes, tout fut emporté par la charge du général Espagne, puis Fayolle sentit une main forte qui lui cramponnait le bras, il se retrouva en croupe derrière son compère Verzieux; ils refluèrent avec l'escadron d'Espagne qui cédait le terrain à une nouvelle charge. Hors de portée des fusils et des canons, Fayolle se laissa glisser dans l'herbe et voulut remercier Verzieux, mais celui-ci avait fléchi et se crispait sur le pommeau de sa selle, incapable d'un autre geste. Fayolle l'appela. Verzieux avait reçu un biscaïen dans la cuirasse, à la hauteur du ventre, sur le côté gauche; du sang fusait à petits bouillons par ce trou que la mitraille avait déchiqueté, et coulait sur la jambe. Avec Brunel, Fayolle le descendit; ils le couchèrent, défirent les lanières de cuir de son plastron qui collait à la veste imbibée de sang chaud. Verzieux râlait, puis il hurla quand Fayolle lui bourra la plaie d'une poignée d'herbe pour contenir l'hémorragie. Les mains rouges et poisseuses, debout, Fayolle regarda partir le blessé vers les ambulances du petit pont. Y arriverait-il seulement? Des cuirassiers le portaient sur un brancard improvisé avec des branches et des manteaux. Alors Fayolle détacha son casque et le jeta par terre.

— Lui au moins, dit Brunel, y va pas y r'tourner.

Appuyé contre la panse tiède et molle d'un cheval crevé, Vincent Paradis canardait les Autrichiens du baron Hiller. Repoussés d'Aspern par une furieuse attaque à la baïonnette menée par Molitor, ils revenaient en nombre. Quelques-uns tombaient mais des nouveaux les remplaçaient pour serrer les rangs. On aurait dit que leurs morts se relevaient, que ça ne servait à rien de viser juste. L'exaltation du vin retombée, Paradis avait la langue râpeuse, une douleur dans la nuque, les paupières lourdes : ce n'étaient plus des hommes, au bout de la grande-rue, plutôt des lapins déguisés, pensait-il, des spectres que la fumée masquait, des démons, un cauchemar ou un jeu. Après chaque tir il tendait son fusil que des mains enlevaient et il en recevait un autre ; dans le renfoncement d'une porte, sans s'interrompre, des soldats chargeaient et rechargeaient les armes.

— T'endors pas ! disait Rondelet.

— J'essaie, répondait Paradis en appuyant sur la détente, l'épaule droite meurtrie par les reculs.

— Si tu t'endors, vont t'massacrer. Un trépassé qui ronfle ça fait pas vrai.

Et il souleva pour l'exemple le bras inerte d'un de leurs compagnons, le visage barbouillé de sa cervelle parce qu'une balle de mitraille lui avait explosé le front.

— Lui, y fait pas d'bruit, continuait Rondelet.

— Oh, ça va !

Remué par les salves autrichiennes, le corps du cheval tressautait. Devant dans la rue, des voltigeurs s'étaient embusqués derrière une charrue renversée. Ils se levèrent d'un coup pour se replier en courant. Le blessé qu'ils traînaient comme un sac, en le tenant par le col, gémissait avec une grimace enfantine ; il laissait après lui une rigole rouge aussitôt bue par la terre. En passant devant le cheval mort qui servait d'affût à

Paradis, Rondelet et quelques cadavres très abîmés, les fuyards crièrent :

— Z'ont des canons, faut filer ou on vole en
p'tits bouts avec les oiseaux !

En effet, des bouches à feu prenaient maintenant en enfilade l'alignement des maisonnettes ;
mieux valait déguerpir. Rondelet et Paradis
convinrent de gagner la place de l'église où se
concentrait le gros du bataillon.

— Faut passer derrière et vite !

Ils se mirent à ramper jusqu'à la porte dans la
terre et les cailloux, se relevèrent sitôt à l'intérieur où ils retrouvèrent leurs camarades qui
continuaient à déchirer des cartouches :

— Elle s'épuise, la poudre, se plaignait un
grand voltigeur moustachu aux cheveux ramassés en catogan sur la nuque.

— On décampe par les jardins ! Les canons !

— Et le sergent il est d'accord ? demanda le
moustachu.

— T'es aveugle ? lui cria Paradis en montrant
du bras les cadavres de la rue.

— Ah non ! dit l'autre d'un air buté, le sergent a
bougé la jambe.

— Il a rien bougé du tout !

— On peut pas l'laisser !

— Reviens, idiot !

Le soldat courait dehors en se courbant, mais il
fut haché par une fusillade avant de parvenir au
corps qu'il avait vu remuer ; il tourna sur lui-
même, du sang à la bouche, et s'écroula contre
les pattes raidies du cheval qui servait de barri-
cade.

— Malin, ça ! grogna Rondelet.

— On perd du temps ! Ouste ! gueula Paradis.

Les survivants de ce poste trop avancé ramas-
sèrent les fusils, qu'ils portaient sous les bras

comme des fagots ; Rondelet enleva au passage un tournebroche laissé dans la cheminée, et ils filèrent vers le jardinet clos de haies basses, qu'ils franchirent en se griffant pour contourner la rue dangereuse. Ils se guidaient à la carcasse du clocher d'Aspern, s'égaraient, s'éloignaient, revenaient, se heurtaient à une murette éboulée, s'enfonçaient dans des buissons, escaladaient des pierrailles, se tordaient les chevilles, boitaient, tombaient, se cognaient, se déchiraient à des ronces, mais ils puisaient une folle énergie dans leur peur de mourir ensevelis ou calcinés. Ils entendirent le canon qui balayait la rue principale ; un obus tomba sur la maison qu'ils venaient de quitter et les poutres du toit s'enflammèrent. Ils croisèrent d'autres fuyards aux uniformes roussis, et leur bande avait grossi quand ils atteignirent les murs du cimetière ; ils eurent encore la force d'y grimper, sautèrent de l'autre côté sur les tombes et, de croix en croix, parvinrent à l'église. Masséna et ses officiers étaient debout ; les branches des grands ormes foudroyés leur tombaient dessus.

Fayolle avait récupéré le cheval de son ami Verzieux, plus nerveux que le sien et qu'il devait tenir serré, mais la journée avançait et après une dizaine de charges brutales le cavalier et sa monture étaient aussi fourbus. On revenait, on repartait, on sabrait, les rangs se clairsemaient et les Autrichiens ne reculaient pas. Fayolle avait mal au dos, mal au bras, mal partout et la sueur lui coulait dans les yeux, qu'il essuyait de sa manche où le sang de Verzieux avait séché en croûte brunâtre. Il enfonça ses éperons à faire saigner le cheval, qui renâclait. Son sabre d'une main, un boutefeu autrichien allumé dans l'autre main, il tenait la bride entre ses dents et s'apprêtait à refluer avec son peloton pour un instant de repos entre deux assauts, lorsque des chasseurs de Lasalle le frôlèrent en braillant :

— Par ici ! par ici !

Dans le tumulte et la confusion de la bataille, qui commandait ? Fayolle et son congénère Brunel découvrirent à ce moment le capitaine Saint-Didier qui sortait de la fumée, il avait perdu son casque et levait le bras dans leur direction pour les engager à suivre les chasseurs, ainsi que d'autres cuirassiers de la troupe éparpillée. Ensemble, ils forcèrent leurs chevaux autant que possible pour fondre à revers sur des uhlans qui accablaient les cavaliers de Bessières. Surpris, les Autrichiens tournèrent leurs lances à fanions vers les assaillants mais ils n'eurent pas le temps de manœuvrer leurs chevaux et reçurent la poussée de côté sans pouvoir charger. Fayolle enfonça la mèche enflammée de son boutefeu dans la bouche ouverte d'un uhlan, il en poussa la hampe de tout son poids dans le gosier, et l'autre bascula par terre en se tortillant, pris de spasmes vifs, les yeux tournés, la gorge brûlée. A quelques pas, le maréchal Bessières lui-même, à pied, sans chapeau, une manche déchirée, parait les coups avec deux sabres qu'il croisait au-dessus de sa tête. Au corps à corps, les uhlans s'empêtraient dans leurs lances trop longues et ils n'avaient pas eu le temps de tirer leurs lames ou leurs fusils d'arçon, aussi dégagèrent-ils rapidement la place en abandonnant leurs morts et quelques chevaux. Bessières enfourcha l'un de ces chevaux à crinière rase et selle rouge galonnée d'or, puis il repartit vers l'arrière accompagné par ses sauveurs et les débris de son escadron.

Au bivouac, un officier en grande tenue l'attendait. C'était Marbot, l'aide de camp favori du maréchal Lannes, qui lui annonça avec un rien de gêne :

— Monsieur le maréchal Lannes m'a chargé de dire à Votre Excellence qu'il lui ordonnait de charger à fond...

Bessières se sentit insulté. Il devint couleur de cendres et jeta avec mépris :

— Je ne fais jamais autrement.

A la moindre occasion, l'ancienne inimitié entre les deux maréchaux ressortait. Gascons tous deux, ils se jalousaient et se contrecarraient depuis neuf ans, lorsque Lannes espérait épouser Caroline, la sœur frivole du Premier consul ; il accusait Bessières d'avoir soutenu Murat contre lui : n'avait-il pas été le témoin de ce mariage ?

Berthier avait installé son quartier général dans les bâtiments massifs de la tuilerie d'Essling, qui ressemblait à une redoute avec des guetteurs sur les toits, des tirailleurs aux fenêtres, et même des canons au rez-de-chaussée. Lannes entra furieux dans la salle où Berthier avait étendu ses cartes sur des chevalets, qu'il modifiait au fur et à mesure des nouvelles qui lui venaient du front ou des ordres de l'Empereur.

— La cavalerie, disait Lannes, est incapable de nous dégager !

— A la longue elle y parviendra.

— Et Masséna ? Tout brûle de son côté ! Quand Hiller en aura fini avec lui, nous aurons combien d'armées sur le dos ?

— Aspern n'est pas encore tombé.

— Jusqu'à quand ? Pourquoi ne pas y envoyer le renfort de la Garde ?

— La Garde restera en avant du petit pont pour garantir le passage dans l'île !

L'Empereur arrivait dans la pièce ; il avait prononcé cette dernière phrase d'une voix fâchée. Il poussa rudement Berthier pour consulter ses cartes. Inquiet devant le cours des événements, il n'avait pas supporté longtemps sa mise à l'écart sous les sapins de la Lobau. Napoléon comprenait que si l'Archiduc avait attaqué plus tôt dans la matinée il l'aurait emporté, mais le sort pouvait encore tourner ; la victoire d'Austerlitz s'était jouée en quinze minutes. Le soleil tomberait dans une heure et demie, il était temps de riposter. Berthier expliquait :

— Une partie du corps de Liechtenstein a renforcé les troupes de Rosenberg, Sire, mais Essling tiendra jusqu'à la nuit. Nos retranchements sont solides.

— Hélas, ajoutait Lannes, nos cavaliers multiplient des charges inopérantes qui ne nous soulagent guère.

— Ils doivent enfoncer les Autrichiens dans la plaine ! criait l'Empereur. Lannes, rameutez la cavalerie entière, vous m'entendez, et jetez-la d'un bloc ! Attaquez ! Ramenez les canons de Hohenzollern ! Retournez-les contre lui ! Je veux que vous emportiez tout dans un déluge de feu et de fer !

Lannes baissa la tête et sortit avec ses officiers. Le grand pont flottant n'était toujours pas consolidé, les soldats d'Oudinot et de Saint-Hilaire ne pouvaient surgir à la rescousse. Et si dans cet assaut massif la cavalerie se perdait ? Les Autrichiens, encouragés, sans personne pour leur barrer la route, se porteraient en nombre et de toutes parts contre les villages.

— Qu'en dis-tu, Pouzet ? demanda Lannes en prenant le bras de ce vieil ami, un général de brigade qui le suivait de campagne en campagne et lui avait naguère enseigné la stratégie.

— Sa Majesté raisonne sans cesse de la même

façon. Elle continue à fonder son action sur la rapidité et sur la surprise, comme autrefois en Italie, mais dans ces grandes plaines du nord de l'Europe le terrain s'y prête mal, et puis le mouvement, l'offensive, implique des armées légères et très mobiles, motivées, qui vivent sur le pays comme les bandes des condottieres. Or nos armées sont devenues trop lourdes, trop lentes, trop fatiguées, trop jeunes, trop démoralisées...

— Tais-toi, Pouzet, tais-toi !

— Sa Majesté a lu Puységur, Maillebois, Folard, et puis Guibert, Carnot qui voulait restituer à la guerre sa sauvagerie. Ce que préconisaient Carnot et Saint-Just valait pour leur époque. Bien sûr, une armée qui a une âme doit l'emporter sur des mercenaires ! Où sont les mercenaires, aujourd'hui ? Et de quel côté sont les patriotes ? Tu ne sais pas ? Je vais te le dire : les patriotes prennent les armes contre nous, au Tyrol, en Andalousie, en Autriche, en Bohême, bientôt en Allemagne, en Russie...

— Tu vois juste mais tais-toi, Pouzet.

— Je veux bien me taire, mais sois sincère : est-ce que tu y crois encore ?

Lannes mit sa botte dans l'étrier et se jucha sur le cheval qu'on lui avait avancé. Pouzet fit de même, mais en soupirant assez fort pour que son ami l'entende.

D'affreuses pensées chiffonnaient le visage d'Anna Krauss ; elle imaginait des soldats bloqués dans une ferme incendiée, ou couchés sur le sol avec le ventre ouvert ; elle conservait dans les oreilles le bruit des canons et le crépitement des flammes, elle entendait des cris diaboliques. Aucune nouvelle sérieuse ne parvenait de la bataille, et Vienne puisait ses informations dans les ragots, avec pour unique certitude que là-bas dans la plaine on se tuait sans méthode depuis des heures. Le regard d'Anna s'égarait dans la lumière rosée d'un soleil déclinant qui allumait les vitraux. Elle avait dénoué d'une main distraite les lanières de ses sandales romaines, et elle se recroquevillait dans un coin du sofa, muette, les genoux serrés entre les bras. Une mèche lui tomba sur le front, qu'elle ne releva pas. Assis près d'elle sur un tabouret capitonné, Henri s'efforçait de lui parler d'une voix douce, autant pour la rassurer que pour se rassurer lui-même, et si elle n'entendait pas le sens exact du français, ses tonalités apaisantes réconfortaient un peu la jeune fille, pas trop, parce que dans la voix d'Henri manquait cet accent de sincérité qu'on ne peut contrefaire. Il avait avalé les potions dégoûtantes du docteur Carino et ses fièvres lui laissaient un répit, alors il étudiait Anna prostrée dans son châle, filant ses phrases avec une feinte conviction, puis il se tut; Anna avait fermé les yeux. Henri se disait que les Viennoises étaient d'une fidélité mystique; leur amoureux s'absente et elles s'enferment. Anna n'avait d'italien que le minois, trop naturelle dans ses humeurs comme dans ses gestes, sans coquetterie aucune, avec un enthousiasme tempéré par la tendresse. Henri aurait voulu noter ces observations mais de quoi aurait-il l'air, si Anna se réveillait?

Elle dormait d'un sommeil sombre et troublé, bougeait les lèvres en murmurant. Pour conjurer la mort éventuelle de Lejeune, Henri continuait à voix très basse : « Il n'arrivera rien à Louis-François, je vous le promets... » A l'autre extrémité de la chambre, les deux petites sœurs d'Anna venaient en sautillant, toutes minces, bruyantes, et Henri se retourna en leur faisant signe qu'Anna se reposait : « *Quiet, please!* » Les fil-

lettes s'approchèrent avec des précautions déme-
surées, comme pour un jeu. Elles avaient les cheveux plus clairs qu'Anna, des frimousses plus
aiguës et des robes plus sages. Henri se leva en
silence pour les éloigner du sofa, et elles se
mirent à lui parler avec des mimiques et des
gestes incompréhensibles, en pouffant de rire dès
qu'elles se regardaient, puis elles le tirèrent par sa
redingote et il dut les suivre. Elles l'emmenèrent
dans l'escalier qui montait à la soupente, en
essayant de ne pas faire grincer les marches de
bois, comme des chats, et Henri se laissait faire.
Que voulaient-elles lui montrer ? L'une d'elles
ouvrit lentement une porte et ils se retrouvèrent
dans une minuscule chambre sous les toits, très
en fouillis, qui servait de grenier. Les petites se
précipitèrent sur une caisse et collèrent un œil,
en se disputant, contre une fente assez large
entre deux lattes. Convié à venir voir, Henri
regarda à son tour dans la pièce voisine. Il surprit
Monsieur Staps. Dans un rayon de jour où vole-
tait la poussière, le jeune homme était à genoux
devant une statuette dorée, et il tenait par la poignée, la pointe vers le sol, un couteau de boucherie, à la manière d'un chevalier la veille de son
adoubement ; en chemise de grosse toile, paupières closes, il psalmodiait une espèce de prière.

Henri croyait divaguer. « Il est fou, pensait-il,
je suis certain qu'il est fou mais de quelle sorte de
folie ? Pour qui se prend ce pauvre garçon ? Que
représente cette statuette ? Pourquoi ce couteau ?
Qu'est-ce qu'il manigance dans sa cervelle sur-
chauffée ? A quelle sorcellerie veut-il nous vouer ?
Est-il dangereux ? Nous sommes tous dangereux
et l'Empereur d'abord. Nous sommes tous fous.
Moi aussi je suis fou, mais d'Anna, et Anna est
folle de Louis-François, qui est fou comme un
soldat... »

A ce même instant, le colonel Lejeune se battait par force auprès de Masséna. Venu une nouvelle fois dans Aspern lui confirmer l'ordre de résister jusqu'au crépuscule, et l'avertir des intentions qu'avait l'Empereur de jeter sa cavalerie entière contre les batteries de l'Archiduc, il n'avait pu repartir du village désormais assiégé. Seuls le cimetière et l'église restaient aux voltigeurs ; par de multiples brèches ouvertes dans les ruines, les Autrichiens avaient réussi à s'implanter partout de manière solide. Masséna avait fait collecter les gros objets qui pouvaient s'agencer en remparts, des herses, des charrues, des meubles pour rejoindre les canons inutiles puisque la poudre manquait. Des grenadiers empilaient là-dessus des cadavres pour barricader le parvis jusqu'à l'enceinte du cimetière que défendaient des hommes sans cartouches, avec ce qui leur tombait sous la main, une croix de bronze, un madrier, des couteaux ; Paradis avait ressorti sa fronde, Rondelet tenait sa broche comme une rapière.

Masséna trouvait sa mesure dans le chaos.

Quand il réalise que des artilleurs d'Hiller roulent une pièce dans une ruelle, pour enfoncer la façade de l'église, il fait bourrer de paille et de feuilles une carriole à bras, puis il ramasse une branche cassée, entre dans la sacristie ouverte par un obus, qui ronronne de braises, y allume son rameau, ressort, le lance dans la carriole qui brûle d'un coup, puis il avise Lejeune désemparé parmi tant de désordre : « Avec moi ! » Les deux hommes prennent chacun un bras de la carriole qui flambe, puis ils foncent en la poussant vers la ruelle ; dès que leur brûlot a pris sa vitesse, ils se couchent, sentent des balles les frôler, mais la carriole va cogner de plein fouet la gueule du canon et se disloque; les tonnelets de poudre, ouverts, explosent et tout vole en éclats, fût déchiqueté, membres arrachés. Des grenadiers chargent à la baïonnette pour dégager Masséna et Lejeune qui se redressent à demi, mais impossible de pénétrer dans la ruelle où les maisons s'embrasent, c'est une fournaise, alors on retourne en courant vers les ormes hachés de l'église. Des Autrichiens tentent de leur barrer le chemin, mais d'autres grenadiers armés de poutres qu'ils manient comme des massues cassent quelques têtes; Masséna ramasse seul un soc de charrue, et d'une poussée il tranche deux gaillards contre les marches d'un perron. Lejeune a paré le sabre d'un officier en veste blanche, qui lui envoie son genou dans le ventre, il se plie, fort heureusement car la balle qui lui visait la nuque s'enfonce dans le front de l'Autrichien dont le sang gicle.

Assis sur un banc de pierre collé à une maison qui n'avait plus qu'un mur debout, Masséna regardait sa montre. Elle était arrêtée. Il la secoua, tourna le remontoir, rien à faire, elle était cassée et il jura :

— Peste ! Un souvenir d'Italie ! Elle a appartenu à un monsignore du Vatican ! Tout en or et vermeil ! Il fallait bien qu'un jour ou l'autre elle me lâche... Ne restez pas à quatre pattes, Lejeune, venez vous asseoir un moment pour vous remettre d'aplomb. Vous devriez être mort mais ce n'est pas le cas, alors respirez un bon coup...

Le colonel s'épousseta et le maréchal continuait :

— Si nous nous en tirons, je vous commanderai mon portrait, mais en action, hein ? Avec le soc de charrue comme tout à l'heure, par exemple, en train d'écrabouiller une meute d'Autrichiens ! On écrirait en dessous *Masséna à la bataille*. Vous voyez l'effet que ça produirait ? Personne n'oserait l'accrocher, ce tableau ! La réalité déplaît, Lejeune.

Un boulet vint fracasser une partie de la toiture de la maison devant laquelle les deux hommes se reposaient, et Masséna se leva d'un bond :

— La voilà, tiens, la réalité ! Mais ces chiens essaient de nous enterrer sous les gravats, ma parole !

Un cavalier arrivait au galop du côté de la plaine, il ralentit son cheval près de l'église, interrogea un sous-officier, aperçut Masséna qui enchaînait les jurons et se dirigea droit vers lui. C'était Périgord, toujours impeccable.

— Par où diable est-il passé, celui-là ? dit Masséna.

— Monsieur le duc !

Et Périgord tendit un pli au maréchal :

— Une dépêche de l'Empereur.

— Voyons tout le mal que me veut Sa Majesté...

Il lut, leva les yeux vers le soleil qui baissait à l'ouest. Les deux aides de camp de Berthier bavardaient entre eux :

— Vous êtes blessé, Edmond ? demanda Lejeune.

— Seigneur non !

— Vous boitez.

— Parce que mon domestique n'a pas eu le temps de briser mes bottes, et le cuir étant mal assoupli j'en souffre à chaque pas. Vous, cher ami, votre pantalon aurait besoin d'un sérieux coup de brosse !

Masséna les interrompit :

— Monsieur de Périgord, je suppose que vous n'avez pas traversé les lignes autrichiennes.

— La petite plaine qui touche au village, de ce côté-ci, était libre, Monsieur le duc. Je n'y ai croisé qu'un bataillon de nos volontaires de Vienne.

— On pourrait donc s'y replier pour la nuit, avant de laisser massacrer la division de Molitor...

— Il y a des haies, des clôtures de buissons, des barrières de bois, des bosquets, tout un tas de chicanes où s'abriter...

— Bien, Périgord, bien. Vous avez de bons yeux, au moins.

Masséna réclama un cheval.

L'un de ses écuyers lui en amena un aussitôt, qu'il voulut monter, mais l'étrier droit était réglé trop court, alors il rappela l'écuyer, en amazone après avoir passé la jambe au-dessus du garrot. Un boulet coupa la tête de l'écuyer affairé, brisa net l'étrier, le cheval s'écarta et Masséna tomba dans les bras de Lejeune.

— Monsieur le duc! Vous n'avez rien?

— Un autre cheval convenable! hurlait Masséna.

Lannes, transfiguré par le combat, Espagne, Lasalle, Bessières chargeaient à la tête de leurs milliers de cavaliers pour entamer le centre autrichien, le tronçonner, le séparer de ses ailes, soulager les deux villages en feu et s'emparer des canons. Fayolle n'avait pas cette vue d'ensemble ; dans la furie il se comportait en automate, il ne craignait plus rien mais ne voulait rien non plus, ni s'interrompre ni poursuivre, sans volonté, marionnette portée par les clairons et des cris de guerre, vociférant, frappant, se gardant, plongeant sa lame, cassant des poitrines et perçant des cous. Les cuirassiers avaient exterminé une escouade d'artilleurs. Ils attelaient les pièces capturées aux chevaux du train. Espagne dirigeait l'opération; son cheval bavait d'abondance et remuait les naseaux de haut en bas. Fayolle l'observait en coin, en accrochant des harnais à la crosse d'un obusier : le général était gris de poussière, droit sur la peau de mouton de sa selle, mais son regard lointain démentait ses ordres brefs et précis dictés par l'habitude. Le soldat savait ce qui tourmentait l'officier; il ne pouvait s'empêcher de douter des présages : eh quoi! le héros d'Hohenlinden, qui nous avait déjà ouvert la route de Vienne il y a des années, malgré la tempête de neige, redoutait les fantômes? Fayolle, nous l'avons dit, avait assisté à l'issue de cette curieuse bagarre du château de Bayreuth, quand le général Espagne avait eu le dessous contre un spectre, mais de quoi s'agissait-il en vrai? D'une hallucination? de la fatigue? d'une fièvre maligne? Lui, Fayolle, il n'avait pas vu le fantôme de ses yeux. La Dame blanche des Habsbourg! Il connaissait ces apparitions maléfiques dont on menaçait les marmots de son village; elles rôdaient près des calvaires et faisaient peur. Il n'y avait jamais cru.

— Vous vous figurez en villégiature, Fayolle? dit le capitaine Saint-Didier en agitant son épée rouge et dégoulinante; il activait la manœuvre pour ramener sans s'attarder les quatorze canons pris à l'ennemi.

Le général Espagne leva sa main gantée et le cortège se dépêcha. Fayolle et Brunel fouettèrent les chevaux de trait pour qu'ils accompagnent le galop, mais sur leur droite des bonnets de grenadiers apparurent dans la fumée qui stagnait en nappes, puis des uniformes blancs, des guêtres grises et hautes sur les genoux...

— Attention! cria Saint-Didier.

La plupart des cuirassiers font volter leurs montures pour fondre sur les fantassins, quand le général Espagne reçoit une balle de mitraille en pleine poitrine, qui traverse la cuirasse. Le blessé glisse, il tombe, le pied coincé dans l'étrier, et la bête s'emballe, elle le traîne comme un sac, il rebondit sur la terre labourée par les explosions. Fayolle pique son cheval dans la même direction, se baisse sur l'encolure, coupe la lanière de l'étrier avec le tranchant de son sabre. Les autres arrivent à sa suite et soulèvent le corps abîmé du général. On lui ôte son plastron et sa dossière, on l'enroule dans la cape blanche et longue d'un officier autrichien, qui s'étoile aussitôt de rouge vif, puis on dépose le corps sur un affût, tête et bras pendants, comme un fantôme.

Il y avait plus de morts sur les tombes du cimetière d'Aspern que dans les caveaux. Submergés, les voltigeurs luttaient en lançant des cailloux sur les tirailleurs du baron Hiller ; Paradis eut même la satisfaction d'en atteindre plusieurs avec sa fronde, mais il reculait avec le reste de son bataillon décimé, et tous espéraient s'égailler dans les champs où des arbustes et des herbes hautes pourraient les camoufler. Des Autrichiens montés sur les murs fanfaronnaient en secouant leurs drapeaux frappés de l'aigle noire à deux têtes, ou d'une madone en robe bleu ciel qui paraissait déplacée dans ces lieux infernaux. Les tambours battaient avec arrogance. Les Français se laissaient tirer comme à la chasse. Un canon pointa dans l'un des éboulis de l'enceinte. Paradis et Rondelet fuyaient sans pouvoir riposter. Ils s'accroupirent pour reprendre souffle derrière le corps d'un sous-officier grassouillet, tombé sur une croix et resté accroché à la façon d'un épouvantail. Rondelet se dressa un peu derrière ce cadavre pour constater la progression de l'ennemi :

— Dis donc, c'est l'adjudant !

Il prit le tué sous les bras pour le montrer à Paradis. L'adjudant Roussillon avait les yeux ouverts et fixes, un sourire plaqué sur ses lèvres bleues. Rondelet se piqua le doigt en détachant la Légion d'honneur du semblant d'uniforme :

— Pour le souv'nir, dit-il.

Ce fut sa dernière phrase, qu'il ne put achever parce qu'un boulet rasant lui emporta l'épaule. Abasourdi, car il se tenait près de son ami, Vincent Paradis s'en alla dinguer contre une dalle mangée par les orties et les mousses. Ses oreilles bourdonnaient. Les sons ne lui venaient plus qu'amortis. Il mit une main à son visage. Il eut un hoquet. Sa main n'avait rencontré qu'une bouillie de chair. Il en avait aussi sur les cheveux, dans la bouche, qu'il crachota en morceaux mous, fades et tièdes. Etait-il défiguré ? Un miroir ! Personne n'avait un miroir ? Une flaque d'eau, même ? Non ? Rien ? Etait-il presque mort ? Où était-il ? Encore sur terre ? Est-ce qu'il dormait ? Est-ce qu'il se réveillerait et où ? Il sentit des grosses pognes l'agripper et le soulever comme un colis ; il se retrouva contre une barrière de bois qui partageait un champ. Des voltigeurs couchés sur le dos bredouillaient des mots incompréhensibles, ils étaient ensanglantés, pansés avec des mouchoirs et des chiffons, l'un avec le bras en écharpe, l'autre crispé sur une branche comme sur une béquille, le pied empaqueté dans un bout de vareuse. Des jeunes hommes en tabliers longs inspectaient ces blessés et décidaient de la gravité de leur état : on n'allait pas transporter les plus moribonds. Ils soutenaient les détraqués pour les aider à s'entasser sur la plate-forme d'une charrette à foin que tiraient deux percherons aux yeux bandés. Paradis se laissait faire, il ne répondit pas aux apprentis infirmiers qui le questionnaient et s'étonnaient qu'avec le visage en charpie il ne se soit pas encore évanoui.

L'ambulance de fortune mit un long temps avant d'atteindre le petit pont de la Lobau ; il fallait sans cesse louvoyer dans des prairies closes et vallonnées, briser une palissade pour éviter un détour. Les aides chirurgiens suivaient à pied en étudiant leur cargaison, parfois ils désignaient un blessé :

— Celui-là, plus la peine...

Alors on extirpait le mourant de la plate-forme et on le posait dans l'herbe, tout en continuant à avancer au pas lent des percherons. Paradis restait debout, hébété ; il se tenait aux montants du char à foin comme à des barreaux de prison. Il reconnut à distance le bivouac de la Garde, puis ce fut l'arrivée près du petit pont. Il était dix-neuf heures, la nuit tombait, le rougeoiement des incendies éclairait une horde d'au moins quatre cents blessés qu'on avait étalés sur des bottes de paille ou à même la terre. On déposa Paradis près d'un hussard qui se traînait comme un serpent, une jambe en capilotade, et grattait la terre de ses ongles en fulminant contre l'Empereur et contre l'Archiduc. Avec des scies de menuisier, le docteur Percy et ses assistants, en sueur, n'arrêtaient plus d'amputer des jambes et des bras dans une cahute. On n'entendait que des hurlements et des malédictions.

CHAPITRE IV

Première nuit

A la chandelle, Henri fouilla sa cantine frappée d'une aigle ; il en sortit un cahier gris qu'il posa sur la table. Barrait la couverture trop feuilletée un titre à l'encre noire : *Campagne de 1809 de Strasbourg à Vienne.* Il parcourut les dernières pages. Son journal s'arrêtait à la date du 14 mai et il ne l'avait pas poursuivi. Les derniers mots de sa main indiquaient : « Ci-joint un exemplaire de la proclamation. Temps superbe et très chaud. » Pliée à cette page, une fameuse proclamation que l'Empereur fit imprimer la veille de la capitulation de Vienne. Henri la déplia pour la relire : « Soldats ! Soyez bons pour les pauvres paysans, pour le peuple qui a tant de droits à votre estime ; ne conservons aucun orgueil de nos succès ; voyons-y une preuve de cette justice divine qui punit l'ingrat et le parjure... » Il s'interrompit. Comme il ne croyait pas un mot de cette déclaration ronflante, Henri hocha la tête et fit une moue dégoûtée. Quelques jours auparavant, dans un hameau, il n'avait pas même trouvé un œuf et il avait noté : « Ce que les soldats n'avaient pas emporté, ils l'avaient brisé... » Il retourna cette proclamation sans effets pour écrire au verso, avec un crayon :

22 mai à la nuit. Vienne.

Au crépuscule nous sommes retournés sur les remparts. L'horizon était rouge et tremblait encore des incendies de la bataille, dont nous n'avions aucune vraie nouvelle. Un bulletin officiel rassurant ne me rassura pas, et Mlle K. encore moins. Je la regarde s'étioler à mesure que le temps passe et que le danger, là-bas, augmente. Combien de morts ? C'est moi, le malade, qui dois la soutenir. Elle a la mine de Juliette devant le corps présumé sans vie de son Roméo : « O happy dagger, this is thy sheah ! There rust, and let me die... »

Henri griffonna dans la marge « vérifier citation » ; il soupira comme au théâtre, puis il passa à la ligne pour consigner l'étrange comportement du jeune Monsieur Staps. Entendant des pas dans l'escalier, il crut d'ailleurs que celui-ci montait vers la soupente, mais on frappa à sa porte, il referma son cahier d'un geste agacé et marmonna : « Que me veut encore cet illuminé ? » Ce n'était pas l'Allemand. Dans le couloir, un bougeoir à la main, la vieille gouvernante en turban précédait un homme qu'Henri ne reconnut pas tout de suite, tant sa présence pouvait sembler insolite. Dans la chambre, Henri n'eut plus de doute : il s'agissait du loueur de lorgnettes des remparts, un peu bossu, des cheveux blancs qui tombaient en couronne de son crâne lisse, avec des petites lunettes rondes accrochées au milieu du nez. L'homme baragouinait un français approximatif :

— Monzieur, che fous rapporte fotre archent.

Il s'avança en chaloupant jusqu'à la table où il jeta une bourse en cuir fatigué que fermait un lacet.

— Mon argent ? dit Henri, qui se dépêcha de

retourner poches et goussets pour constater que ses florins avaient disparu.

— Fous l'afiez laissé tomber sur le chemin te ronde.

— Mais !

— Gomme che suis honnête...

— Attendez ! Comment savez-vous mon adresse ?

— Oh, mon petit monsieur, ce n'est pas bien difficile.

L'intrus parlait soudain d'une voix basse et timbrée, sans accent. Henri resta la bouche ouverte. La gouvernante s'était esquivée en poussant la porte. L'homme ôta sa redingote, défit les lanières qui retenaient sa bosse factice et arracha sa perruque en disant avec une jubilation marquée :

— Je suis Karl Schulmeister, Monsieur Beyle.

Henri l'étudia en détail à la lumière faible de sa bougie. Le faux loueur de lorgnettes était trapu, de taille moyenne et le teint rouge, des profondes cicatrices lui zébraient le front. Schulmeister ! Tout le monde le connaissait mais combien pouvaient le reconnaître ? A force d'espionner pour l'Empereur, il avait poussé l'art du déguisement à un tel degré que les Autrichiens, qui le traquaient, l'avaient chaque fois laissé échapper. Schulmeister ! On colportait à son sujet mille anecdotes. Un jour il s'introduisit dans le camp de l'Archiduc grimé en marchand de tabac. Un autre il quitta une ville assiégée en remplaçant le mort d'un cercueil. Un autre encore, costumé en prince allemand, il passa en revue des bataillons autrichiens et assista même à un conseil de guerre à côté de François II. Napoléon lui avait confié la police de Vienne, comme en 1805, et Henri s'étonnait :

— Avec la tâche que Sa Majesté vous a donnée, vous trouvez le temps de vous travestir?

— J'en ai sans doute le goût, Monsieur Beyle, et puis cette manie est bien commode.

— A quoi cela vous sert, de louer des lunettes d'approche dans les bastions?

— J'écoute les rumeurs, je me souviens des propos déshonnêtes, je récolte des informations. Le mauvais esprit, en temps de guerre, peut faire des ravages.

— Vous dites cela pour moi?

— Non non, Monsieur Beyle.

— Je suis donc si important, pour recevoir votre visite? Vous voulez m'embaucher dans vos services?

— Pas vraiment. Savez-vous que le père des demoiselles Krauss est un proche de l'Archiduc?

— Vous perdez votre temps.

— Jamais, Monsieur Beyle.

— Mademoiselle Anna Krauss ne pense qu'au colonel Lejeune...

Henri regretta aussitôt d'avoir trop parlé, mais il s'enfonça en voulant atténuer son propos :

— Lejeune, mon ami Lejeune, est l'aide de camp du maréchal Berthier.

— Je sais. Il est né à Strasbourg, comme moi. Il parle parfaitement la langue de nos adversaires.

— Et alors?

— Rien...

Schulmeister s'était approché de la table et consultait le cahier gris. Il en lut à haute voix une ou deux phrases :

— « Ecrire par prudence *upon myself*. Rien de politique. »

Il referma le cahier et se tourna vers Henri :

— Pourquoi *par prudence*, Monsieur Beyle?

— Parce que je ne veux pas livrer la moindre information militaire à ceux qui, par hasard, pourraient lire mon journal.

— Bien sûr! dit Schulmeister en regardant les dernières notes gribouillées par Henri au dos de la proclamation impériale. Il demanda :

— Qui est ce Staps dont vous qualifiez d'étrange le comportement?

— Un locataire de cette maison.

Henri dut raconter comment il avait surpris le jeune homme, ses incantations devant une statuette, le couteau de boucherie qu'il tenait comme une épée.

— Enfilez votre redingote, Monsieur Beyle, et guidez-moi jusqu'à la chambre de cet énergumène.

— A cette heure?

— Oui.

— Il doit dormir.

— Eh bien nous le réveillerons.

— Je crois surtout qu'il a la cervelle fêlée...

— Prenez votre bougie.

Henri céda. Il conduisit Schulmeister au dernier étage, désigna la porte du jeune Allemand. Le policier entra sans s'annoncer, prit la bougie des mains d'Henri et s'aperçut que la petite pièce était vide.

— Il vit la nuit, votre Staps? demanda-t-il à Henri.

— Ce n'est pas *mon* Staps et je ne l'espionne pas!

— S'il vous intrigue, il m'intrigue.

La statuette était restée à sa place. Les deux hommes l'observèrent de plus près. Elle figurait Jeanne d'Arc en armure.

— Qu'est-ce que ça signifie? dit Schulmeister. Jeanne d'Arc! A quoi ça rime?

La lune achevait son dernier quartier et la fumée des incendies cachait les étoiles. Dans l'herbe, couché sur le dos, le cuirassier Fayolle ne dormait pas. Il avait mangé sans faim, par devoir, dans la gamelle qu'il partageait avec Brunel et deux autres, et puis il s'était étendu, attentif à tous les bruits, un hennissement, une conversation sourde, le crépitement du bois dans le feu de bivouac, le son métallique d'une cuirasse jetée au sol. Fayolle s'interrogeait et il n'en avait guère l'habitude. L'action lui convenait puisqu'on s'y lançait la tête vide, mais après, ce prétendu repos, quelle peste ! Il avait éprouvé la plupart des sensations de la guerre ; il savait comment, d'une secousse du poignet, on enfonçait sa lame dans une poitrine, le craquement des côtes brisées, la giclée de sang quand on ôtait l'épée d'un mouvement brusque, comment éviter le regard d'un ennemi qu'on éventre, comment, à terre, taillader les jarrets d'un cheval, comment supporter la vue d'un compagnon mis en bouillie par un projectile incandescent, comment se protéger et parer les coups, comment se méfier, comment oublier sa fatigue pour charger cent fois dans une cohue de cavaliers. Pourtant, la mort de son général le tourmentait. Le fantôme de Bayreuth avait eu raison d'Espagne, même si le biscaïen qui lui avait éclaté le cœur était réel. Ce qui survient est-il écrit ? Un mécréant peut-il y croire ? Et lui, Fayolle, quel allait être son sort ? Pouvait-il l'infléchir et dans quel sens ? Vivrait-il encore la nuit prochaine ? Et Brunel, à côté, qui grognait en dormant ? Et Verzieux, où était-il à cette heure et dans quel état ? Fayolle se moquait des revenants mais il gardait une main sur sa carabine chargée. Il songeait à la jeune paysanne autrichienne qu'il avait tuée par accident, dans la petite maison d'Essling. Il s'était amusé avec son cadavre encore souple, mais son comparse, le soldat Pacotte, avait été égorgé par les partisans de la Landwehr, et l'affaire n'avait pas eu d'autre témoin. Foutaises ! pensait le cuirassier. Le meurtre, voilà son métier. Il tuait bien et salement, comme on le lui avait appris. Il avait du talent pour cela. Combien d'Autrichiens avait-il sabrés pendant la journée ? Il n'avait pas compté. Dix ? Trente ? Plus ? Moins ? Ceux-là ne l'empêchaient pas de dormir, ils n'avaient même pas de visages, mais cette fille le hantait. Il avait eu tort de la regarder dans les yeux pour y saisir sa peur. Ce n'était pas la première fois, quand même, qu'il rencontrait la peur des autres ! Il aimait ça. La frayeur qui précède la mort inévitable, ça l'excitait. Quel pouvoir ! Le seul. Fayolle l'avait ressenti lui-même à Notre-Dame-du-Pilar, en face d'un moine furieux qui l'avait poignardé, mais il s'en était tiré avec une balafre ; blessé, il avait réussi à étrangler le religieux, dont il avait récupéré la bure pour s'en tailler un manteau ; après, il avait jeté le corps dans l'Ebre où flottaient par centaines des cadavres d'Espagnols dans des sacs. La fille d'Essling était restée sur son matelas. Quelqu'un l'avait-il découverte ? Un tirailleur qui cherchait à s'embusquer et avait dû en être bien surpris ? Ou personne. La maison avait peut-être été brûlée par un obus. Fayolle aurait dû l'enterrer et cette pensée le travaillait. Il la voyait, elle grimaçait, son regard effrayé se changeait en menace et il ne parvenait pas à effacer cette image.

Il se leva.

En haut du vallon où cantonnaient les escadrons on discernait les premières maisons d'Essling ; leurs toits se découpaient sur un fond de lumière rougeoyante. Sans casque ni cuirasse, son sabre droit lui battant la jambe, Fayolle marcha comme un somnambule dans cette direction. Au bord de la plaine qu'il longeait de bosquet en bosquet il croisa les ordinaires charognards des nuits de batailles, ces rabatteurs civils des ambulances qu'on chargeait de ramener les blessés et qui en profitaient pour dépouiller les morts. Deux d'entre eux s'échinaient sur un hussard déjà raide dont ils tiraient les bottes. Par terre, sur la pelisse et le dolman, ils avaient posé une montre, une ceinture, dix florins, un médaillon. Un troisième, accroupi, approcha le médaillon de la lanterne posée au sol :

— Hou ! dit-il, mais elle est jolie, sa promise, à celui-là !

— Et puis maint'nant elle est libre, dit son compère affairé à dégager une botte.

— Dommage qu'y a pas d'adresse et pas d'nom.

— P'têt' dans l'dos du portrait.

— T'as raison, Gros-Louis...

Avec un couteau, l'ambulancier essaya de décoller le portrait du médaillon. D'autres passèrent avec les bras chargés de vêtements. Un malin avait attaché une série de casques et de shakos à un bâton, comme à la campagne les chasseurs de rats, et les plumets, les crinières, les houpettes pendaient comme les queues de ces bestioles. Fayolle tomba plus loin sur une sentinelle qui lui mit le canon de son fusil contre le torse :

— Tu vas où, toi ?

— J'ai besoin de marcher, dit Fayolle.

— T'arrives pas à roupiller ? T'as d'la veine ! Moi j'dors debout comme nos chevaux !

— De la veine ?

— Et t'en auras encore si t'évites de passer par la plaine. Les Autrichiens, ils sont à trente pas. Tu vois ce feu, là-bas, à gauche de la haie? Eh ben c'est eux.

— Merci.

— Veinard! grommela encore la sentinelle en regardant Fayolle s'éloigner vers le village.

Il marchait dans le noir, trébucha plusieurs fois, griffa son pantalon à des chardons, enfonça ses espadrilles dans une flaque d'eau. Quand il entra dans Essling, il ne sut différencier les dormeurs des morts; les voltigeurs de Boudet, exténués, s'étalaient dans les rues, contre les murettes, les uns sur les autres; ils se confondaient tous dans un pareil abandon. Fayolle buta contre les guêtres d'un soldat qui se redressa à demi et l'insulta. Il n'attachait plus aucune importance à rien. Il avançait vers cette maison qu'il avait visitée deux fois et qu'il reconnut sans peine, mais la troupe s'y était établie et l'avait fortifiée avec des monticules de sacs et de meubles cassés. La fille n'était donc pas brûlée, sa maison n'avait reçu aucun obus, quelqu'un l'avait trouvée morte et ficelée; qu'était devenu son corps? Il leva les yeux vers la fenêtre de l'étage. La vitre était brisée, le volet pendait, un voltigeur fumait sa pipe accoudé au rebord. Une nécessité poussait Fayolle à pénétrer dans cette maison mais son instinct le retenait. Debout dans la rue, il n'osait plus risquer un geste.

Personne ne dormait vraiment, sauf Lasalle, sans doute, qui préférait la vie des bivouacs à celle des salons et savait se reposer dans les pires conditions; il se drapait dans son manteau, se couchait, ronflait aussitôt et rêvait aux scènes héroïques qu'il s'impatientait de vivre. Les autres, officiers, soldats, avaient des nerfs et des angoisses, les traits tirés, des rides en plus. Des alertes générales avaient déjà remis les bataillons sur pied, pour trois fois rien, des escarmouches, des tirs isolés qu'on devait à la proximité des campements autrichiens et à cette obscurité qui ne permettait pas de distinguer les uniformes. Chacun pensait qu'il se reposerait après la bataille, sur terre ou en dessous.

Dans le grenier fortifié d'Essling, assis sur un tambour, une planche sur les genoux, le colonel Lejeune écrivait à Mademoiselle Krauss. Il méditait en trempant sa plume de corbeau dans le petit encrier qu'il emportait toujours pour ses croquis. Il ne racontait rien à Anna des horreurs et des dangers, il ne lui parlait que d'elle, et des théâtres de Vienne où ils iraient bientôt, des tableaux qu'il envisageait de peindre, de Paris surtout, du célèbre Joly, ce coiffeur en vogue qui lui tournerait un chignon à la Nina, et des bijoux qu'il lui offrirait, ou des souliers de chez Cop, si légers qu'on les déchirait en marchant ; ils iraient se promener dans les allées et sous les kiosques de Tivoli, à la lueur des lanternes rouges pendues aux arbres. Lueur, rouge, ces mots n'évoquaient pas Tivoli dans l'esprit de Lejeune ; ils lui avaient été inspirés par les incendies qui l'environnaient. Bref, il se voulait désinvolte mais n'y parvenait pas ou mal, cela devait se sentir, ses phrases restaient sèches, trop brèves, comme inquiètes. La guerre n'a rien de lyrique, pensait-il, ou alors de loin. Il avait tout de même failli mourir au moins trois fois pendant cette journée sauvage. Les images d'Aspern en feu remplaçaient celles des jardins calmes de Tivoli, et Masséna les artistes en cheveux que la mode enrichissait.

— Lejeune !

— Votre Excellence ?

— Lejeune, demanda Berthier, où en sont les réparations du grand pont?

— Périgord est sur place. Il doit nous prévenir quand les troupes de la rive droite pourront passer le Danube.

— Allons voir, dit encore Berthier qui jusque-là discutait avec le maréchal Lannes.

Ils avaient estimé les pertes, savaient désormais que Molitor avait perdu la moitié de sa division, trois mille hommes qui jonchaient les rues d'Aspern et les champs alentour, sans compter les blessés perdus pour la bataille du lendemain, dans trois heures, quatre au plus, quand les ennemis se retrouveraient à l'aurore et qu'ils s'élanceraient, fourbus, dans de nouvelles mêlées. Ils se levèrent ensemble, Berthier, Lannes, leurs aides de camp et leurs écuyers; en cortège, ils menèrent leurs chevaux au pas en longeant le Danube, mal éclairés par les flammes qui embrassaient toujours une partie des villages. Lejeune n'avait pas terminé sa lettre, dont il avait séché l'encre avec une poignée de sable. Le vent s'était levé, qui rabattait la fumée vers la Lobau, et les yeux piquaient. Comme ils approchaient des arrières d'Aspern, on entendit des coups de feu.

— J'y vais! dit Lannes en tournant son cheval.

Il s'enfonça dans les blés hauts et noirs qui le séparaient d'Aspern. Son aide de camp, Marbot, le suivit d'un mouvement machinal, puis au bout de plusieurs foulées il le précéda car il savait mieux le chemin et ses obstacles. Les autres continuèrent vers l'île et le petit pont. Le maréchal et son capitaine avançaient avec lenteur et prudence. Dans son dernier croissant la lune était faible, et la nuit si épaisse qu'on n'y voyait rien. Un vent contraire, qui amenait une odeur de brûlé, agaçait les chevaux et faisait voleter les plumes sur le bicorne du maréchal. Pour soulager son cheval, et inspecter le sol de ses bottes, Marbot mit pied à terre et tira la bête par sa bride.

— Tu as raison, disait Lannes, ce n'est pas le moment de nous casser les jambes!

— Votre Excellence, on vous dégotterait une calèche pour y diriger nos attaques.

— Belle idée! Je tiens à mes jambes, moi.

Et il descendit à son tour de sa selle pour cheminer à côté du capitaine qu'il estimait depuis tant d'années.

— Que penses-tu de cette journée d'hier?

— Que nous avons vu pire, Votre Excellence.

— Possible, mais enfin, nous n'avons pas réussi à crever le centre autrichien.

— Nous avons tenu.

— A un contre trois, oui, nous avons tenu, mais ça ne suffit pas.

— Dès l'aube nous aurons des troupes fraîches et l'armée de Davout. Les Autrichiens, eux, n'espèrent aucun renfort.

— Leur armée d'Italie...

— Elle est encore loin.

— Nous devons l'emporter demain, Marbot, et à n'importe quel prix!

— Si vous le dites, ce sera ainsi.

— Oh, ne me flatte pas!

— Je vous ai vu à l'attaque cent fois, et l'armée vous aime.

— Je les offre aux canons et aux baïonnettes et ils m'aiment! Parfois, je ne comprends plus.

— Votre Excellence, c'est bien la première fois que je vous entends douter.

— Ah bon? En Espagne, je devais douter en silence.

— Nous arrivons...

De ce côté des bivouacs de Masséna il n'y avait pas de sentinelles, et les deux hommes passèrent sans un bruit entre les soldats qui somnolaient par terre. Près d'un feu, ils virent la longue silhouette au dos courbé de Masséna, et, à ses côtés, celle de Bessières. Comme Marbot marchait en avant, le maréchal Bessières le reconnut à son chapeau de civil; en effet, à cause d'une blessure au front qu'il avait reçue en Espagne il ne pouvait supporter le traditionnel bonnet de fourrure des ordonnances de Lannes. Bessières crut qu'il venait seul et lui jeta:

— Capitaine, puisque vous venez aux renseignements je vais vous en donner un. Retournez dire à votre maître que je n'oublierai pas ses insultes!

Lannes, qui avait un tempérament bouillant, poussa de côté son aide de camp et apparut dans la lumière du bivouac.

— Monsieur, dit-il à Bessières en contenant mal sa colère, le capitaine Marbot sait risquer sa vie et prendre des coups! Parlez-lui sur un autre ton! Il a été dix fois blessé tandis que d'autres paradent devant l'ennemi!

Bessières leva la voix, ce qui ne lui ressemblait pas:

— Moi, je parade? Et toi? Je ne t'ai pas vu aux prises avec les uhlans!

— Certains se battent, d'autres préfèrent espionner et dénoncer!

L'allusion était rude mais claire. Lannes ravivait leur ancienne inimitié. Lorsque, prenant le parti de Murat contre le sien, Bessières avait signalé que Lannes dépassait de deux cent mille francs le crédit d'équipement de la garde consulaire qu'il commandait, Napoléon avait aussitôt retiré ce commandement à Lannes; et Murat épousé Caroline. Cette nuit, devant Aspern qui n'arrêtait pas de flamber, la haine des deux maréchaux n'avait plus de bornes.

— C'est trop! cria Bessières. Tu vas m'en rendre raison!

Bras croisés, Masséna attendait que la querelle s'épuise, mais Bessières avait tiré son épée, vite imité par Lannes, et ils allaient se battre en duel. Masséna se plaça entre eux:

— Assez!

— Il m'a outragé! disait Bessières en rage.

— C'est un traître! rugissait Lannes.

— Devant l'ennemi? Vous allez vous étriper devant l'ennemi? Je vous ordonne de vous séparer! Ici, vous êtes chez moi! Rengainez vos épées!

Ils obéirent malgré eux.

Sans un mot, furieux et tremblant, Bessières tourna les talons et s'en alla rejoindre ses cavaliers. Masséna prit Lannes par le bras:

— Tu entends?

— Rien! disait Lannes en se renfrognant.

— Ouvre tes oreilles, bougre de mule!

Dans la nuit, des fifres jouaient une musique scandée que Lannes reconnut sans peine et qui le fit vibrer.

— Tes hommes jouent *La Marseillaise*? demanda-t-il à Masséna.

— Non. Ce sont les Autrichiens qui cantonnent dans la plaine. La musique porte loin.

Ils se turent pour écouter l'ancien hymne de l'Armée du Rhin, répandu dans toute la France insurgée par les volontaires de Marseille, qui accompagna la Révolution et ses soldats jusqu'à l'Empire où, par décret, il fut interdit comme un vulgaire chant séditieux. Lannes et Masséna évitaient de se regarder. Ils se souvenaient de leurs exaltations passées. Désormais ils étaient ducs et maréchaux, ils possédaient autant de terres et d'or que les aristos, mais *La Marseillaise* les avait naguère soulevés, ils avaient quitté leurs provinces pour se battre en l'entendant, et combien de fois en avaient-ils entonné les couplets à pleine gorge pour y puiser du courage ? Lannes ne put s'empêcher de fredonner les paroles du refrain, sur cette musique que jouaient les ennemis, par provocation ou parce qu'ils croyaient mener à leur tour une guerre de libération contre le despotisme. Masséna et Lannes pensaient aux mêmes choses, ils revivaient les mêmes scènes, ressentaient les mêmes émotions mais ne se disaient rien. Ils écoutaient d'une mine grave, émue, absorbée. Ils avaient été jeunes et pauvres et patriotes. Ils avaient aimé ces couplets guerriers. Voilà que leurs adversaires les leur opposaient comme une injure ou comme un remords.

Râles, plaintes, gémissements, sanglots, cris et hurlements, le chant des blessés de l'île Lobau n'avait rien de nostalgique. Les infirmiers qui n'avaient plus de sentiments, habillés d'uniformes aux éléments dépareillés, chassaient avec des palmes les essaims de mouches qui se fixaient sur les plaies. Son long tablier et ses avant-bras dégoulinant de sang, le docteur Percy avait perdu sa bonhomie. Sans relâche, dans la hutte de branchages et de roseaux baptisée ambulance, ses assistants posaient sur la table qu'ils avaient récupérée des soldats nus et presque morts. Les aides que le docteur avait obtenus grâce à ses coups de gueule, pour la plupart, n'avaient jamais étudié la chirurgie, alors, parce qu'il ne pouvait suffire seul aux soins de tant d'estropiés et de tant de blessures diverses, il indiquait, sur les corps que tordait la douleur, à la craie, l'endroit où il fallait scier; et les assistants de fortune sciaient, ils débordaient parfois à côté des jointures, le sang jaillissait, ils entamaient l'os à vif; leur patient défaillait et arrêtait de remuer. Beaucoup succombaient ainsi d'un arrêt du cœur ou se vidaient de leur sang, une artère sectionnée par malheur. Le docteur criait:

— Crétins! Vous n'avez jamais découpé un poulet?

Chaque opération ne devait pas excéder vingt secondes. Il y en avait trop à assumer. Ensuite, on jetait le bras ou la jambe sur un tas de jambes et de bras. Les infirmiers d'occasion en plaisantaient pour ne pas vomir ou tourner de l'œil: « Encore un gigot! » clamaient-ils à voix haute en lançant les membres qu'ils avaient amputés. Percy se réservait les cas difficiles, il tentait de recoller, de cautériser, d'éviter l'amputation, de soulager, mais comment, avec ces moyens indécents? Dès qu'il en avait la possibilité, il en profitait pour instruire les plus éveillés de ses infirmiers:

— Vous voyez, Morillon, ici les fragments du tibia se chevauchent et sont à nu...

— On peut les r'mettre en place, docteur?

— On pourrait, si on avait le temps.

— Y en a plein qui attendent derrière.

— Je sais!

— Alors qu'est-ce qu'on fait?

— On coupe, imbécile, on coupe! Et j'ai horreur de ça, Morillon!

Il essuyait d'un chiffon son visage en sueur, il avait mal aux yeux. Le blessé, le condamné plutôt, avait droit à une ligne de craie que Percy traçait au-dessus du genou, on le posait sur la table où des paysans autrichiens, il y a peu, devaient manger la soupe, et un aide sciait, langue tirée, appliqué à suivre le trait. Percy était déjà penché sur un hussard qu'on reconnaissait à ses bacchantes, ses favoris et sa natte.

— La gangrène s'installe, marmonnait le docteur. La pince !

Un grand garçon godiche tendait une pince dégoûtante en se tenant un mouchoir contre le nez. Percy en usait pour arracher les chairs brûlées, il tempêtait :

— Si seulement on avait de la quinquina en poudre, je la ferais macérer dans du jus de citron, j'en imbiberais un tampon d'étoupe, on laverait tout ça, on soulagerait, on sauverait !

— Pas celui-là, docteur, il a passé, disait Morillon, une scie de menuisier ensanglantée à la main.

— Tant mieux pour lui ! Au suivant !

D'un coin de son tablier, Percy ôta les vers qui s'étaient infiltrés dans la plaie du suivant, lequel délirait, les yeux retournés.

— Fichu ! Le suivant !

Deux aides, l'un le tenant sous les bras, l'autre aux mollets, déposaient le soldat Paradis sur la table du chirurgien.

— Qu'est-ce qu'il a, ce gars, à part une bosse ?

— On sait pas, docteur.

— Il vient d'où ?

— Il était dans le lot qu'on a ramassé près du cimetière d'Aspern.

— Mais il n'a pas été blessé !

— Il avait des bouts de chair sur le visage et sur la manche, on a cru qu'il avait pris un boulet mais c'est parti quand on a essuyé.

— Eh bien il a pris en pleine figure le corps d'un camarade déchiqueté. De toute façon, ça a dû lui taper sur la tête.

Percy se baissa vers le faux blessé :

— Tu peux parler ? Tu m'entends ?

Paradis resta immobile mais bredouilla pour réciter son identité :

— Soldat Paradis, voltigeur, 2e de ligne, 3e division du général Molitor sous les ordres du maréchal Masséna...

— T'inquiète pas, je ne vais pas te renvoyer là-bas, tu n'es plus en état de tenir un fusil. *(A Morillon :)* Ce gars est costaud, allez me l'habiller, on a de quoi l'employer.

Le docteur et son assistant rétablirent Paradis sur ses jambes, et le voltigeur en caleçon suivit Morillon avec docilité. Dehors, sur des ballots de paille entassés, les blessés que Percy jugeait condamnés, faute de médicaments et de matériel, portaient sur le front une croix à la craie ; ainsi on ne les confondait pas avec les nouveaux arrivants, et on ne risquait pas de les ramener par inadvertance sur la table de chirurgie. Les agonisants ne verraient sans doute pas l'aube, ils étaient perdus pour la bataille et pour la vie. Tout près, sous une haie d'ormeaux, les rabatteurs des ambulances avaient disposé une sorte de boutique où ils revendaient pour leur compte les capotes, les sacs, les gibernes, les vêtements glanés dans la plaine sur les cadavres autrichiens et français.

— Gros-Louis, dit Morillon à un lourdaud coiffé d'un bonnet, tu vas nous équiper ce gaillard.

— Il a des sous ?

— C'est un ordre du docteur Percy.

Gros-Louis soupira. Son commerce était toléré mais s'il refusait d'obéir au médecin, celui-ci pourrait lui interdire de vendre les effets militaires qu'il récupérait. Il s'exécuta à contrecœur et Paradis se retrouva attifé de pantalons verts à galon jaune, de bottes trop grandes, d'une chemise à la manche droite déchirée et d'un gilet de chevau-léger qu'il eut du mal à boutonner. Morillon le confia à une équipe de cantiniers chargés du bouillon des blessés.

Le repas était moins grossier à la table de l'Empereur, dressée dans son bivouac à la tête du petit pont. Des marmitons tournaient des volailles à la broche sur un feu de brindilles et les peaux grésillaient, doraient, sentaient bon. Monsieur Constant avait disposé ses tréteaux, ses nappes et ses lanternes sous un bosquet, ainsi ne voyait-on pas le convoi des malheureux qu'on amenait au docteur Percy et qui, s'ils ne périssaient pas auparavant, auraient tout à l'heure un membre scié. On dînait tranquille en oubliant un instant les canons. Lannes était assis à la droite de l'Empereur qui l'y avait invité pour le cajoler. Le maréchal avait raconté son altercation, en modifiant la vérité à son avantage, et Napoléon avait convoqué Bessières pour le sermonner en termes vifs avant de le renvoyer. Bessières avait été l'offensé, il devenait l'offenseur parce que Sa Majesté l'avait décidé, et qu'elle aimait ce type d'injustice pour tremper son entourage, embrassant ou giflant sans raison évidente mais selon son plaisir. Au lieu de réconcilier les deux maréchaux, il les divisait encore, attisait leur haine car il avait besoin de se sentir en toute circonstance le seul juge, l'unique recours, et que ses ducs ne s'entendent pas trop entre eux pour ne pas un jour s'entendre contre lui.

Ces considérations dépassaient le maréchal Lannes, assombri par sa dernière querelle, et lui, le dévoreur de poulets en série, il chipotait sur un pilon doré. Il préférait remuer des pensées mélancoliques. Il s'y complaisait. Il se rêvait ailleurs, avec sa femme, dans l'une de ses maisons, ou chevauchant sans danger en Gascogne, fortune faite, en paix. L'Empereur recracha des os dans l'herbe et remarqua l'humeur maussade de son maréchal :

— Tu n'as pas faim, Jean ?

— Je manque d'appétit, Sire...

— On dirait que tu boudes comme une fillette grondée ! *Basta !* Demain, Bessières t'obéira et nous la gagnerons, cette couillonne de bataille !

L'Empereur déchira avec les doigts sa carcasse de volaille, y planta les dents, et, la bouche pleine, après s'être essuyé les lèvres à sa manche et les doigts à la nappe, il expliqua à Berthier, Lannes et son état-major la marche qu'ils allaient suivre :

— Avec les troupes qui vont franchir le grand pont, Berthier, combien d'hommes aurons-nous à dépenser ?

— Environ soixante mille, Sire, sans oublier les trente mille de Davout qui devraient être arrivés à Ebersdorf.

— Davout ! Qu'on le presse ! Les canons ?

— Cent cinquante pièces.

— *Bene !* Lannes, tu enfonceras le centre autrichien avec les divisions Claparède, Tharreau et Saint-Hilaire. Bessières, Oudinot, la cavalerie légère avec Lasalle et Nansouty attendront ta percée pour s'y engouffrer, puis ils se retourneront vers les ailes ennemies massées devant les villages...

L'Empereur fit un geste à Constant, qui lui posa sa redingote sur les épaules car le temps fraîchissait. Caulaincourt lui servit un verre de chambertin et il continua :

— Avec l'appui de Legrand, Carra-Saint-Cyr et

les tirailleurs de ma Garde, Masséna reprendra une position plus ferme dans Aspern. Les voltigeurs de Molitor, on les tiendra en réserve, ils l'ont mérité. Boudet défendra Essling.

L'Empereur but et, en se levant, congédia ses invités. Lannes s'en alla seul, son bicorne sous le bras. Il n'avait pas plus sommeil que faim. Il traversa le petit pont que les blessés encombraient pour gagner la maison de pierre où il s'était reposé la veille dans les bras de Rosalie, mais cette nuit le pavillon de chasse était vide. La fille avait repassé le pont avant sa rupture, tôt la veille. Il aurait voulu lui laisser un cadeau, cette petite croix d'argent ciselé incrustée de diamants, qu'il portait à son cou depuis l'Espagne. Cela le renvoya quelques mois en arrière, à Saragosse, quand un chapelain espagnol qui gardait le reliquaire de Notre-Dame-du-Pilar lui avait offert un trésor pour que ses moines aient la vie sauve. Il y en avait pour près de cinq millions de francs ; des couronnes en or, un pectoral de topazes, une croix de l'ordre de Calatrava en or émaillé, des portraits, cette petite croix... Il ouvrit sa veste et sa chemise, attrapa le bijou de sa main droite et tira d'un coup sec pour casser la chaîne ; avançant vers la rive sablonneuse, il lança l'objet de toutes ses forces dans le Danube qui ne cessait de monter. Puis il resta longtemps devant le fleuve qui grondait.

Sur la même berge de la Lobau, à environ un kilomètre plus à l'ouest, dans les broussailles où débouchait le grand pont flottant, Lejeune et son ami Périgord attendaient la fin des travaux de consolidation. Pontonniers et marins de la Garde n'avaient cessé d'y travailler ; il y avait eu quelques noyades que n'avaient su empêcher les précautions et le savoir-faire. A vrai dire, les matériaux manquaient et on rafistolait au lieu de construire. Les deux aides de camp de Berthier considéraient en se désolant l'incessante sauvagerie des flots, les remous, les vagues aux allures de mascaret, les troncs déracinés qui se fracassaient contre le fragile édifice. Il aurait fallu dresser des estacades en amont, ces sortes de digues composées de pilotis et de chaînes capables de briser le courant, de retenir ou de ralentir les arbres emportés ou les terribles barques triangulaires que continuaient à envoyer les Autrichiens. Ces projectiles étaient plus redoutables encore la nuit, malgré les lanternes accrochées à des hampes, malgré les flambeaux. Lorsqu'on apercevait un îlot de feuillage ou des arbres transformés par la vitesse en béliers, c'était presque toujours trop tard, on avait du mal à les dévier de leur course ; on devait sans cesse réparer ce qu'on venait de réparer, les travaux s'éternisaient.

Soudain, Lejeune distingua d'étranges formes mobiles qui semblaient se débattre dans les eaux sombres et remuantes. Il se demanda ce que les stratèges de l'Archiduc avaient cette fois inventé, mais il reconnut un troupeau entier de cerfs que l'inondation avait chassé des forêts, et qui dérivaient, la tête et les bois au-dessus du fleuve. Quelques-uns de ces animaux s'emmêlaient aux cordages, d'autres étaient jetés sur l'île, et chacun en les voyant se disait : « Voilà de la viande qui nous arrive à point... » Un grand cerf avait réussi à se relever sur ses pattes en sortant des roseaux, et il se secouait, trempé, confiant comme un animal domestique, à quelques pas de Lejeune. Aussitôt il fut entouré par des soldats dont on ne savait pas le régiment, car ils étaient en bras de chemise, mais armés de baïonnettes qu'ils tenaient comme des couteaux. Périgord et

Lejeune s'approchèrent de ce groupe. Le cerf les regardait, une larme au coin de l'œil, saisissant que sa mort était imminente.

— C'est très curieux, remarquait Périgord. Je l'ai cent fois constaté dans les chasses à courre, le cerf traqué se raidit, fait le fier et verse un pleur pour attendrir le chasseur.

— Edmond, vous qui avez des manières, dit Lejeune, essayez au moins de tuer proprement cette bête.

— Vous avez raison, mon cher, ces gueux ne savent tuer que les hommes.

Périgord poussa le cercle des soldats.

— L'animal est essoufflé, messieurs, mais laissez-moi faire. Pour ne pas abîmer la viande, je sais m'y prendre.

D'un coup d'épée bien ajusté, Périgord ouvrit la gorge du cerf, qui trembla sur ses pattes avant de s'effondrer, langue dehors, yeux ouverts, avec, toujours, cette larme.

Les soldats s'emparèrent de leur proie et la découpèrent en quartiers qu'ils allaient griller. Ils avaient faim. Lejeune se détourna et son ami le suivit après avoir essuyé son épée dans l'herbe. Un adjudant hirsute arriva au pas de course pour les avertir :

— Ça y est ! Le pont est en état.

— *Molto bene*, s'écria Périgord en imitant la voix de l'Empereur.

— Merci, dit Lejeune, qui pouvait envoyer un courrier à Vienne avec sa lettre pour Anna.

— Vous venez, Louis-François ? Allons prévenir Sa Majesté.

Ils montèrent sur les chevaux que leurs écuyers tenaient un peu plus loin, dans une clairière réservée aux officiers. Ceux-ci ne chantaient plus comme la veille. Couchés dans leurs manteaux, ils regardaient un ciel sans étoiles et la dernière rognure d'un croissant de lune. D'autres caressaient la pelouse d'une main distraite, comme si c'était un dos de chat ou une chevelure de femme. Ils se reposaient en rêvant à la vie civile.

L'Empereur était à son bivouac, les mains dans le dos, debout devant ses cartes que Caulaincourt avait chargées de cailloux pour qu'elles ne s'envolent pas. Il méditait sur la bataille à venir. Le sort lui semblait favorable. Aux mêmes Autrichiens fatigués par un jour de combat, il allait opposer des troupes neuves et alertes. Il les lancerait toutes dans l'offensive, là où l'ennemi était le plus faible et le moins nombreux, au centre, comme il l'avait annoncé à son état-major pendant le dîner. Quand Lejeune et Périgord vinrent lui certifier que le grand pont était enfin solide, il n'en fut même pas content. C'était prévu. Les événements se dérouleraient désormais selon son plan, qu'il saurait modifier au gré des circonstances et avec sa rapidité coutumière. Napoléon se sentait fort. Il ordonna que les troupes de la rive gauche passent le Danube et rejoignent les abords de la plaine. Caulaincourt et son mameluk Roustan l'aidèrent à se hisser sur un cheval pour qu'il puisse assister au défilé de ses nouveaux régiments. A ce moment retentit un coup de feu, une balle s'écrasa sur l'écorce d'un orme en frôlant l'Empereur. Il y eut un mouvement de panique. Un tireur autrichien, caché à moins de deux cents mètres, avait ajusté son tir sur le turban en mousseline blanche du mameluk.

— Pourquoi vous affoler ? dit l'Empereur. Quand on entend siffler une balle, c'est qu'elle vous a manqué !

Très entouré, il prit le chemin du grand pont. Au milieu de ce groupe de cavaliers aux uniformes cousus d'or, auxquels il demanda, pour la mise en scène, d'ôter leurs chapeaux à plumes et de saluer les renforts, l'Empereur regardait arriver ses soldats. Passèrent d'abord les trois divisions de grenadiers menées par Oudinot, puis la division du comte Saint-Hilaire, les trois brigades de cuirassiers et de carabiniers conduites par Nansouty, l'autre partie de la Garde impériale, l'artillerie enfin, plus de cent canons, et sous le poids des caisses et des fûts on vit le tablier descendre sous le niveau des eaux.

A trois heures du matin les Autrichiens recommencèrent à bombarder. A quatre heures la bataille reprit avec le jour.

CHAPITRE V

Seconde journée

« La mort quelle paix ! Comme
Iphigénie je regretterai la lumière
du jour ; pas ce qu'elle éclaire. »

Demi-jour, Jacques CHARDONNE.

La plaine était dans le brouillard. Un soleil
rouge, qui se levait à l'horizon, colorait la campagne d'une lumière de sang. Aspern brûlait toujours. Un vent persistant poussait des épais tourbillons de fumée noire et âcre. Quelques formes
accroupies se chauffaient à la braise des
bivouacs. Le colonel Sainte-Croix secoua l'épaule
de Masséna, qui avait dormi deux heures entre
des arbres abattus. Le maréchal se leva en rejetant son manteau gris, il se mit à bâiller, il s'étira,
regarda son aide de camp en baissant la tête car
le jeune homme n'était guère plus haut que
l'Empereur, mais plus fluet, blond, imberbe
comme une demoiselle ; jamais, à le voir, on
n'aurait imaginé son énergie.

— Monsieur le duc, dit-il, nous venons de recevoir des munitions et de la poudre.

— Faites-les distribuer, Sainte-Croix.

— C'est fait.

— Alors on y retourne ?

— Le 4ᵉ de ligne et le 24ᵉ léger traversent le petit pont et marchent pour nous rejoindre.

— Allons-y d'abord, il faut profiter de ce brouillard pour reprendre l'église. Que Molitor ramasse les survivants de sa division.

Les tambours appelèrent au rassemblement, les bataillons se reformaient, des chevaux bien dressés arrivaient même sans leurs cavaliers. Masséna arrêta le cheval brun d'un hussard qui devait agoniser dans la plaine, il le monta sans aide, ajusta la bride à sa main et le fit caracoler dans la direction d'Aspern. Tout autour des hommes se dressaient, frileux, engourdis par trop peu de mauvais sommeil, et glissaient à tâtons vers les faisceaux pour y cueillir leurs armes. Soumis par la fatigue et la fatalité, ils ne faisaient aucun bruit, ne disaient aucun mot ; on aurait dit des ombres. Ils suivirent Masséna qui avançait au débouché de la grande-rue. On ne voyait pas à dix mètres. L'église, que tenait depuis la veille une brigade du baron Hiller, commandée par le major général Vacquant, était perdue dans la fumée et dans la brume. Les sabots et les pas résonnaient seuls. Masséna tira son épée du fourreau, et, de la pointe, il indiquait en silence la marche à suivre aux rescapés de la division Molitor. Ceux-ci, en colonnes, longeaient les maisons des deux bords et se regroupaient derrière les arbres ou les ruines qui encerclaient la place principale.

— Vous apercevez ce que j'aperçois, Sainte-Croix ?

— Oui, Monsieur le duc.

— Ces canailles ont démoli le mur du cimetière et de l'enclos ! On ne peut les attaquer qu'à découvert ! Qu'en pensez-vous ?

— Qu'il faut attendre les troupes de Legrand et de Carra-Saint-Cyr, pour avoir au moins l'avantage du nombre.

— Et le brouillard sera levé! Non! Ce brouillard nous protège. Qu'on donne l'assaut!

Un millier de voltigeurs mal réveillés se lancèrent au pas de course contre l'église transformée en citadelle. En plein brouillard, baïonnettes pointées, ils butaient parfois sur les cadavres de la veille ou trébuchaient dans les trous creusés par des obus. Les Autrichiens avaient prévu l'assaut, ils répliquaient en tirant de partout et même du clocher à demi calciné. Encore et encore, des soldats tombèrent le nez au sol. A ce moment, entre les tombes du cimetière et la murette éboulée, on devina un major à cheval qui levait un drapeau frangé d'or; une troupe compacte surgit pour l'encadrer, puis, d'un cri, courut au-devant des voltigeurs pour les embrocher. Au corps à corps tout est permis, certains tenaient leurs fusils comme des masses, d'autres comme des faux ou des lardoirs, et ils s'étripaient en rugissant; d'autres s'observaient une seconde avant de se ruer; les hommes à terre y étaient aussitôt cloués, on pataugeait dans les boyaux, on n'écoutait plus les râles, on tuait pour éviter de l'être, on se heurtait, on se déchirait avec les ongles et les dents, on s'aveuglait en lançant de la terre, et avec ce brouillard qui les enveloppait, les combattants réalisaient toujours trop tard le danger.

Masséna consultait une montre et Sainte-Croix enrageait d'impatience:

— Nos hommes perdent pied, Monsieur le duc!

Il montrait une cohorte dépenaillée qui refluait en portant ou traînant des blessés barbouillés de sang. Sainte-Croix insistait:

— Laissez-moi y courir, Monsieur le duc!

— Monsieur le duc, Monsieur le duc! Arrêtez de me briser les oreilles avec vos *Monsieur le duc*! Duc de quoi, hein? D'un hameau italien, d'un symbole? *(et, sur un ton narquois :)* Je ne vous appelle pas sans cesse Monsieur le marquis, mon petit Sainte-Croix!

Sainte-Croix serrait le pommeau de son épée à s'en blanchir les doigts. Son père était en effet marquis et il avait été l'ambassadeur de Louis XVI à Constantinople, mais lui, que sa famille destinait à la diplomatie, s'était toujours senti attiré par la vie militaire. Il s'était retrouvé très jeune sous les ordres de Talleyrand, avant de s'enrôler par faveur dans l'un de ces régiments que l'Empereur avait composés d'anciens nobles et d'émigrés. Masséna l'avait distingué et emmené à sa suite.

— Surveillez vos nerfs, Sainte-Croix, si vous aimez commander. Vous avez vu cent voltigeurs refluer? Moi aussi.

— Je pourrais les remporter à la bataille, si vous m'en donniez l'ordre!

— Je le pourrais de même, Sainte-Croix.

Et Masséna expliqua au jeune colonel qu'il s'agissait d'user les Autrichiens également épuisés par un jour de combats, en attendant les régiments frais. Sainte-Croix avait vingt-sept ans, plus d'impétuosité que d'expérience, mais il comprenait vite. Il avait un réel talent pour la gloire. Les récits de *L'Iliade* avaient remué son enfance. Il avait longtemps voulu égaler Hector, Priam, Achille, imaginé ces luttes à la javeline sous les remparts ocre de Troie, quand les dieux devenaient les complices de ces géants féroces, magnifiques, agiles malgré le lourd métal de leurs cottes et de leurs jambières. Ce matin il

croyait apercevoir Achille, avec son manteau de
loup, son casque orné de défenses de sanglier, ce
glorieux brigand dont la déesse Athéna admirait
les mensonges. Sainte-Croix entendit alors des
tambours et il tourna la tête. Des plumets rouges
sortaient de la brume. C'étaient les fusiliers de
Carra-Saint-Cyr qui arrivaient.

Lejeune avait la déplaisante impression de
s'enfoncer dans un nuage gris. Il ne reconnaissait
plus le chemin parcouru cent fois la veille entre
la Lobau et Essling ; les arbres, les haies surgis-
saient devant son cheval au dernier moment et il
avait perdu ses repères. Il avançait au pas, se guidait aux bruits les plus proches. Alerté par un
froissement, à sa gauche, sans doute du côté de la
plaine que noyait le brouillard, il tira son épée et
resta immobile ; une masse floue remuait à sa
portée ; il appela en français et en allemand,
mais, comme il n'obtint aucune réponse il devina
un péril, fonça vers cette forme indécise en
sabrant de toutes parts. Il n'y avait qu'un gros
buisson agité par le vent. Couvert de feuilles et de
brindilles qu'il avait hachées, Lejeune se sentit
soulagé et ridicule. Il aperçut enfin une lueur et
se dirigea vers elle avec prudence, sans lâcher
son épée. La lueur disparut quand il s'en approcha. Dans la brume qui commençait à s'effilocher
en fumées, il tomba sur une bande de cuirassiers
qui étouffaient leur feu de la nuit en le piétinant.
    — Soldats, dit Lejeune, je dois aller à Essling,
ordre de l'Empereur ! Indiquez-moi le chemin le
plus bref.
    — Vous êtes trop en avant de la plaine, dit un
capitaine aux joues salies de barbe. Je vais vous
donner une escorte pour vous guider. Même les
yeux bandés, mes hommes s'y retrouvent, par ici.
    Le capitaine Saint-Didier ronchonna en bou-

clant sa ceinture. A cent mètres, des bivouacs brillaient encore malgré la consigne.

— Brunel! Fayolle! Et toi, et vous deux, là! Allez confirmer à ces imbéciles qu'il faut éteindre tous les feux!

— Je les accompagne, dit Lejeune.

— A votre aise, mon colonel. Ensuite ils vous emmèneront à Essling... Fayolle! Mettez votre cuirasse!

— Y s'croit invulnérable, mon capitaine, dit le cuirassier Brunel en sautant à cheval.

— Assez de sornettes! grogna Saint-Didier, qui ajouta plus bas à l'intention de Lejeune : Je ne peux pas leur en vouloir, la mort de notre général les a secoués...

Fayolle ferma sa cuirasse et Lejeune le regardait. Il avait eu des mots, et même des coups, avec ce gaillard qui espérait piller la maison rose d'Anna. Le soldat ne l'avait pas reconnu, il ramassait sa carabine d'un geste machinal et se hissa sur sa selle. Les six cavaliers s'en allèrent vers les bivouacs allumés. Lorsqu'ils en furent assez près, et que les silhouettes se dessinèrent mieux, ils identifièrent avec un recul des uniformes bruns de la Landwehr. Un groupe mangeait des haricots à même le chaudron, d'autres astiquaient leurs fusils avec des bouchons de feuillage. Les Autrichiens n'eurent pas le temps de réaliser qu'ils étaient entourés de cavaliers français, et, parce qu'ils les croyaient plus nombreux, se levèrent en montrant leurs mains sans armes. Avant que Lejeune ait pu lancer un ordre, Fayolle avait piqué son cheval et bondi parmi les Autrichiens. De sa carabine il éclata la cervelle du premier, puis, du sabre, en braillant de rage, il coupa net la main levée du second.

— Arrêtez ce fou! commanda Lejeune.

— Il venge not'général, dit Brunel avec un sourire d'ange très ironique.

Lejeune poussa son cheval contre celui de Fayolle et, par-derrière, comme l'autre allait abattre son sabre sur un Autrichien recroquevillé à terre, lui attrapa le poignet et le tordit. Les deux hommes se retrouvèrent visage contre visage, haletant, et Fayolle souffla :

— On n'est pas au bal, mon p'tit colonel!

— Calme-toi ou je te tue!

De sa main gauche, Lejeune braquait son pistolet d'arçon contre la gorge du cuirassier.

— Tu veux encore m'casser les dents?

— J'en meurs d'envie.

— Te gêne pas, profite de tes galons!

— Idiot!

— Plus tôt, plus tard, moi ça m'est égal.

— Idiot!

Fayolle se dégagea d'un coup d'épaule et sa monture fit un écart sur le côté. Pendant cette courte altercation, les cuirassiers avaient regroupé leurs prisonniers sans défense. Trois d'entre eux, cependant, avaient réussi à filer dans la bagarre, mais les autres s'étaient laissé faire, pas fâchés de ne plus avoir à se battre.

— Qu'est-ce qu'on fabrique de ces oiseaux-là, mon colonel? demanda Brunel qui était descendu goûter les haricots du chaudron.

— Emmenez-les à l'état-major.

— Et vous, on vous conduit plus au village?

— Je n'ai pas besoin d'une troupe, et celui-là connaît le chemin.

Lejeune désignait Fayolle qui reprenait son souffle, courbé sur l'encolure.

Confiant les prisonniers aux cuirassiers, Lejeune suivit le soldat Fayolle qui menait son cheval dans les nappes de brume. Ils croisèrent au bas d'une colline les impeccables bataillons des tirailleurs de la Jeune Garde, l'arme à la bretelle, guêtres blanches, shakos surmontés d'un long plumet blanc et rouge, puis une division de l'armée d'Allemagne qui montait en silence vers la plaine. Ils entendirent claquer les fouets des conducteurs du train d'artillerie, aperçurent leurs vestes bleu clair, et les épaulettes de laine rouge des artilleurs qui traînaient des dizaines de canons. Ils longèrent enfin les colonnes sans fin de l'infanterie que commandaient Tharreau et Claparède. Fayolle s'arrêta pour laisser le passage à des chasseurs à cheval qui rejoignaient la cavalerie de Bessières. Le brouillard se dissipait, on distinguait bien les premières maisons brûlées d'Essling.

— J'vais pas plus loin, mon officier, dit Fayolle sans regarder Lejeune.

— Merci. Ce soir nous fêterons la victoire, je te le promets.

— Oh, moi, ça m'rapportera rien, je suis dans l'bétail...

— Allons !

— Quand j'vois ce village tout cassé, j'ai des drôles d'impressions.

— Tu as peur ?

— J'ai une peur pas normale, mon officier. C'est pas vraiment d'la peur, c'est je sais pas quoi, c'est comme une vilaine destinée.

— Avant, que faisais-tu ?

— Rien ou pas grand-chose, chiffonnier, mais le croc ou le sabre, c'est toujours un sale travail à trois sous. Tenez, v'là l'maréchal Lannes qui sort d'Essling...

Et Fayolle tourna bride. Lannes chevauchait avec les généraux Claparède, Saint-Hilaire, Tharreau et Curial.

Campé dans ses bottes poussiéreuses, devant les bâtiments de la tuilerie où campait son état-major, l'Empereur croisait les bras. Il souriait au brouillard qui se dispersait. Il avait l'impression de gouverner les éléments puisque ce mauvais temps était son allié. Autrefois il avait su utiliser l'hiver, les fleuves, les sierras, les vallées pour y porter des coups rapides et foudroyer ses enne-mis. Aujourd'hui, à la faveur de cet écran qui enfumait encore la campagne, son armée pouvait surgir d'un bloc en face des Autrichiens sur le glacis qui séparait les villages. Lejeune avait porté ses ordres au maréchal Lannes, et on dis-tinguait les masses des fantassins qui manœu-vraient en carrés sur la pente du talus. Le fer des sabres levés et des baïonnettes, les ors des géné-raux, les aigles des drapeaux brillaient au soleil naissant. Les tambours roulaient et se répon-daient d'un régiment à l'autre, ils se mêlaient, ils confondaient leurs rythmes, ils enflaient comme un tonnerre permanent et scandé. Les escadrons suivaient en seconde ligne, rangés au bas des val-lons, lanciers bleus de Varsovie, hussards, gardes du corps de Saxe et de Naples, chasseurs de Westphalie. A ce spectacle, Napoléon pensait qu'il n'y avait plus de Badois, de Gascons, d'Ita-liens, d'Allemands, de Lorrains, mais une seule force ordonnée qui faisait mouvement pour emporter sous le choc les troupes affaiblies de l'Archiduc.

Tout à l'heure, des cuirassiers en patrouille avaient amené leurs prisonniers de la Landwehr, avec ces drôles de chapeaux garnis de feuilles ; l'Empereur les avait questionnés, et le général Rapp, un Alsacien qui pratiquait leur langue, ser-vit de traducteur ; ils avaient indiqué et nommé leurs unités, évoqué leur fatigue, leurs faiblesses, leur défaut de conviction. Lannes allait donc lancer vingt mille fantassins entre la garde de Hohenzollern et la cavalerie de réserve commandée par Liechtenstein, ce prince que l'Empereur aurait aimé ambassadeur à Paris. Berthier donna les dernières nouvelles qu'on venait de lui communiquer. L'église d'Aspern avait enfin été enlevée et Masséna consolidait sa position. Arrivé de la Lobau, Périgord confirmait la venue des trente mille hommes de Davout qui marchaient en ce moment vers Ebersdorf, sur l'autre rive du Danube, et franchiraient le grand pont dans une heure. Tout semblait conforme aux plans de l'offensive conçus pendant la nuit. Les six mille cavaliers de Bessières iraient s'engouffrer dans la brèche ouverte par Lannes pour envelopper l'ennemi à revers, tandis que Masséna, Boudet et Davout sortiraient en même temps des villages pour attaquer les ailes adverses. Avant midi, estimait l'Empereur, on aurait la victoire.

Comme il connaissait son ascendant sur ses hommes, et savait en jouer, Napoléon décida de longer leurs colonnes pour se montrer. Sa vue les animerait et multiplierait leur courage. Il se fit amener son cheval gris le plus docile, grimpa sur un petit escabeau qu'on venait de déplier, monta en selle.

— Sire, dit Berthier, nos troupes sont en marche, restez plutôt ici d'où nous découvrons l'ensemble du champ de bataille...

— Mon métier, c'est de les ensorceler ! Je dois être partout. Ceux-là, je les tiens par le cœur.

— Sire, par pitié, restez hors de portée des canons !

— Vous entendez des canons ? Moi pas. Ils ont grondé pour nous réveiller à l'aube, mais depuis ils se taisent. Vous voyez cette étoile ?

— Non, Sire, je ne vois aucune étoile.

— Là-haut, pas loin de la Grande Ourse.

— Non, je vous assure...

— Eh bien, tant que je serai le seul à la voir, Berthier, j'irai mon train et je ne souffrirai aucune observation! Allons! Mon étoile, je l'ai vue en partant pour l'Italie avec vous. Je l'ai vue en Egypte, à Marengo, à Austerlitz, à Friedland!

— Sire...

— Vous m'embêtez, Berthier, avec vos prudences de vieille dame! Si je devais mourir aujourd'hui, je le saurais!

Il partit, les rênes flottantes, suivi à courte distance par ses officiers. L'Empereur tenait dans son poing fermé un scarabée de pierre qui ne le quittait jamais depuis l'Égypte, un porte-bonheur ramassé dans la tombe d'un pharaon. Il sentait la fortune de son côté. Il savait qu'une bataille ressemblait à une messe, qu'elle réclamait un cérémonial, que les acclamations des troupes qui partaient mourir remplaçaient les cantiques, et la poudre l'encens. Il fit deux signes de croix à la hâte, à la manière des Corses quand ils prennent une lourde décision. Une clameur électrique l'accueillit chez les grenadiers de la Vieille Garde disposés en arrière et à gauche de la tuilerie. En le voyant, le général Dorsenne leva son bicorne et cria : « Présentez armes! », mais ses grognards plantèrent leurs oursons ou leurs shakos à la pointe des baïonnettes en hurlant le nom de l'Empereur.

Au milieu des troupes qui se disposaient à la lisière de la plaine, le maréchal Lannes instruisait ses généraux :

— Le temps s'éclaircit, Messieurs, allez prendre vos commandements. Oudinot et ses grenadiers à la gauche du front, et puis Claparède, Tharreau au centre, et vous, Saint-Hilaire, sur la droite devant Essling.

— Nous n'attendons pas l'armée du Rhin?

— Elle est déjà là. Davout va survenir d'un instant à l'autre pour nous appuyer.

Le comte Saint-Hilaire avait un profil de médaille romaine, des cheveux courts rabattus sur le front, le cou engoncé dans un très haut col brodé; droit sur son cheval capricieux, qu'il bridait d'une poigne ferme, il partit retrouver ses chasseurs, une cohorte aux uniformes fantaisistes qu'on n'identifiait qu'à leurs épaulettes de laine verte. Il s'arrêta devant la ligne des tambours, en remarqua un qui lui semblait un enfant et interrogea son major, un colosse rehaussé par son bonnet emplumé, au costume étincelant, surchargé de guirlandes et de broderies du collet jusqu'aux bottes :

— Quel âge a ce gamin?

— Douze ans, mon général.

— Et alors? grogna le jeunot.

— Alors? Je pense que tu as le temps de te faire tuer. Tu es donc bien pressé?

— J'étais déjà à Eylau, et j'ai frappé la charge à Ratisbonne, et je n'ai pas eu une égratignure.

— Moi non plus, dit Saint-Hilaire en riant, mais il mentait en oubliant une blessure reçue sur le plateau de Pratzen, à Austerlitz.

Du haut de sa selle il regardait le petit bonhomme, son tambour presque aussi grand que lui qui reposait sur le tablier rond en cuir de vache.

— Ton nom?

— Louison.

— Pas ton prénom, ton nom.

— Pour tout le monde c'est Louison, Monsieur le général.

— Eh bien tire tes baguettes de ta bandoulière, Louison, et frappe comme à Ratisbonne !

L'enfant obéit. Le tambour-major leva sa canne de jonc à pomme d'argent et les autres se mirent à battre à l'unisson du gamin.

— En avant ! ordonna Saint-Hilaire.

— En avant ! criait au loin le général Tharreau à ses hommes.

— En avant ! criait Claparède.

L'armée avançait dans les blés verts. La brume s'effaçait en lambeaux, et les Autrichiens découvrirent l'infanterie de Lannes quand elle marchait sur eux. Le maréchal arriva en galopant et vint trotter à côté de Saint-Hilaire ; il leva son épée et la division prit le pas de charge, précédée par Louison qui frappait comme un dément sur la peau de sa caisse, persuadé, lui aussi, d'être un peu maréchal.

Surpris par la vigueur et la brusquerie de l'attaque, les soldats de Hohenzollern tentèrent de répliquer, mais les chasseurs enjambaient leurs camarades tués et fonçaient à la baïonnette. Sous la poussée, les premières lignes autrichiennes reculèrent, reculèrent encore : derrière la foule des fantassins, ils apercevaient les gueules de cent canons qui les visaient depuis la crête du glacis.

Au plus cruel de la bataille, Lannes perdait ses doutes. Il n'était plus qu'un guerrier. Il s'époumonait, il gesticulait parmi ses hommes qu'il poussait toujours plus avant ; donnant l'exemple il les entraînait, il les éblouissait, il parait des coups, il eut même une décoration de sa poitrine arrachée. Voyez-le qui jette son cheval nerveux contre des artilleurs, les épouvante, les renverse, les sabre avec furie. Voyez-le qui déboule dans un carré adverse, entend siffler des balles dont il ne se soucie pas, enlève un drapeau jaune au dessin compliqué et, de la pointe dorée, embroche un lieutenant. Saint-Hilaire vient à la rescousse en plantant son épée dans le dos d'un grenadier blanc. Ensemble ils se démenaient, ils effrayaient, ils enflammaient leurs soldats à tel point que les ennemis, qui s'étaient d'abord retirés avec méthode, commençaient à s'affoler ; cela se remarquait à leur désordre dans le repli, aux brèches qu'ils offraient quand ils s'éparpillaient dans les moissons piétinées.

— Nous gagnons, Saint-Hilaire, disait Lannes en haletant, et il montrait une scène qui se déroulait à l'arrière de l'armée autrichienne : à cent mètres, des officiers munis de bâtons frappaient leurs fuyards pour qu'ils rentrent dans les rangs.

— L'Empereur avait raison, Votre Excellence, répondait Saint-Hilaire en restant sur ses gardes.

— L'Empereur avait raison, répétait Lannes en regardant tout autour.

Et ils redoublaient de rage meurtrière, prenaient des risques énormes, tuaient, restaient indemnes, paraissaient invulnérables. Soudain la cavalerie de Liechtenstein déboucha sur la droite le sabre au clair, pour dégager ses compatriotes en débandade, mais les chasseurs les reçurent par un feu violent, puis les cuirassiers envoyés par Bessières vinrent les heurter pour les repousser ; on entendit longtemps le fracas métallique des cuirasses battues par les sabres. « Comme à Eckmühl ! pensait Lannes. Leur cavalerie ne sert qu'à couvrir leur infanterie en déroute. Mon ami Pouzet, mon frère, mon maître, dirait qu'ils sont bien timides ou mal convaincus ! Ce soir nous fêterons cela à Vienne ! » Il songeait à la belle Rosalie, à des draps frais, à un souper plantureux, à un sommeil sans cauchemars. Il songeait aussi à la duchesse de Montebello demeurée en France, il vit son visage, son sourire, murmura : « Ah ! Louise-Antoinette... » Et il brandit son épée pour continuer le massacre.

Le major général Berthier avait envoyé Lejeune au-devant de Davout, pour qu'il presse sa marche. Au passage, le colonel avait emmené son ordonnance :

— Suis-moi sur la rive droite, tu files à Vienne remettre à Mademoiselle Krauss la lettre que voici.

— Avec joie, mon colonel, dit l'ordonnance qui était ravi de cette mission facile loin de la bataille.

Il glissa la lettre sous son dolman et précéda son officier sur le grand pont.

— Pas si vite, imprudent !

Le bruit du fleuve couvrait la voix de Lejeune. Son ordonnance, déjà trop engagée, ne l'entendait plus. Il menait le grand trot et le colonel crut à plusieurs reprises que cet imbécile allait basculer dans les vagues, avec son cheval et la lettre, car le Danube en fouettant le grand pont lui donnait des mouvements de roulis, mais non, l'autre était presque parvenu de l'autre côté. Il se tourna sur sa selle, leva sa main gantée pour saluer son colonel qui lui répondit, puis il piqua des deux sur la route de Vienne en remontant les troupes de l'armée du Rhin. A l'horizon, au-dessus des ultimes et légères bandes de brume, Lejeune entrevit le long clocher de Saint-Etienne et il en eut le cœur léger ; sa lettre allait enfin parvenir à Anna. Il reporta son regard sur la rive droite où progressaient les interminables colonnes de Davout, un train d'artillerie, des chariots de munitions et de vivres. Quelques chasseurs à cheval, en tenue vert foncé, avec leurs bonnets à poils noirs, ronds comme des boules, enfoncés sur le front, s'engageaient en éclaireurs sur les premières planches du pont. Lejeune poussa son cheval d'un mouvement des genoux, au pas, pour aller à leur rencontre sans déraper sur les planches mouillées et parfois disjointes du tablier. Depuis la veille, les pontonniers et les sapeurs s'étaient organisés pour freiner la course des madriers, des troncs et des brûlots que les Autrichiens lançaient encore dans le courant ; ils rafistolaient aussitôt au premier dommage ; Lejeune ne prêta pas attention à ce travail devenu une routine. Il allait atteindre la moitié du pont lorsque des hurlements le firent tressaillir. En face, les cavaliers s'étaient arrêtés et regardaient en amont du fleuve.

Les braillements venaient d'une équipe de charpentiers installée dans l'un des pontons de soutènement. Ils clouaient, consolidaient des amarres. Lejeune descendit de cheval et se pencha :

— Quoi encore ?

— Ils vont nous balancer des maisons, maintenant, pour ouvrir not'pont !

— Des maisons ?

— Ouais mon colonel !

— Voyez par vos yeux, dit un officier du génie dépoitraillé et très moustachu ; il tendit à Lejeune sa lorgnette d'approche en lui désignant un point au large du clocher noirci d'Aspern. Lejeune scruta le Danube. Il vit des silhouettes aux uniformes blancs qui s'agitaient sur un îlot boisé. Il regarda mieux. Ces hommes s'affairaient autour d'un grand moulin à eau dont ils venaient d'ôter les roues. D'autres faisaient la chaîne pour apporter des grosses pierres. L'officier du génie était monté sur le pont à côté de Lejeune ; il lui expliquait :

— Leur idée, elle est simple, mon colonel. J'ai compris et j'en tremble.

— Dites-moi...

— Ils ont enduit le moulin de goudron, tout à l'heure, et là, ils vont le ficeler sur deux bateaux lestés de pierres. Vous voyez ça ?

— Continuez...

— Ils vont abandonner leur moulin flottant dans le courant, y foutre le feu, et nous, qu'est-ce qu'on peut y faire, hein ?

— Vous en êtes sûr ?

— Hélas !

— D'ici, vous les avez vus badigeonner ce moulin de goudron ?

— Dame ! Il était en bois blond et il est devenu noir ! Et puis, depuis des heures, on a compris leur idée, ils nous expédient des radeaux incendiaires qu'on a un mal de chien à retourner dans l'fleuve pour les éteindre. Là c'est trop gros, on pourra pas.

— J'espère que vous vous trompez, dit Lejeune.

— Espérer ça coûte rien, mon colonel. J'aimerais m'tromper, va !

Il ne se trompait pas. Obnubilé par ce moulin haut comme une maison de trois étages, Lejeune étudiait l'affreuse manœuvre. Les Autrichiens poussaient en effet leur édifice dans le fleuve ; il se mit à flotter. Des grenadiers l'accompagnaient vers le milieu du Danube, en barques, pour qu'il n'échoue pas trop tôt sur l'une ou l'autre des rives. Ils portaient des flambeaux garnis d'étoupe, qu'ils allumèrent au briquet pour les jeter au pied de la machine infernale. Le moulin prit feu dans la seconde et dériva au gré du courant tourmenté.

Chez les Français, l'impuissance augmenta la

panique : comment contrarier la course de cet engin du démon ? Le moulin transformé en brasier mobile approchait du grand pont en prenant de la vitesse. Les dispositifs inventés par le génie pour détourner les brûlots, avec des chaînes tendues en travers du fleuve, ne pourraient suffire à détourner le colossal projectile. Pourtant chacun regagnait son poste, dans des nacelles reliées par des filins, avec des perches, des gaffes, des troncs d'arbres placés comme des butoirs ; et chacun attendait le choc avec anxiété en se demandant s'il y survivrait.

Lejeune donna une claque sur la croupe de son cheval pour le renvoyer vers l'île. Les chasseurs s'étaient repliés impuissants sur la rive droite, et les colonnes de Davout, horrifiées par le spectacle, avaient mis l'arme au pied. Le moulin enflammé grandissait en se rapprochant, il bringuebalait sur les eaux remuantes mais ne versait pas. A la hauteur des nacelles et des chaînes tendues, il perdit des pans de sa charpente qui sautaient dans l'eau, y grésillaient, fumaient, mais l'ensemble restait debout et accélérait son allure. Lorsqu'il heurta les chaînes ce fut pour les emporter et précipiter les nacelles contre ses bois en feu. Les nacelles s'embrasèrent avec leurs occupants puis se perdirent dans les remous. On aperçut un soldat plaqué contre le goudron brûlant mais on ne l'entendit pas s'égosiller, et il s'abandonna à son tour au Danube. Rien n'entravait la course du brûlot. Des pontonniers plongeaient car ils n'avaient plus le temps de grimper sur le tablier pour fuir avant la collision, et les vagues leur brisaient les os contre les coques du ponton. Lejeune sentit qu'on lui saisissait le bras, c'était l'officier moustachu qui le tirait en arrière, et il courut vers la Lobau. Il entendit dans son dos un grand fracas ; le pont trembla. L'officier et Lejeune furent jetés à plat ventre sur les lattes trempées. Des flammèches tombaient en pluie autour d'eux, éteintes sous les fortes lames produites par le choc. Quelques sapeurs aux habits en flammes tombaient à l'eau pour s'y noyer. Quand il se releva sur les coudes, Lejeune vit la catastrophe : le grand pont était ouvert et ses deux morceaux dérivaient. Le moulin disloqué brûlait toujours, le feu gagnait les cordages, les madriers, le tablier.

Deux jeunes gens marchaient dans la Jordangasse. Ils avaient presque le même âge tendre, des redingotes de drap sombre et des chapeaux hauts de forme. Le plus âgé devait avoir vingt ans et jouait avec sa canne pour se donner un air nonchalant. L'autre, Friedrich Staps, n'était pas rentré de la nuit dans sa chambre de la maison Krauss, ignorait donc qu'elle avait été visitée par le policier Schulmeister, et qu'Henri Beyle, le locataire français de l'étage au-dessous, avait été alerté par ses manigances, ses moqueries, ses secrets et la statuette de Jeanne d'Arc. Lorsqu'ils arrivèrent enfin devant le logis, au lieu de prendre congé, Ernst le pressa en murmurant sans le regarder : « Continuons à déambuler comme des promeneurs anodins, ne te retourne pas... » Friedrich obéit puisque son ami devinait une menace, mais il n'osa lui demander la raison de cette méfiance qu'une fois sur la Judenplatz voisine. Ils firent semblant de regarder la vitrine d'un tailleur :

— Qu'ai-je à craindre ?
— En face de ta porte, il y avait une berline.
— Peut-être.
— J'ai un sixième sens pour flairer les argousins.

— La police ? Tu en es sûr ? Personne ne me connaît à Vienne.

— Restons prudents. Nos compagnons vont te loger, ne remets pas les pieds dans cette maison. Tu y as laissé tes affaires ?

— Oh oui...

Il pensait surtout à sa statuette, puisqu'il conservait son couteau sur lui.

— Tant pis, dit Ernst.

— Tant pis, soupira le jeune Staps, mais ses futurs exploits réclamaient des sacrifices.

La veille au soir, Staps avait retrouvé Ernst von der Sahala dans la salle tranquille d'un café viennois. Ils s'étaient reconnus d'un regard, par affinités, sans même avoir besoin de se présenter.

— Comment va notre frère le pasteur Wiener ? avait demandé Ernst.

— Je le bénis de m'avoir recommandé à toi !

Ils étaient tous deux allemands et luthériens, mais Ernst appartenait à la secte des Illuminés qui, comme d'autres à l'époque, les Philadelphes du colonel Oudet, les Concordistes, les Chevaliers noirs, s'affirmaient tyrannicides et réclamaient la vie de ce Napoléon oppresseur des peuples. Les deux garçons avaient longtemps conversé sans montrer d'émotions au-dehors ; leurs voix étaient couvertes aux tables voisines par la musique d'un violon. Puis ils avaient rôdé sur les remparts pour admirer la campagne qu'éclairaient les incendies de la bataille. Staps avait parlé de sa mission, il avait raconté comment il avait disparu un matin de chez lui en laissant un mot à son père : « Je pars pour exécuter ce que Dieu m'a ordonné. » Il se croyait élu. Il avait entendu des voix. Il avait lu avec passion l'*Oberon* de Wieland, ce poème naïf inspiré du Moyen Age où l'on voit un nain, roi des elfes, soutenir Huon de Bordeaux dans son expédition à Babylone ; grâce à un cor magique et à une coupe enchantée, Huon réussit à épouser la fille du calife après avoir obtenu de celui-ci des poils de sa barbe et trois molaires. Il avait surtout lu Schiller, le sentimental Schiller, inhumain de noblesse, et sa *Pucelle d'Orléans* l'avait transporté. Il en était devenu Jeanne d'Arc. Comme elle, il libérerait l'Allemagne et l'Autriche de l'Ogre. Il avait pour cela acheté un couteau.

Huit heures du matin sonnaient. Les deux garçons s'éloignèrent dans les rues de la vieille ville, bras dessus bras dessous, et ils chantonnaient comme s'ils étaient éméchés. « En temps de guerre, avait dit Ernst, les patrouilles n'interpellent pas les fêtards en goguette. » Ils passèrent devant l'église des dominicains, croisèrent en effet une patrouille de la police qui se moqua d'eux, enfin Ernst entraîna son nouvel adepte dans un passage couvert. Les voici dans une cour pavée. Ernst se dirige droit vers l'une des portes, y frappe plusieurs coups selon un code, on leur ouvre, ils entrent dans un couloir puis dans une longue pièce éclairée par deux bougeoirs faibles. Au bout d'une table, un homme maigre et âgé, vêtu de noir, était en train de lire sa Bible.

— Pasteur, lui dit Ernst, il faut héberger ce frère.

— Qu'il pose ses bagages. Martha va le conduire dans l'appartement du troisième étage.

— Il n'a pas de bagages. Il faudrait lui procurer le nécessaire.

— Le nécessaire ? dit le vieux pasteur. Ecoutez ce que nous dit le prophète Jérémie... *(il prit sa Bible et lut en chevrotant :)* Ce jour est au Seigneur, à l'Éternel des armées. C'est un jour de vengeance. L'épée dévore, elle se rassasie, elle s'enivre du sang de ses ennemis. Les nations apprennent ta honte, fille de l'Égypte, et tes cris remplissent la terre, car les guerriers chancellent l'un sur l'autre, ils tombent tous ensemble !

— Comme c'est beau, dit Ernst.

— Comme c'est vrai, dit Friedrich Staps.

Napoléon était blême, la peau presque transparente, le visage lisse et dépourvu d'expression d'une statue inachevée. Il regardait le ciel, puis il baissa vers le sol des yeux vides. Debout à l'entrée du grand pont qui venait de rompre et tanguait comme un bateau, il observait le moulin consumé dont il faudrait ôter les débris fumants, avant de raccorder les deux parties du long tablier crevé sur une centaine de mètres, là, dans cette ouverture où le courant se ruait avec une force de torrent. Muet, plus accablé que contrarié, l'Empereur gardait ses mains dans le dos mais y serrait une cravache. Ce matin la situation lui avait été favorable, l'offensive efficace : Lannes mettait en déroute le centre autrichien et poussait loin ses incursions ; Masséna et Boudet attendaient avec leurs divisions de sortir des villages. L'Empereur, dans ces immenses plaines, ne pouvait plus appliquer son habituelle stratégie. La surprise, la rapidité, il les avait essayées en surgissant de la Lobau, il avait même été au bord de la victoire, mais la guerre changeait ; comme sous les rois, une bataille se jouait artillerie contre artillerie, régiment contre régiment, avec des masses qu'on jetait sur des masses, toujours plus d'hommes, toujours plus de cadavres, toujours plus de mitraille et de feu. Sur l'autre rive, il rageait de voir ce supplément d'hommes qui lui manquait, l'armée de Davout à l'arrêt avec ses canons inutiles, ses chariots de poudre et de vivres, ses colonnes désœuvrées.

A quelques pas derrière, gênés, inquiets, Ber-

thier et un groupe d'officiers n'osaient un mot ni
un geste. Ils espéraient l'ordre fulgurant, l'idée
qui renverserait le sort. Lejeune était parmi eux,
décoiffé, sans shako, l'uniforme défait. Sans se
tourner, fasciné par ce pont trop fragile et trop
long qui le narguait, l'Empereur appela :

— Bertrand !

Discret et dévoué, le général comte Bertrand
s'avança près de lui, le chapeau sous le bras, et il
se mit au garde-à-vous. L'Empereur avait décidé
de l'endroit où le pont avait été jeté, lui seul avait
déterminé le délai nécessaire à sa construction,
mais il voulait sans cesse nommer des respon-
sables et Bertrand dirigeait le génie.

— *Sabotatore !*

— Sire, j'ai exécuté vos ordres à la lettre.

— Traître ! Voyez-le, votre pont !

— En une nuit, Sire, nous ne pouvions établir
un meilleur ouvrage sur ce fleuve difficile.

— Traître, traître ! *(et aux autres :) Ha agito da
traditore !* Et vous aussi ! Tous ! Vous me trahis-
sez !

Personne ne répondit car c'était inutile. Il fallait que l'Empereur passe sa colère.

— Bertrand !

— Sire ?

— Combien de temps pour réparer votre sabo-
tage ?

— Au moins deux jours, Sire...

— Deux jours !

Bertrand reçut en pleine figure un vigoureux
coup de cravache. L'Empereur respirait fort. Il
marcha vers son cheval et demanda à Berthier de
le suivre, d'un geste impatient de la main.

— Vous avez entendu les insolences de ce
foutu Bertrand ?

— Oui Sire, dit Berthier.

— Quarante-huit heures! Où est l'Archiduc?

— Dans son camp du Bisamberg, Sire.

— Mmmm... Il va vite apprendre notre malheur.

— Dans une heure ou deux, certainement. Et il va en profiter pour envoyer contre nous l'ensemble de ses réserves.

— Sauf si nous persévérons à l'attaquer, Berthier! Lannes est en excellente position, il a désorganisé la piétaille de Hohenzollern!

— Mais nous allons manquer de munitions.

— Davout peut nous ravitailler par barques.

— En petites quantités, Sire, avec des risques de chavirer.

— Alors ordonnons le repli.

— Si nous reculons, Sire, les armées de l'Archiduc se reforment.

— Et si nous ne nous replions pas, l'Archiduc intervient sur nos flancs mal protégés, c'est le massacre! Il faut se replier.

— Où, Sire? Dans l'île?

— Bien sûr! Pas dans le Danube, idiot!

— Il est impossible de passer à temps une cinquantaine de milliers d'hommes, avec les canons, le matériel, avant que les Autrichiens ne nous surprennent à revers par les bords du fleuve.

— Replions-nous d'abord sans hâte vers nos positions de la nuit. Masséna et Boudet se retranchent dans leurs villages, Lannes tient le glacis. Quand la nuit sera tombée, nous nous enfermerons sur l'île.

— Il faut donc tenir pendant dix heures...

— Oui!

Une fois de plus, à neuf heures du matin, le colonel Lejeune galopait sans joie dans les moissons; il allait porter au maréchal Lannes son ordre de repli. Il croisa un cortège de prisonniers

autrichiens qui marchait en sens inverse, tout un
bataillon de fusiliers sans chapeaux et sans
armes, la tête basse, certains balafrés, un pansement sommaire autour du crâne ou le bras en
écharpe ; quelques traînards suivaient en boitil-
lant avec du sang aux guêtres. Ils passaient dans
les blés et le jeune Louison les menait comme un
troupeau d'oies, en improvisant une sarabande
fatigante sur son gros tambour. Lejeune avait le
cœur lourd mais il sourit. Cela lui rappelait
l'aventure de Guéhéneuc après la victoire d'Eckmühl ; ce colonel allait porter un message quand
il tomba sur un régiment de la cavalerie ennemie,
égaré dans la nuit, qui s'était aussitôt rendu ;
l'Empereur s'en était amusé : « C'est vous Guéhéneuc, vous tout seul qui avez encerclé la cavalerie
autrichienne ? » Mais derrière les prisonniers de
ce matin venaient les hommes de Lannes, hirsutes et fanfarons, vêtus de dépouilles comme
des brigands, qui portaient en fagots les fusils
confisqués et traînaient cinq canons intacts, des
caissons attelés, des gibernes bourrées de cartouches, un drapeau troué.

Lejeune continua son chemin vers la ligne du
front, très avancée puisqu'on apercevait au loin
des chasseurs à cheval au hameau de Breinten-
lee, où ils flanquaient le feu. Le maréchal Lannes
était assis sur un fût d'artillerie sans roues. Il
dirigeait sa bataille en distribuant des ordres de
circonstance à ses aides de camp qui couraient
les porter à Saint-Hilaire, Claparède ou Tharreau.

Quand Lejeune mit pied à terre, Lannes fronça
les sourcils et s'écria :

— Ah ! Voilà le colonel catastrophe !
— Je crains que Votre Excellence n'ait raison.
— Dites.

— Votre Excellence...

— Dites ! J'ai l'habitude d'entendre des horreurs.

— Vous devez suspendre l'attaque.

— Quoi ? Répétez-moi cette idiotie !

— L'offensive est interrompue.

— Encore ! Il y a une heure à peine, votre compère Périgord m'a demandé la même chose, pour réparer ce pont du diable qu'un radeau enflammé avait esquinté ! Il est construit en paille, votre pont ?

— Votre Excellence...

— Vous savez ce qui s'est passé, Lejeune ? En face ils se sont reformés au premier répit, et il a fallu recommencer notre percée, et on a recommencé, et on a laissé des bonshommes sur le terrain, mais on a une nouvelle fois dissipé les Autrichiens ! Là, il faut s'asseoir et regarder les pantins de Hohenzollern se refaire une santé ?

— L'Empereur ordonne un repli sur Essling.

— Hein !

— Cette fois c'est plus grave.

Lejeune expliqua les derniers événements à Lannes. Décontenancé, le maréchal s'exaspéra :

— Nous tenions la victoire ! Nous la tenions, vous dis-je ! Une heure de plus, l'appui de Davout, et c'en était fait de l'Archiduc...

Puis il dicta ses ordres aux aides de camp :

— Que Bessières ramène la cavalerie entre les villages, que Saint-Hilaire et les autres se retirent en ordre, mais lentement, pour ne pas montrer notre volte-face, comme si nous avions une nouvelle stratégie, comme si nous espérions des renforts imminents ou laissions notre artillerie se déployer dans la plaine. Il faut intriguer les Autrichiens et ne pas les réjouir.

Il se leva pour regarder ses officiers qui partaient communiquer l'ordre funeste, puis il s'avisa que Lejeune n'avait pas bougé :

— Merci, colonel. Vous pouvez retourner à l'état-major. Si vous vous en sortez, et qu'un jour vous racontiez notre histoire un peu folle, je vous permets de dire que vous avez vu le maréchal Lannes désarmé, oh, pas au combat, bien sûr, mais par un ordre. Il suffit d'un mot pour atteindre un soldat. Qu'en pense Masséna ?

— Je n'en sais rien, Votre Excellence.

— Il doit enrager comme moi, mais il est moins emporté et gueulard. Il ne montre rien. À moins qu'il s'en fiche...

Lannes inspira à s'en bomber le torse :

— Je veux que ce repli soit un modèle du genre. Courez le dire à Sa Majesté.

Lejeune s'éloigna en laissant le maréchal Lannes debout dans les blés. Il pensait que cette bataille n'était pas ordinaire, qu'on s'exaltait et déchantait trop souvent et que cela portait sur les nerfs. L'action se diluait. Il faisait déjà très chaud. Lejeune avait envie de s'étendre pour une longue sieste. Comme il aurait aimé Vienne, s'il y était venu en simple voyageur. Il entendit résonner dans ses oreilles l'allemand chanté d'Anna Krauss. Quand la guerre serait finie, ils iraient ensemble à l'Opéra. Son cheval sautillait entre des cadavres indifférenciés.

L'ordonnance du colonel Lejeune dévorait comme un glouton une volaille froide. Après avoir remis la lettre à Mademoiselle Krauss, il avait rencontré Henri qui l'avait aussitôt bousculé de questions. C'était un brave garçon mais hâbleur ; il aimait se faire mousser et simulait la fatigue des combats vécus de loin, à l'abri de la Lobau, mais lorsque Henri lui avait demandé s'il avait faim, il s'était éclairé et l'avait suivi vers les cuisines en salissant les planchers de ses bottes crottées. Il était donc attablé devant les provisions livrées en douce par l'intendance. Bien installé, la veste déboutonnée, il plongeait les doigts dans les plats, ponctuait ses phrases en agitant un pilon à demi rongé, remplissait son verre d'un petit vin blanc viennois dont il se resservait sans arrêt en graissant le flacon :

— La journée d'hier a été rude, disait-il en mâchant et en buvant, mais le colonel n'a pas pris une éraflure, je vous jure, et ce matin, quand je l'ai quitté sur le grand pont, l'armée du maréchal Davout arrivait à point, avec des canons et des fourgons de vivres.

— Vivres qui, à considérer votre appétit, manquaient bigrement !

— Pour ça oui, Monsieur Beyle. Il était temps. A force de braconner, restait plus de gibier sur l'île.

— Et sur le terrain ?

— Tout se déroule à merveille selon les inspirations de Sa Majesté, c'est du moins ce que m'a confié le colonel Lejeune, Monsieur, mais il mentait pas, ça se voyait à son air confiant. Les Autrichiens prennent une raclée, voilà, et nos soldats se déchaînent. La victoire est à portée.

Anna était entrée dans la pièce avec la lettre anodine que Louis-François avait écrite en allemand, et elle gardait les yeux fixés sur ce lieutenant vorace qu'elle trouvait bien vulgaire. Venu pour s'assurer qu'Henri prenait ses potions et se rétablissait, le docteur Carino lui servait d'interprète et répétait à mi-voix les informations de l'officier. Anna en devenait au fur et à mesure plus pâle, elle s'emmitouflait dans son châle brodé comme s'il faisait froid et la lettre se froissait dans sa main. Henri l'observait du coin de l'œil et comprenait mal qu'elle ne fût point radieuse de ces bonnes nouvelles, puis il se dit que la jeune femme était autrichienne, que son père se battait peut-être avec l'Archiduc, qu'elle en concevait des inquiétudes légitimes, que la victoire des uns signerait la débâcle des autres et que la situation devait lui être pénible quoi qu'il se passe. Cela contredisait les théories qu'Henri ébauchait, puisqu'il se persuadait que l'amour dépasse et efface les familles comme les nations. Il réfléchissait, écoutant à peine l'ordonnance qui racontait des exploits militaires en attaquant une terrine de lièvre. Et si Anna n'était pas éprise de Louis-François? Dans ce cas, Henri avait-il sa chance?

— Alors, poursuivait l'ordonnance en engouffrant une grosse bouchée de terrine, l'Empereur a ordonné l'offensive et toute l'armée est sortie d'un coup du brouillard...

Mais oui! se persuadait Henri en souriant, elle ne l'aime pas! Anna avait une pauvre mine, elle se laissa tomber sur une chaise tandis que Carino traduisait toujours l'avancée des armées de Napoléon, la fuite des régiments de Hohenzollern que le lieutenant transformait en défaite générale. Les yeux d'Anna se mouillèrent et la lettre chiffonnée tomba, qu'elle ne daigna pas ramasser. Le docteur posa une main sur son épaule et elle se laissa aller à sangloter, au grand étonnement du lieutenant qui en resta à mastiquer comme on rumine; il emplit un verre à ras bord et se leva pour le présenter à la jeune femme :

— Ça lui fait des émotions, à la petite dame, un peu de vin ça va la rétablir...

Henri arrêta le geste, prit le verre et le but :

— Elle a surtout besoin de repos.

— Ah, la guerre, quand on n'a pas l'habitude ça vous remue.

Le lieutenant se recoupa une épaisse tranche de terrine et continua son bavardage :

— C'est pas comme la maîtresse du duc de Montebello, une habituée, faut croire. Elle est venue sur l'île et elle m'a même demandé, parce que je me trouvais là...

— Merci lieutenant, merci, conclut Henri, et il voulut aider Carino à raccompagner Anna dans sa chambre, mais celle-ci eut un geste fébrile pour l'écarter. Le docteur l'excusa en levant les yeux au plafond. Quand ils furent sortis, Henri se baissa pour ramasser la lettre de Lejeune, qu'il défroissa et ne put lire.

— Vous comprenez l'allemand, lieutenant ?

— Ah non, Monsieur Beyle, désolé. Je baragouine l'espagnol, ça d'accord, rapport au séjour qu'on a fait avec le colonel dans cette fouterie de rébellion, mais l'allemand, non, j'ai pas encore eu le temps.

Et il assomma Henri de considérations sur la difficulté de cette langue.

Vincent Paradis avait le sommeil peuplé de songes candides, à peine des rêves, des images plutôt, toujours les mêmes qui le ramenaient au village, lui montraient ses collines, la cour mal entretenue de la ferme où son père touillait des feuilles avec des détritus pour préparer l'engrais. On vivait de ce qui poussait dans le champ et suffisait selon les années. L'an passé on avait tué le cochon ; un événement si rare était mémorable, les voisins avaient participé, on avait découpé la bête pour en garnir le saloir. C'est le maire qui avait offert le sel, et lui, comme il ne savait pas remplir les registres, il vous mettait à l'abri de ces messieurs de la ville, surtout de l'un d'eux qui avait dans l'idée d'assécher les marais. Dans cette campagne on connaissait la monotonie et la mort

naturelle, et puis ce furent les gendarmes, les soldats qui venaient cueillir les plus costauds pour
la guerre. Comme son frère aîné, Vincent avait
tiré un mauvais numéro, et sa famille n'avait pas
un sou pour lui offrir un remplaçant. Il avait
hésité à imiter son ami Bruhat qui besognait à la
tannerie et avait inventé le moyen de rester au
pays ; il montrait en riant une bouche édentée :
« Ouais, je m'suis arraché tout jusqu'aux gen-
cives, tu vois, parce que sans dents on peut pas
déchirer les cartouches et on veut plus d'toi ! »
Vincent avait suivi les sergents avec ennui et
docilité.

— Hé ! Debout, limace !

Vincent Paradis sentait une galoche qui lui
donnait des coups sur l'épaule ; il ouvrit les yeux
en bâillant pour voir l'infirmier Morillon qui dirigeait le bataillon des soldats d'ambulance où il
avait été incorporé la veille, sur ordre du docteur
Percy.

Paradis se redressa en s'appuyant sur ce qui lui
avait servi d'oreiller ; il réalisa que c'était un mort
mais cela ne lui fit aucune émotion car il en avait
déjà vu des tas ; il marmonna seulement : « Dors
en paix, mon camarade, et p'têt à tout à
l'heure... » Sans armes à trimbaler il se trouvait
léger, il suivit Morillon comme il avait naguère
suivi les sergents qui l'enrôlaient. Le bataillon des
ambulances était formé de lourdauds et de cette
canaille des grandes villes qui ferait n'importe
quoi pour une pièce d'or, car le docteur Percy les
payait de sa poche pour les employer à son gré.
En file, ils allaient marcher derrière un char à
grosses roues pour y déposer les blessés de la
bataille. Deux infirmiers les accompagnaient
pour trier les moribonds : les plus gravement touchés seraient dirigés vers l'ambulance à l'entrée

de la petite forêt, les autres on les évacuerait sur l'île. La troupe traversa des rangs d'éclopés qui s'étaient rassemblés sur les rivages. Le vent les couvrait de poussière. Ils se protégeaient du soleil fort avec des feuilles de roseaux. Quelques-uns se traînaient au Danube pour y vomir, d'autres étaient secoués de spasmes ; ils étaient des centaines, ils gémissaient, ils criaient, ils râlaient, ils bredouillaient des phrases incompréhensibles, ils déliraient, ils essayaient de vous attraper le pantalon d'une main faible, ils vous insultaient, ils voulaient en finir d'une façon ou d'une autre et voilà pourquoi on avait écarté toutes les armes en état de fonctionner, les épées, les baïonnettes, les couteaux avec lesquels ils se seraient volontiers ouvert les veines pour ne plus souffrir et disparaître.

Les ambulanciers et leur char longèrent le fleuve jusqu'à Essling où, à défaut de sortir à l'attaque, la division du général Boudet avait entrepris de se barricader. Du côté de la plaine le village retranché offrait une espèce de muraille. Meubles, matelas, fûts brisés et cadavres pêle-mêle montaient à la hauteur du premier étage des maisons en maçonnerie crevées par les boulets, et dont on avait pendant la nuit colmaté les ouvertures avec des herses et des gravats. Les derniers blessés attendaient sous les arbres de la rue principale, dans l'herbe que certains mouillaient de sang. Un capitaine se tenait contre un arbre, l'œil gauche caché par un mouchoir taché de rouge, et il grimaçait en serrant sa pipe à s'en fêler les dents. Paradis aida à soulever un dragon qui avait pris un coup de lance sur le côté du front et on voyait l'os entamé. Puis ce fut un volti-geur qui hurla quand on le posa dans le char sur les paquets de foin ; il avait l'omoplate éclatée et Morillon, en expert, commenta :

— Faudra exciser des bons lambeaux de chair pour enlever ces petits morceaux d'os...

— Vous opérez, vous aussi, Monsieur Morillon ? demanda Paradis ébloui par tant de science.

— J'assiste le docteur Percy, vous le savez bien !

— Et c'malheureux, y tiendra ?

— Je ne suis pas devin ! Allez ! On se presse !

On entendait à nouveau les bruits de la bataille. Ils semblaient se rapprocher. Les Autrichiens ne reculaient donc plus. Les blessés se tassaient dans le char qui fit demi-tour vers le petit bois et le Danube. Paradis essuya dans l'herbe ses deux mains rouges et poisseuses, il avait la tête remplie de gémissements mais il était fier de sa nouvelle mission : le docteur Percy et ses aides arriveraient bien à sauver quelques corps des vers de terre.

A peu de distance du petit pont où ils allaient décharger leur piteuse cargaison, les ambulanciers coupèrent le chemin d'une procession ; des tirailleurs transportaient sur une planche le corps d'un officier qui se convulsait.

— Houlà ! dit Paradis. C'est au moins un colonel, avec c'te collection de dorures sur la poitrine !

— Le comte Saint-Hilaire, lâcha Morillon qui connaissait de vue les généraux de l'Empire.

Paradis, oubliant les blessés qu'il avait ramassés, se posta contre la porte de l'ambulance. Les soldats déposaient le corps de l'officier sur la table de Percy :

— Il a eu le pied gauche emmené par la mitraille...

— Je vois ! disait Percy en déchirant ce qui restait de botte, et il hurla : De la charpie !

— Y en a plus.

— Un bout de veste, un chiffon, de la paille, de l'herbe, n'importe quoi !

Paradis lacéra un pan de sa chemise et le tendit au docteur. Celui-ci le prit pour éponger son front en sueur. Il était épuisé. Il n'avait cessé d'amputer depuis la veille. Sa vue se brouillait. Avec un cautère incandescent il brûla la plaie pour tuer les nerfs. Saint-Hilaire ouvrit grand la bouche comme pour crier, se contenta de grimacer, se contracta, se raidit et retomba sur la table au moment où Percy lui sciait la cheville car la gangrène s'y était mise. Le docteur s'interrompit, souleva la paupière du patient et annonça :

— Messieurs, vous pouvez emporter votre général. Il vient de mourir.

Paradis ne sut pas si le général Saint-Hilaire avait eu droit à une sépulture, ou si on attendait de le ramener à Vienne, car Morillon l'envoya avec dix ambulanciers s'occuper du bouillon des blessés. Ils y allèrent en rechignant mais la corvée n'était pas dangereuse. Le ravitaillement restait sur la rive droite avec Davout, personne ne pouvait se battre ni survivre avec l'estomac vide, et les bataillons de Percy devaient assister les cuisiniers des cantines roulantes. Des équipes avaient arpenté cette nuit la petite plaine pour y repérer les chevaux crevés dont la panse commençait à ballonner, ils avaient attaché ces bêtes à des cordes, des haridelles de l'artillerie les avaient traînées dans les parages de l'ambulance : il y avait un affreux amoncellement de museaux, crinières, sabots, jarrets. Paradis et ses nouveaux collègues devaient les débiter avec des épées émoussées ou des tranchoirs ; ensuite, ces quartiers de viande fraîche seraient jetés dans des cuirasses récupérées, arrosés avec l'eau terreuse du Danube, mis à bouillir sur une collection de feux ;

on assaisonnerait avec de la poudre. Paradis
découpait donc quand une troupe de voltigeurs
affamés se présenta :

— Tu vas pas donner tout ça aux mourants ?

— Vous avez vos rations, répondit Gros-Louis,
qui dirigeait les apprentis bouchers.

— On a des gamelles vides.

— Eh ben tant pis !

Les voltigeurs les entouraient et menaçaient de
leurs baïonnettes :

— Poussez-vous !

— Si tu veux d'l'escrime, dit Gros-Louis en
levant son hachoir, les Autrichiens t'réclament !

— Et puis dans la plaine, ajouta Paradis, y en a
plein des chevaux à bouffer.

— Merci mon gars mais on en vient. Pousse-
toi !

Le voltigeur écarta Paradis d'une bourrade
pour ficher sa baïonnette dans l'encolure d'une
jument grise. Gros-Louis brisa la baïonnette de
son hachoir. Deux soldats minces et méchants
comme des loups le saisirent par-derrière en le
traitant de sale péquin. Il donna une ruade. On
s'empoigna et Paradis fila se cacher derrière le
tas de chevaux aux yeux vitreux. Soldats et ambulanciers se lançaient des tripailles au visage ; un
rusé se découpa un morceau et il planta ses crocs
dans la viande.

Bessières avait mal supporté l'injuste sermon
de l'Empereur et résolu de ne plus prendre la
moindre initiative ; il se référait en permanence
aux ordres de Lannes, qu'il les approuve ou non,
sans songer à les détourner pour les améliorer, ce
qui retardait ses actions. Il s'ingéniait à préserver
sa cavalerie, n'expédiant au front que les escadrons demandés. On se retire ? Soit. On attaque ?
Soit. Il avait toute la nuit remâché sa colère et

cela l'avait maintenu éveillé. Il avait inspecté sa troupe, fatigué deux chevaux, grignoté avec ses dragons de Gascogne une tranche de pain frotté d'ail. L'Empereur le décevait mais il gardait bonne figure. Ils avaient un passé commun, la haine des jacobins et le mépris de la République, même si la noblesse du maréchal Bessières ne tenait qu'à son éducation, dispensée par un père chirurgien, un abbé de la famille et les maîtres du collège Saint-Michel de Cahors. Il comprenait le système de l'Empereur et se navrait : fallait-il soulever tant de haines pour régner ? Deux ans plus tôt, Lannes avait été mortifié lorsque Sa Majesté lui avait préféré Bessières, au dernier moment, pour rencontrer le tsar à Tilsit. Le bon plaisir coïncide mal avec la raison, pensait Bessières en observant la plaine. Dans sa lunette il voyait les Autrichiens qui ramenaient leurs canons et arrosaient de mitraille les bataillons de ce pauvre Saint-Hilaire, que ce cabochard de Lannes ramassait derrière lui. Une détonation isolée retentit, sèche et distincte dans le vacarme confus des combats. Cela provenait d'un escadron de cuirassiers. Bessières y dirigea son cheval et trouva deux cavaliers démontés qui se querellaient. L'un d'eux avait une main en sang. Le capitaine Saint-Didier, au lieu de les séparer, aidait le plus grand à clouer au sol le blessé qui gigotait.

— Un accident ? demanda Bessières.

— Votre Excellence, dit le capitaine, le cuirassier Brunel a essayé de se tuer.

— Et j'ai dévié le coup, compléta Fayolle en tenant son ami au sol de tout son poids, un genou sur sa poitrine.

— Un accident. Qu'on lui panse la main.

Bessières n'exigea aucune punition pour le soldat Brunel qui avait flanché. Les suicides se multipliaient dans l'armée, comme les désertions ; il n'était plus rare qu'au milieu des batailles un conscrit exaspéré se faufile à l'abri d'un bosquet pour se faire sauter la cervelle. Le maréchal tourna le dos et rejoignit un régiment de dragons à crinières noires ; il disparut parmi les casques en cuivre enturbannés de veau marin qui brillaient au soleil. Brunel se redressa sur les coudes ; il respirait mal. Un cuirassier découpa des lanières dans son tapis de selle pour lui bander la main dont deux doigts étaient coupés net. Le capitaine Saint-Didier tira de ses fontes un flacon d'alcool qu'il déboucha et colla entre les dents du blessé volontaire :

— Bois et en selle !

— Avec sa main en bouillie ? demanda Fayolle.

— Il n'a pas besoin de sa main gauche pour tenir l'épée !

— Mais pour tenir la bride, oui.

— Il n'a qu'à se l'entortiller au poignet !

Fayolle aida Brunel à rechausser ses étriers et il bougonnait :

— Nos ch'vaux aussi ils en peuvent plus.

— Nous les monterons jusqu'à ce qu'ils s'écroulent !

— Ah mon capitaine ! Si les ch'vaux savaient tirer, tiens, y s'tueraient tout d'suite !

Brunel regarda son compagnon :

— T'aurais pas dû.

— Bah...

Fayolle ne trouvait rien de futé à dire, mais il n'en aurait pas eu le temps car une fois de plus les trompettes sonnaient le rassemblement, une fois de plus ils tirèrent leurs épées, une fois de plus ils lancèrent leurs montures au petit trot en direction des batteries autrichiennes.

Montés sur le glacis ils se découvrirent en face des canons qui labouraient les blés verts, mais quand les trompettes appelèrent à l'attaque, il leur fut impossible de pousser les chevaux au galop, tant ceux-ci étaient épuisés par trop de charges répétées ; mal nourris à l'orge, affaiblis, ils ne parvenaient pas à dépasser le grand trot. Pour des cuirassiers c'était le pas le plus éprouvant. Secouées en permanence, la dossière et la ventrière d'acier cisaillaient les épaules, les cous, les hanches, et ils étaient exposés d'autant aux tirs continus puisque les canons crachaient sans relâche, un peu comme une fusillade, et les boulets partaient en pluie serrée ravager leurs rangs. Les cavaliers de Saint-Didier chargeaient quand même à petite vitesse sous cette grêle de feu, l'épée pointée. Fayolle songea qu'il courait à sa fin certaine, mais ce fut son voisin Brunel qui le précéda en enfer : un boulet lui supprima la tête, et, comme son cœur continuait à battre par habitude, des flots de sang montaient par saccades au col de sa cuirasse ; le cavalier sans tête, raidi sur sa selle, le bras figé devant, avec l'épée lâchée qui pendait au cordon du poignet, partit se fracasser contre la ligne des artilleurs. Au même instant et dans la même salve, le cheval de Fayolle eut une patte tranchée et il fit volte-face en hennissant de douleur. Fayolle descendit sans se soucier de la mitraillade. Il considéra la bête harassée avec sympathie ; elle tenait sur trois pattes et lui lécha le visage de sa langue comme pour lui dire adieu. Alors le cuirassier se laissa tomber de tout son long dans la moisson. Affalé, les bras en croix, il ferma les yeux et s'endormit pour oublier la mort et son boucan.

Napoléon s'était arrêté avant la lisière de la plaine dangereuse que les Autrichiens bombar-

daient sans répit avec deux cents bouches à feu.
Ses officiers avaient réussi à le persuader de ne
pas entrer dans Aspern, où il voulait ranimer le
courage des hommes de Masséna :

— Ne prenez pas de risques inutiles !

— La bataille est perdue si vous êtes tué !

— Vous tremblez comme mon cheval, grondait l'Empereur en tenant ses rênes trop serrées,
mais il avait envoyé un émissaire au village pour
savoir comment y évoluait la situation.

— Sire, voici Laville...

Un jeune officier en tenue chic accourait au
galop ; pour venir plus vite rendre compte, il sau-
tait les barrières qui délimitaient des enclos et
arriva sans souffle :

— Monsieur le duc de Rivoli, Sire...

— Il est mort ?

— Il a repris Aspern, Sire.

— Il avait donc perdu ce village du diable ?

— Perdu et repris, Sire, mais les Hessois de la
Confédération du Rhin lui ont été d'un grand
secours.

— Et maintenant ?

— Sa position a l'air solide.

— Je ne vous demande pas de quoi sa position
a l'air, mais ce qu'il en pense !

— Monsieur le duc était assis sur un tronc
d'arbre, il avait tout son calme, il m'a affirmé
qu'il pouvait tenir vingt heures s'il le fallait.

L'Empereur ne répondit rien, ce jeune aide de
camp l'agaçait. Il tourna son cheval d'un geste
brusque, et la petite troupe revint vers la tuilerie
où le major général l'attendait en priant qu'il ne
fût pas tué. L'Empereur réclama son bras pour
descendre du cheval récalcitrant dont il se plaignait, puis, à terre, dit aussitôt :

— Berthier, envoyez le général Rapp soutenir
monsieur le duc de Rivoli qui en a besoin.

— C'est un général de votre état-major, Sire.

— Je le sais foutre bien !

— Avec quelles troupes ?

— Confiez-lui le commandement de deux bataillons des fusiliers de ma Garde.

Ensuite l'Empereur se plongea dans la carte que deux aides de camp tenaient dépliée devant ses yeux. Comme la veille, le front s'étirait d'un village à l'autre, en arc de cercle, pour s'adosser au Danube à ses deux extrémités. Il fallait empêcher les Autrichiens de percer ce dispositif pour opérer à la nuit un repli total sur la Lobau. L'Empereur ne pouvait plus hésiter, il devait utiliser la Garde jusque-là tenue en réserve, et renforcer une position bien difficile. Berthier, qui avait dicté et signé les ordres de Rapp, revint donner les dernières informations qu'il avait reçues :

— Boudet est barricadé dans Essling, Sire, avec partout des postes de tir, mais il n'est pas encore menacé. L'Archiduc porte ses forces principales contre notre centre. Il dirige lui-même l'offensive avec les douze bataillons de grenadiers d'Hohenzollern...

— Le ravitaillement ?

— Davout nous envoie des munitions comme il peut, par barques, mais les rameurs ont du mal à ne pas dériver en aval de l'île.

— Lannes ?

— Son aide de camp va informer Votre Majesté.

Berthier montra du doigt le capitaine Marbot, installé sur un caisson, qui effilochait de l'étoupe pour en garnir une blessure qu'il avait à la cuisse, qui saignait, teintait son pantalon. L'Empereur lui dit :

— Marbot ! Seules les estafettes du major général ont le droit de porter des culottes rouges !

— Sire, j'y ai droit sur une seule jambe.

— Votre tour vient bien souvent !

— Rien de grave, Sire, juste de la chair envolée.

— Lannes ?

— Il entretient le combat en ramenant les soldats de Saint-Hilaire contre Essling.

— En face ?

— Au début de l'affrontement, les grenadiers hongrois effrayaient les plus jeunes recrues, qui n'avaient jamais vu des gaillards si hauts et si moustachus, mais Son Excellence a su les enthousiasmer en leur criant : « Nous ne valons pas moins qu'à Marengo et l'ennemi ne vaut pas plus ! »

L'Empereur fit une moue et ses yeux bleus s'égarèrent un moment dans le gris, car il avait, comme les chats, cette capacité d'en changer la couleur selon ses états d'âme. Marengo ? L'exemple de Lannes était maladroit. Bien sûr, l'infanterie de Desaix avait enfoncé les grenadiers du général Zach, ceux-là que l'Archiduc conduisait aujourd'hui, mais il s'en était fallu de très peu. La cavalerie de Kellermann, le fils du vainqueur de Valmy, avait alors mené une charge décisive, mais si le corps d'armée du général autrichien Ott était arrivé à temps ? Napoléon pensa à Davout qui n'était pas arrivé à temps. A quoi tiennent les victoires ? A un retard, à un coup de vent, au caprice d'un fleuve.

— Vérifiez, colonel.

Le général Boudet poussa Lejeune dans une casemate en planches bricolée avec des montants d'armoires et de coffres. Cette partie des fortifications d'Essling offrait un panorama de la plaine, et on y contrôlait les mouvements de l'armée adverse sans trop de risques. Lejeune regarda

comme on l'y invitait. Boudet insistait avec un air
las :

— Nous allons bientôt avoir plusieurs régiments sur le dos. L'Archiduc n'a pas pu franchir
les bataillons de Lannes et les escadrons de Bessières, alors il se reporte avec raison sur ce village
qu'il suppose moins garni de troupes. Des heures
et des heures de fusillade et de bombardements
nous ont mis à genoux. Les hommes ont sommeil, ils ont faim, ils commencent à avoir peur.

Lejeune voyait les régiments hongrois avancer
en effet vers Essling en ordre d'assaut, ils allaient
buter par vagues énormes contre ces faibles barricades de meubles et de pierres qui ne résiste-
raient pas longtemps. Ils allaient submerger par
leur nombre la division déjà décimée du général
Boudet. Au milieu de l'infanterie et des colbacks
de fourrure noire, l'Archiduc en personne, drapeau à la main, guidait le flot qui partait assaillir
le village. Les voltigeurs en sentinelles, muets,
assistaient à cette mise en place avec des frissons
ou de l'abattement.

— Portez la nouvelle à Sa Majesté, demandait
le général à Lejeune. Vous avez vu, vous avez
compris. Si je ne reçois pas très vite de l'aide,
nous courons au désastre. Une fois dans Essling,
les Autrichiens pourront atteindre le Danube. La
cavalerie de Rosenberg piaffe derrière le bois, par
cette faille elle pourra s'introduire et couper nos
arrières. L'armée entière sera prise en tenaille.

— J'y cours, général, mais vous ?

— J'évacue le village.

— Jusqu'où ?

— Jusqu'au grenier, un peu en retrait, à l'extrémité de l'allée des ormes. Il a des murs épais, des
lucarnes, des portes renforcées de tôle. J'y ai déjà
fait porter ce qui nous reste de munitions et de

poudre, nous allons tenter d'y résister le plus possible. C'est une forteresse.

Un obus tomba en fusant à quelques mètres d'eux, puis un autre. Un mur s'éboula. Une toiture prit feu. Le général Boudet passa la main sur son visage aux traits marqués :

— Dépêchez-vous, Lejeune, ça commence.

Le colonel remonta à cheval, mais Boudet le retint :

— Vous direz à Sa Majesté...

— Oui ?

— Ce que vous avez constaté.

Lejeune lança son cheval au grand galop et descendit la rue principale. Boudet le regardait s'éloigner en grommelant :

— Vous direz à Sa Majesté que je l'emmerde...

Il convoqua ses officiers, ordonna aux tambours de battre la retraite immédiate. A cette musique, des voltigeurs sortirent de leurs postes, de l'église, des maisons, de derrière les remblais, et ils se rassemblèrent en une troupe confuse. La canonnade devenait sérieuse.

Quinze cents hommes s'établirent ainsi dans le grenier pour y supporter un siège. Des fusils pointèrent aux lucarnes, aux fenêtres à moitié obstruées par les volets. Les portes s'entrebâillèrent pour laisser passer la gueule des canons hissés pendant la matinée dans les salles du rez-de-chaussée. Une escouade de fantassins prit position alentour, dans les fossés herbeux, les plis du terrain, derrière les ormes. Le village flambait, les barricades devaient être déjà défoncées par les boulets. On n'attendit guère. Une demi-heure était à peine passée que les premiers uniformes blancs surgirent au bout de l'allée et dans les champs voisins, et ils couraient, pliés en deux sous leurs sacs. Boudet reconnut le fanion des grenadiers du baron d'Aspre. Il commanda le feu. L'artillerie mit en débandade la première vague d'assaut, mais il en venait de partout, en rangs serrés, nombreux, on n'avait pas même le temps de rentrer les canons brûlants pour les recharger, on tiraillait de chaque fenêtre, derrière les grillages, aux lucarnes ; les Autrichiens tombaient, d'autres les remplaçaient, qui se heurtaient aux murs solides du grenier. Boudet prit un fusil et coucha un officier à manteau gris qui braillait en levant son sabre courbe, l'homme s'effondra, mais rien n'arrêtait les soldats blancs, certains s'approchaient le long des murs, ils portaient des haches qu'ils plantaient dans les volets et les portes refermées. A l'intérieur les soldats toussaient à cause de la fumée et du manque d'air. Quelques voltigeurs furent blessés par ricochet. Ils s'accroupissaient, rechargeaient, jaillissaient à une fenêtre, épaulaient, visaient au jugé dans cette masse comme dans un vol d'étourneaux ; ils en tuaient à l'évidence mais ne le voyaient pas, se baissaient à nouveau, chargeaient, se levaient, tiraient, s'abritaient et ainsi de suite durant une éternité.

A la longue les combats s'émoussèrent. Du troisième étage, dans l'entrebâillement d'un volet de tôle, Boudet remarqua que les vagues autrichiennes s'espaçaient. Il fit cesser le tir et chacun entendit rouler des tambours familiers. Boudet sourit, il secoua un jeune soldat tout pâle et rugit avec son accent bordelais :

— Garçons ! On va encore s'en sortir !

Soulagés, ils ouvrirent les fenêtres pour y passer le nez. Ils aperçurent les plumets verts et rouges des fusiliers de la Jeune Garde. Les uhlans jetaient leurs lances pour saisir le sabre plus propice au corps à corps. La bataille se déplaçait dans le village. Boudet sortit, un fusil à la main, quand un officier empanaché déboucha devant le grenier parmi une cavalcade :

— Monsieur, le général Mouton et quatre bataillons de la Garde impériale nettoient Essling.

— Merci.

A pied, entre des flaques de sang et sur un chemin parsemé de corps, Boudet remonta vers l'église abîmée. Des cris abominables montaient du cimetière. Il interrogea. Un lieutenant de la Garde lui répondit que c'étaient des Hongrois qu'on égorgeait à l'arme blanche sur les tombes :

— On ne peut plus s'embarrasser de prisonniers.

— Mais il y en a combien ?

— Sept cents, mon général.

De part et d'autre les munitions s'épuisaient. En s'apaisant, les tirs donnaient une fausse impression d'accalmie, car les accrochages restaient nombreux et meurtriers, au sabre, à la baïonnette, à la lance, mais ils avaient moins de vigueur ; on tiraillait pour entretenir la bataille, on attaquait avec une certaine mollesse, comme pour se défendre ou maintenir la ligne du front. Les grenadiers qui entouraient Lannes n'avaient plus de cartouches. Le maréchal se sentait trahi par la crue du fleuve ; il se promenait à pied avec son ami Pouzet, dans un vallon en contrebas de la plaine ; des barrières d'enclos les protégeaient d'éventuelles incursions de la cavalerie autrichienne qui s'y briserait les pattes. Lannes déboutonna sa veste, la journée avançait mais il faisait encore très chaud. Il s'essuya le front d'un revers de manche :

— Le jour va tomber dans combien de temps ?

— Deux ou trois heures, répondit Pouzet en consultant son oignon.

— Nous ne pouvons plus retourner la situation.

— L'Archiduc non plus.

— On continue à mourir mais pourquoi ? Nous nous battons depuis trente heures, Pouzet, et j'en ai assez ! Le bruit de la guerre m'écœure.

— Toi ? Tu n'as pas une blessure et tu gémis ? Presque tous tes officiers sont hors d'état, Marbot boite comme un canard avec sa cuisse perforée, Viry a reçu une balle dans l'épaule, Labédoyère un éclat de biscaïen dans le pied, Watteville s'est cassé le bras en tombant de cheval...

— Nous les étourdissons pour mieux les mener à la mort. Ce foutu bougre de Bonaparte nous y fera tous passer !

— Tu l'as déjà dit. C'était à Arcole ?

— Cette fois, je le crois...

— A la nuit nous traversons le Danube en barque, et si nous ne chavirons pas, demain nous sommes à Vienne.

— Pouzet !

Le maréchal avait hurlé. Pouzet venait de recevoir une balle en plein front. Il tomba raide. Des grenadiers accoururent pour constater que le général n'avait pas eu de chance, et qu'il était mort sur le coup.

— Une balle perdue, dit l'un d'eux.

— Perdue ! cria le maréchal, et il s'éloigna du corps de son ami.

La stupidité de cette bataille le faisait frémir de colère. Il marcha vers la tuilerie, puis, avisant un fossé, se laissa tomber sur l'herbe et regarda le ciel. Il resta ainsi de longues minutes. Devant lui passèrent quatre soldats qui portaient dans un manteau un officier mort. Ces hommes s'arrê-

tèrent pour souffler; le corps était lourd et ils
avaient du chemin à faire. Ils posèrent leur far-
deau. Un coup de vent fit voler le manteau et
Lannes reconnut Pouzet. Il se leva d'un bond :

— Ce spectacle va me poursuivre partout?

L'un des soldats rajusta le manteau sur le
visage du général. Lannes dégrafa son épée qu'il
jeta par terre :

— Aaaaaah!

Quand il eut crié à s'en fêler la voix, il haleta,
avança encore de quelques pas et s'assit sur le
revers d'un talus, jambes croisées, la tête dans les
mains pour ne plus rien voir. Les soldats emmenèrent Pouzet vers les ambulances et le maréchal
demeura seul. On entendait encore les canons.

Un petit boulet de trois ricocha pour frapper
Lannes au genou. Il tressaillit sous la douleur,
essaya de se redresser mais perdit l'équilibre et
s'affala dans l'herbe en jurant : « Saleté de
saleté! » Marbot n'était pas loin, il avait assisté à
l'accident et arriva aussi vite qu'il put, en claudi-
quant à cause de sa cuisse blessée.

— Marbot! Aidez-moi à tenir debout sur mes
jambes!

L'aide de camp souleva le maréchal mais
celui-ci retomba; son genou brisé ne pouvait plus
le porter. Marbot appela, des grenadiers et des
cuirassiers coururent, et à plusieurs ils réussirent
à emporter le maréchal, les uns le tenant sous les
bras, les autres à la taille, et ses jambes pendaient, désarticulées. Le blessé ne se plaignait
pas mais son visage se décolorait. Le boulet égaré
avait cogné la rotule gauche et endommagé la
jambe droite croisée derrière. Au bout de quelques mètres, parce que le moindre mouvement
devenait très douloureux, les porteurs durent
ménager une halte. Marbot partit devant pour

ramener une charrette, un brancard, ce qu'il
trouverait. Il rejoignit les grenadiers qui transportaient le corps du général Pouzet :

— Donnez-moi son manteau, vite! Il n'en a
plus besoin!

Mais quand il retourna vers le maréchal avec
ce manteau couvert de sang, Lannes le reconnut
et refusa d'une voix encore ferme :

— C'est le manteau de mon ami! Rendez-lui
son manteau! Qu'on me traîne comme on
pourra!

— Allez casser des branches, des feuillages,
commanda Marbot, fabriquez une civière!

Les hommes partirent couper des branches au
sabre dans un bosquet, et ils confectionnèrent un
brancard sommaire. Le maréchal Lannes fut
porté avec davantage de confort jusqu'à l'ambulance de la Garde, après la tuilerie, où le docteur
Larrey officiait avec deux de ses collègues émi-
nents, Yvan et Berthet. Ils pansèrent d'abord la
cuisse droite du maréchal, tandis que ce dernier
réclamait :

— Larrey, voyez aussi la plaie de Marbot...

— Oui, Votre Excellence.

— Ce garçon a été mal soigné et je m'inquiète.

— Je vais m'en occuper, Votre Excellence.

Après avoir examiné ensemble les blessures du
maréchal Lannes, les trois médecins s'écartèrent
pour établir leur diagnostic et comment il convenait de traiter ce cas :

— On sent à peine son pouls.

— L'articulation du genou droit, notez-le, n'est
pas atteinte.

— Mais la gauche est fracassée jusqu'à l'os...

— Et l'artère est rompue.

— Messieurs, dit Larrey, je suis d'avis de couper la jambe gauche.

— Avec cette chaleur? protestait Yvan. Ce n'est pas raisonnable!

— Hélas! ajoutait Berthet. Notre excellent confrère a raison, et quant à moi, je préconise par précaution l'amputation des deux jambes.

— Vous êtes fous!

— Coupons!

— Vous êtes fous! Je connais bien le maréchal, il a assez d'énergie pour guérir sans amputation!

— Nous aussi, nous connaissons le maréchal, cher confrère. Vous avez vu ses yeux?

— Qu'est-ce qu'ils ont?

— Ils sont tristes. L'homme perd ses forces.

— Messieurs, conclut le docteur Larrey, je vous signale que je dirige cette ambulance et que la décision me revient. Nous couperons la jambe gauche.

Lorsque Edmond de Périgord se rendit au bivouac de la Vieille Garde, entre le petit pont et la tuilerie, il trouva le général Dorsenne en train de passer la revue de ses grenadiers pour la énième fois. Il les voulait impeccables et propres. Il repérait d'un œil expert la poussière sur une manche, un défaut de blanc au baudrier, une moustache mal relevée, des guêtres lacées trop lâches; en caserne, il soulevait les gilets pour vérifier la netteté des chemises. Pour lui, on allait à la guerre comme au bal, avec élégance, et il était aussi maniaque sur sa propre tenue; il se soignait comme s'il évoluait en permanence devant des miroirs. Il était beau, disaient les femmes, avec ses cheveux noirs bouclés, son teint pâle, ses traits fins. La Cour papotait à son propos, on savait par cœur ses amours avec la provocante Madame d'Orsay, l'épouse du fameux dandy, sur laquelle le ministre Fouché répétait des anecdotes graveleuses. Périgord, qui avait de la tournure, quoique plus jeune, avait souvent croisé Dorsenne au théâtre ou aux concerts des Tuileries. Tous deux, à la différence de la plupart des autres militaires, portaient avec naturel les bas de soie et les souliers à boucle, ou bien des uniformes extravagants pour attirer l'attention des duchesses. Tous deux avaient un réel courage mais ils aimaient le montrer; on prenait leurs postures pour du mépris; ils agaçaient.

— Monsieur le général de la Garde, dit Périgord, Sa Majesté vous prie de monter en ligne.

— A merveille! répondit Dorsenne en enfilant ses gants.

— Vous opposerez à l'ennemi un mur de troupes sur la largeur du glacis, à la droite des cuirassiers du maréchal Bessières.

— Fort bien! Considérez que nous y sommes déjà.

Dorsenne, d'un mouvement souple, monta sur le cheval qu'on lui avançait, cria un ordre bref et la Garde impériale s'ébranla d'un même pas, comme pour défiler au Carrousel, la musique et les aigles en tête. Périgord admira cet ensemble puis retourna vers l'état-major rendre compte à Berthier.

L'apparition sur la crête des bonnets à poil de la Garde suffit à interrompre les canons autrichiens, puis ils reprirent le feu. Le général Dorsenne réglait la position de ses grenadiers étirés sur trois rangs. Il avait tourné son cheval pour vérifier qu'ils se tenaient presque au coude à coude, et pour cela, sans se soucier, tournait le dos aux canons et à l'infanterie de l'Archiduc. Dès qu'un boulet renversait l'un de ses soldats, il ordonnait, bras croisés :

— Serrez les rangs!

Les grenadiers, repoussant du pied le corps de

leur camarade tombé, serraient les rangs. Cela se produisit vingt fois, cent peut-être, et ils serraient les rangs. Quand l'un des porte-aigle eut la tête balayée par un boulet, des pièces d'or roulèrent à terre ; le bougre avait eu l'idée de cacher ses économies dans sa cravate, mais personne n'osa se baisser pour en ramasser une poignée, par crainte des remontrances ; les plus proches louchaient quand même sur le sol où brillaient les pièces. Des boulets continuaient à siffler et à ravager la Garde.

— Serrez les rangs !

Irrité de ne pouvoir encercler, l'Archiduc fit intensifier les tirs. En carré sous la mitraille, les tambours battaient, à côté des grenadiers immobiles qui présentaient les armes. Des dizaines d'entre eux avaient déjà basculé dans les blés et les autres serraient les rangs. Dorsenne finit par trouver sa muraille humaine trop clairsemée, alors il ramena ses hommes sur une seule ligne face à l'ennemi. Un incident faillit perturber ce manège héroïque destiné à impressionner les Autrichiens. Des chasseurs à pied et des fusiliers, tout à l'heure commandés par Lannes, se débandaient dans la plaine devant l'infanterie de Rosenberg. Ils couraient en soutenant leurs blessés ; beaucoup avaient perdu leurs sacs pour fuir plus vite. Comme ils parvenaient au rempart de la Garde, ces réchappés s'interposaient entre les grenadiers et les batteries qui les tuaient, alors des grognards les agrippèrent au col ou par la manche pour les jeter derrière eux. Rassurés de cette protection, certains tombèrent à genoux et d'autres, fous de terreur, se roulèrent en bavant comme des épileptiques en crise. Averti de cette déroute de plusieurs bataillons, avec deux capitaines de sa suite, Bessières se précipita pour reformer ceux qui avaient conservé leurs fusils :

— Où sont vos officiers ?

— Dans la plaine, morts !

— Allons ensemble chercher leurs corps ! Chargez vos armes ! Formez les rangs !

— Serrez les rangs ! continuait à ordonner Dorsenne à cent mètres de là.

Un grenadier qui avait un éclat dans le mollet se traîna à l'écart ; en tombant il avait empoigné des pièces que le porte-aigle, son ancien voisin de ligne, cachait dans l'entortillement de sa cravate blanche. Il ouvrit la main en sournois, considéra son trésor de près et gronda qu'il ne valait plus rien. En effet, le 1er janvier 1809, l'Empereur avait fait effacer des monnaies la devise qui figurait encore sur ces pièces ramassées : Unité, Indivisibilité de la République.

Le soir tomba tôt sur une bataille sans vainqueur. Napoléon et les officiers de sa Maison quittèrent la tuilerie en cortège pour la tente impériale dressée la veille sur les gazons de l'île. Ils avançaient au pas sur une voie encombrée de caissons vides, de pièces d'artillerie démontées, de chevaux solitaires et affolés, de lentes colonnes de blessés que guidaient les ambulanciers. A la butée du petit pont, l'Empereur blêmit. Il avait d'abord vu un major des cuirassiers qui pleurait en silence. Il avait ensuite reconnu le docteur Yvan, puis Larrey, penchés vers un patient qu'on installait sur un lit de branches de chêne et de manteaux. C'était Lannes, dont Marbot maintenait la tête à demi levée. Il avait un visage livide, déformé par la douleur, et suait à grosses gouttes. Un linge rouge serrait sa cuisse gauche. L'Empereur demanda qu'on le descende de cheval et fut auprès du maréchal en peu d'enjambées. Il s'accroupit à son chevet :

— Lannes, mon ami, tu me reconnais ?

Le maréchal ouvrit les yeux mais resta muet.

— Il est très affaibli, Sire, murmura Larrey.

— Mais il me reconnaît, hein?

— Oui je te reconnais, chuchota le maréchal, mais dans une heure tu auras perdu ton meilleur soutien...

— *Stupidità!* Tu nous seras conservé. N'est-ce pas, Messieurs?

— Oui Sire, dit Larrey avec onction.

— Puisque Votre Majesté le veut, ajouta Yvan.

— Tu les entends?

— Je les entends...

— A Vienne, dit Napoléon, un médecin a fabriqué une jambe artificielle pour un général autrichien...

— Mesler, dit Yvan.

— C'est ça, Bessler, et il te fera une jambe, et la semaine prochaine nous irons à la chasse!

L'Empereur prit le maréchal dans ses bras. Celui-ci lui confia à l'oreille, de manière que personne d'autre ne puisse entendre :

— Arrête cette guerre au plus vite, c'est le vœu général. N'écoute pas ton entourage. Ils te flattent, ils se courbent mais ils ne t'aiment pas. Ils te trahiront. D'ailleurs ils te trahissent déjà en te voilant toujours la vérité...

Le docteur Yvan intervint :

— Sire, Son Excellence Monsieur le duc de Montebello est à bout, il doit épargner ses forces, il ne doit pas trop parler.

L'Empereur se releva, fronça les sourcils, resta un instant debout à contempler le corps du maréchal Lannes. Son gilet était taché de sang. Il se tourna vers Caulaincourt :

— Passons sur l'île.

— Le petit pont n'est guère praticable, Sire.

— *Su presto, sbrigatevi!* Vite! Dépêchez-vous! Imaginez une solution!

L'Empereur ne pouvait emprunter sans inconvénients un petit pont que les charpentiers consolidaient, gênés dans leurs travaux par le flux incessant des mutilés. Ces malheureux tremblaient de fièvre et de fureur, ils se bousculaient, se marchaient dessus, se poussaient, se retenaient aux cordages et aux amarres qui cassaient parfois, se chamaillaient, s'insultaient ; on en voyait qui plongeaient dans les vagues, ou s'engageaient sans hésiter avec leurs chevaux dans le tumulte des eaux. Caulaincourt fit libérer l'un des pontons, s'assura qu'il était étanche et solide, choisit dix rameurs parmi les marins du génie les plus robustes, et l'Empereur, dans le crépuscule, debout au milieu de cette embarcation à la dérive, échoua sur la Lobau deux cents mètres plus en aval.

Il traversa à pied des taillis et des bandes de sable où se tassaient des milliers de moribonds, et ceux-ci tendaient les bras vers lui comme s'il avait le pouvoir de guérir, mais l'Empereur fixait son regard droit devant et ses officiers le protégeaient en l'entourant. Il arriva à sa tente, un grand pavillon de coutil rayé bleu ciel et blanc. Constant l'y attendait, il l'aida à ôter sa redingote et sa veste verte. Tout en changeant son gilet de casimir taché du sang de Lannes, l'Empereur grogna entre ses dents :

— Ecrivez !

Le secrétaire, installé dans l'antichambre sur un coussin, trempa sa plume dans l'encrier.

— Le maréchal Lannes. Ses dernières paroles. Il m'a dit : « Je désire vivre si je peux vous servir... »

— Vous servir, répétait le secrétaire qui griffonnait sur son écritoire portative.

— Ajoutez : « Ainsi que notre France »...

— J'ajoute.

— « Mais je crois qu'avant une heure vous aurez perdu celui qui fut votre meilleur ami... »

Et Napoléon renifla. Il se tut. Le secrétaire restait la plume en l'air.

— Berthier !

— Il n'est pas encore sur l'île, dit un aide de camp à l'entrée de la tente.

— Et Masséna ? Il est mort ?

— Je n'en sais rien, Sire.

— Non, Masséna, ce n'est pas le genre. Qu'il vienne tout de suite !

CHAPITRE VI

Seconde nuit

C'était une nuit sans lune. Les derniers incendies baignaient la rive gauche dans une lueur
pâle et rougeâtre qui déformait le paysage. Le
vent s'était levé, froissait les feuillages des ormes,
secouait les buissons, poussait des nuages noirs
et lourds de pluie. Sur la berge sablonneuse de la
Lobau, entre des touffes de roseaux penchés,
l'Empereur marchait avec Masséna. Le maréchal
avait relevé le col de son long manteau gris et il
avait mis les mains dans ses poches; avec ses
cheveux courts qui voletaient comme des plumes
à ses tempes, il ressemblait de profil à un vau-
tour. Malgré le fracas du fleuve, les deux hommes
percevaient comme en écho la rumeur assourdie
de la plaine, le grincement des roues, les appels,
les bruits de galoches et de sabots qui frappaient
le bois du petit pont tout proche. Napoléon parlait d'une voix morte :

— Tout le monde me ment.

— Ne joue pas ta comédie avec moi, nous
sommes seuls.

Ils se tutoyaient comme au temps des expédi-
tions italiennes du Directoire.

— Personne n'ose jamais me dire la vérité, se
désolait l'Empereur.

— Faux! répondait Masséna. Nous sommes quelques-uns à pouvoir te parler en tête à tête. Que tu nous écoutes, ça, c'est une autre histoire!

— Quelques-uns. Augereau, toi...

— Le duc de Montebello.

— Jean, bien sûr. Je n'ai jamais réussi à l'effrayer. Une nuit, avant je ne sais quel combat, il bouscule la sentinelle, arrive sous ma tente, me sort du lit pour me crier dans les oreilles : « Est-ce que tu te fous de moi ? » Il discutait mes ordres.

— Arrête d'en parler à l'imparfait, il n'est pas mort, pas encore, et tu l'enterres.

— Il est au plus mal, Larrey me l'a avoué.

— Une jambe en moins, on n'en meurt pas. J'ai bien eu un œil crevé à cause de toi, est-ce que ça m'a diminué ?

L'Empereur fit semblant de ne pas avoir entendu l'allusion à cette partie de chasse où il avait éborgné Masséna, en accusant la maladresse de Berthier. Il restait songeur, puis, d'un ton plus bourru :

— Je suis certain que toute l'armée a appris avant moi le malheur de Lannes.

— Les soldats l'apprécient et se soucient de lui.

— Tes hommes ? Ont-ils été démoralisés en apprenant la nouvelle ?

— Démoralisés, non, mais affectés. Ils sont courageux.

— Ah! si ce pauvre Lannes pouvait en ce moment être soigné à Vienne dans de meilleures conditions!

— Fais-lui passer le fleuve sur une nacelle.

— Tu n'y songes pas? Le vent, le courant, il serait secoué comme un sac et ne le supporterait pas.

De sa cravache, l'Empereur fouetta des roseaux en réfléchissant. Une minute ou deux passèrent ainsi, et d'une voix affermie, il dit :

— André, j'ai besoin de tes lumières.

— Tu veux savoir ce que je ferais à ta place ?

— Berthier préconise que nous nous mettions à couvert sur la rive droite.

— Sottise !

— L'état-major pense qu'il faudrait même se replier en arrière de Vienne.

— L'état-major n'a pas à penser. Surtout de travers. Et puis quoi ? Pendant que nous y sommes rentrons à Saint-Cloud ! Si nous lâchons cette île, nous signons la victoire de l'Autriche, or nous n'avons pas perdu.

— Nous n'avons pas gagné non plus.

— Nous avons évité une affreuse raclée !

— La fatalité me poursuit, Masséna.

— L'archiduc Charles n'a pas réussi, nous l'avons tenu à distance, ses troupes sont éreintées, il n'a presque plus de munitions...

— Je sais, dit Napoléon en jetant un regard au fleuve. C'est le général Danube qui m'a vaincu.

— Vaincu ! Ne sois pas grossier ! L'armée d'Italie va nous rejoindre. La semaine dernière, le prince Eugène s'est emparé de Trieste, il va marcher sur Vienne avec ses neuf divisions, plus de cinquante mille hommes ! Lefebvre est entré à Innsbruck le 19, dès qu'il en a fini avec les rebelles du Tyrol, il nous apporte ses vingt-cinq mille Bavarois...

— Il faut donc s'enfermer sur cette île ?

— Nous avons le temps cette nuit d'y faire filer nos troupes.

— Peux-tu m'assurer une retraite sans désordre ?

— Oui.

— A la bonne heure! Retourne à ton poste.

Le silence réveilla Fayolle. Il ouvrit les yeux
pour réaliser que les combats avaient cessé avec
l'obscurité. Le cuirassier restait étendu sur le dos,
trop engourdi pour s'asseoir et soulever sa lourde
cuirasse. Même s'il s'était redressé, comme la
nuit était complète, il n'aurait pu voir les milliers
de corps dont la plaine était couverte, qui allaient
pourrir sur place et que les corbeaux dépèce-
raient. D'une main il se palpa le visage, il plia une
jambe, puis l'autre; il n'avait rien, tout semblait
en place. Un vent frais courbait les blés encore
debout, une odeur de poudre, de crottin et de
sang flottait dans l'air. Soudain, Fayolle entendit
un grignotement; quelque chose en voulait à ses
espadrilles craquées. Il secoua le pied. Une
espèce de rongeur poilu s'attaquait à la semelle
de corde. L'animal s'enfuit, il en ignorait le nom,
lui, l'homme des bas-fonds parisiens qui ne
connaissait que les rats. Il respira. Il profitait
d'une paix bizarre et égoïste. Fayolle avait toujours été seul. Portefaix, chiffonnier, tireur de
cartes sur le Pont-Neuf, à trente-cinq ans il avait
beaucoup vécu mais mal. La Révolution ne lui
avait même pas simplifié la vie. Il n'avait même
pas su profiter du règne de Barras, qui favorisait
pourtant la filouterie. A cette époque-là, qui suivit la Terreur, il s'était installé passage du Perron
pour revendre des produits dérobés, du savon, du
sucre, des tuyaux de pipes, des crayons anglais. Il
en profitait pour traîner au Palais-Royal. Les
filles y racolaient par centaines, sous les arcades
et les galeries de bois qui les prolongeaient. A
l'étage d'un restaurant, le plafond du salon orien-
tal s'ouvrait et des déesses nues tombaient du ciel
sur un char doré; dans l'établissement mitoyen,
des hétaïres vous massaient dans une baignoire

de vin. On le lui avait raconté, parce qu'avec son bonnet de renard et sa triste mine on ne l'aurait jamais laissé entrer. Il se contentait de regarder avec envie celles qui vous tiraient l'œil avec des gravures érotiques ou soulevaient leurs jupes. D'autres, pour attendrir, promenaient des enfants de location. D'autres vous appelaient au-dessus du café des Aveugles, avec leurs chapeaux noirs à glands d'or, les pieds dans des ballerines de satin. Elles étaient superbes mais ne faisaient pas crédit ; elles se nommaient comme dans les poèmes, Betzi la mulâtresse, Sophie Beau Corps ou Lolotte, Fanchon, Sophie Pouppe, la Sultane. Chonchon des Allures dirigeait une maison de jeu. La Vénus était une héroïne puisqu'elle avait résisté aux avances du comte d'Artois...

Fayolle avait cru que l'uniforme bleu à parements rouges des cuirassiers le favoriserait auprès des dames, ou du moins protégerait ses brigandages, mais non : il n'avait jamais rien obtenu que par la force et grâce à la guerre. Il repensa à une jolie religieuse violée pendant le saccage de Burgos, puis à cette tigresse de Castille qui l'avait griffé au visage et qu'il avait abandonnée à un lancier polonais brutal. Il repensa surtout à la paysanne d'Essling, à ses yeux obsédants qui le fixaient de l'au-delà. Il frissonna. Etait-ce de frayeur ou de froid ? Le vent devenait glacial. Il fit un effort pour ramasser son manteau brun et, posé sur un coude, il entendit crisser des roues.

Fayolle, en plissant les yeux, essaya de distinguer des formes dans le noir. Très loin, vers le Bisamberg comme vers le Danube, des bivouacs allumés lui permettaient d'estimer la distance des campements. Qui venait ? Des Autrichiens ? Des Français ? Que faisaient-ils ? A quoi servait cette

charrette ? Les individus approchaient puisque le
bruit des roues augmentait, auquel se confondaient des voix assourdies et un son de métal
entrechoqué qui ne le renseignait en rien. Dans le
doute il se recoucha, s'appliquant à ne pas bouger. La charrette avançait dans sa direction. Elle
devait être maintenant à quelques mètres. Les
yeux mi-clos, Fayolle entrevit des silhouettes pen-
chées qui tenaient des lanternes. Il reconnut à
cette faible lumière un bonnet de grenadier autrichien avec sa branche feuillue plantée comme un
plumet. Il retint sa respiration et fit le mort. Des
pas piétinaient les blés, s'arrêtèrent à sa hauteur.
Une main dénoua son plastron de fer. Il sentit
une haleine près de son visage.

— V'nez, y a une bonne récolte par ici...

Entendant ces mots prononcés en français,
Fayolle attrapa le poignet du voleur qui glapit :

— Hou ! Mon mort se réveille ! Au s'cours !

— Gueule pas, dit l'un de ses compères.

Fayolle s'assit, appuyé sur les deux mains.
Deux ambulanciers écarquillaient les yeux :

— T'es pas mort, toi ? lui demanda Gros-Louis.

— Il a même pas l'air trop blessé, ajouta Paradis, désormais coiffé d'un bonnet autrichien.

— Qu'est-ce que vous foutez ? gronda Fayolle
d'une voix mauvaise.

— Calme-toi, l'ami !

— Ben tu vois, expliqua Paradis, on ramasse
les cuirasses, c'est la consigne. Faut rien laisser
derrière nous.

— Sauf des morts, dit Fayolle avec mépris.

— Ah ça, on nous a rien précisé sur les morts,
et en plus y en a trop.

Fayolle se leva enfin, acheva de détacher sa
cuirasse et la lança dans la carriole.

— Tu peux la garder, dit Gros-Louis, puisque
t'es vivant.

Le cuirassier s'emmitoufla dans son manteau espagnol. Ses yeux s'habituaient à la nuit. Il distingua des dizaines de lanternes qui fouillaient la plaine. Paradis, Gros-Louis et plusieurs ambulanciers tâtaient le sol avec des bâtons ; dès qu'ils heurtaient le fer d'un plastron ils se baissaient, dégrafaient, empilaient dans leur voiture.

— Tiens, c'lui-là c'est au moins un officier...

A ces mots de Paradis, Fayolle arriva aussitôt.

— Tu l'connais ? demanda Paradis en baissant la lanterne sur un visage.

— C'était le capitaine Saint-Didier.

— Y devait pas êt'bien vieux...

— Détache sa cuirasse et tais-toi !

— D'accord, mettons que j'ai rien dit.

Quand Paradis eut achevé sa besogne, Fayolle lui arracha sa lanterne des mains et se baissa sur le capitaine. Il avait été tué d'une balle dans le cou. Il avait l'air de dormir les yeux ouverts. Il tenait encore dans sa main droite un pistolet chargé, dont il n'avait pas eu le temps de se servir. Fayolle desserra les doigts glacés et rangea l'arme à son ceinturon.

Dans une clairière de l'île Lobau, le maréchal Lannes était couché sur une douzaine de manteaux de cavalerie. Le capitaine Marbot ne l'avait pas quitté un instant ; il le veillait comme une nourrice, prévenait ses besoins, le réconfortait par sa présence attentive mieux que par des paroles. Lannes balbutiait, s'emportait, ses pensées divaguaient, il se croyait encore sur le champ de bataille, il dispensait des ordres incohérents :

— Marbot...

— Monsieur le duc ?

— Marbot, si les cavaliers de Rosenberg

s'emparent d'Essling à revers, du côté de la forêt, Boudet est fichu.

— Ne craignez rien.

— Oh si! Envoyez Pouzet vers le grenier fortifié, non, pas Pouzet, il a été blessé, plutôt Saint-Hilaire. Est-ce que cette bête de Davout a envoyé des munitions par barques? Non? Qu'est-ce qu'il attend?

— Reposez-vous, Monsieur le duc.

— Ce n'est pas le moment!

Lannes serra le bras de son aide de camp :

— Marbot, où est mon cheval?

— Il a perdu un fer, mentit le capitaine. On s'en occupe.

A chaque question fiévreuse, Marbot répondait d'une voix trop douce qui finit par irriter le maréchal :

— Pourquoi me parlez-vous comme à un enfant de trois ans? Je suis blessé, je le sais, mais ce n'est pas la première fois! Je suis déjà mort à Saint-Jean-d'Acre, vous vous souvenez? Une balle dans la nuque ce n'est pas rien! Et à Governolo, Aboukir, Pultusk... A Arcole j'ai reçu trois coups de feu. J'ai survécu.

— Vous êtes immortel, Monsieur le duc.

— Comme vous dites cela...

Lannes remuait la tête de part et d'autre, il essaya d'humecter de sa langue ses lèvres sèches.

— Donnez-moi à boire, Marbot, j'ai soif, et après, lançons nos grenadiers contre Liechtenstein, c'est lui ou nous. Vous comprenez l'enjeu? Oudinot viendra en appui... Mais comme le soleil est noir, mon ami, comme ces nuages nous desservent, on n'y voit plus à dix mètres...

Des soldats apportèrent un bidon d'eau puisée dans le Danube; il n'y avait plus de réserves potables dans les citernes des cantiniers. Lannes en but une gorgée qu'il recracha :

— Ce n'est pas de l'eau, c'est de la terre! Nous voilà comme les marins, Marbot, nous sommes entourés d'eau imbuvable...

— Je vais vous dégotter de l'eau pure, Monsieur le duc.

Le maréchal avait laissé son valet sur l'île pour garder son portemanteau. Marbot alla lui demander l'une des chemises les plus fines. Il l'arrangea comme une outre, avec de la ficelle, puis partit au bord du fleuve plonger cette poche dans l'eau boueuse, ensuite il l'accrocha à une branche basse au-dessus du bidon, obtint une boisson filtrée et fraîche que le maréchal but avec soulagement.

— Merci, dit Lannes, merci capitaine. Pourquoi diantre n'êtes-vous que capitaine! Je m'en occupe dès la victoire. Que ferais-je sans vous, hein? Sans vous et sans Pouzet je serais déjà mort, pas vrai? Vous vous souvenez de notre première rencontre?

— Oui, Monsieur le duc, c'était à la veille de la victoire de Friedland. Je venais de me marier.

— Vous aviez été blessé à Eylau...

— Au bras, c'est vrai, d'un coup de baïonnette. J'avais le chapeau percé par un boulet.

— Vous serviez chez Augereau, qui vous avait confié à moi, comme à nouveau l'année dernière...

— Je vous ai rejoint à Bayonne.

— Nous partions en Espagne diriger l'armée de l'Ebre. Vous connaissiez déjà ce pays, et moi pas... Burgos, Madrid, Tudela...

— Où nous avons balayé l'ennemi au premier choc.

— Ah oui... Au premier choc... Sale pays quand même! J'ai bien failli vous y perdre, Marbot.

— Je m'en souviens, Monsieur le duc. Une balle m'a frôlé le cœur pour se nicher dans mes côtes, une balle aplatie comme une monnaie, crénelée comme une roue de montre, gravée de croix comme une hostie.

— Il y avait déjà Albuquerque, hein, parmi mes aides de camp? Enfin, nous l'avons ramené d'Espagne, je crois... Où est-il? Pourquoi n'est-il pas près de vous?

— Il ne doit pas être loin, Monsieur le duc.

Si, Albuquerque était loin et Marbot le savait. Il avait eu dans la soirée les reins brisés par un boulet. Il était tombé mort d'un coup. Lannes parlait d'une voix imperceptible :

— Dites à Albuquerque de prévenir Bessières. Qu'il fasse donner ses cuirassiers. Il faut nous dégager à tout prix de cet étau!

— Ce sera fait.

Lannes remua encore les lèvres sans qu'on entendît un mot en sortir, puis il ferma les paupières et sa joue retomba contre le manteau qui lui servait d'oreiller. Marbot s'affola :

— Ça y est? Il est mort?

— Non non, capitaine, le rassura un aide-chirurgien placé par Larrey auprès du maréchal. Il dort.

Non loin de là, dans les environs de la tente impériale, Lejeune mesurait les nouveaux dangers de cette nuit. Il redoutait deux choses : que les eaux du Danube en crue ne submergent l'île, que les Autrichiens aient l'envie subite de la bombarder depuis la rive au-delà d'Aspern. Il s'en ouvrait à Périgord, plus incrédule et confiant :

— J'ai étudié l'écorce des saules et des érables, Edmond, et je vous assure qu'on y découvre les marques d'une précédente inondation.

— Vous voilà jardinier, mon cher?

— Je suis sérieux! Toutes les îles sont inondables.

— Sauf l'île de la Cité à Paris.

— Arrêtez vos plaisanteries! Je souhaite que vous ayez raison mais j'y vois un risque possible.

— Nos blessés seraient noyés?

— Et la retraite compromise. Nous y resterions tous. D'autre part, si l'archiduc Charles...

— Vos canons autrichiens ne m'impressionnent pas, Louis-François. Etes-vous aveugle? Et sourd de surcroît? Si l'Archiduc avait voulu, il aurait pu nous rejeter au Danube, mais il a interrompu la bataille en même temps que nous.

— A sa place, l'Empereur n'aurait pas hésité.

— Mais lui, il hésite.

Berthier avait pensé comme Lejeune; il avait interdit les lumières sur l'île et faisait allumer des bivouacs dans la petite plaine entre les villages, pour simuler une implantation de l'armée et garantir sa fuite. L'Empereur avait approuvé la mesure. Lejeune et Périgord se promenaient donc dans le noir total, les mains devant pour ne pas heurter un tronc. Tout à coup, Lejeune sentit un visage mou au bout de ses doigts tendus, et un homme lui dit avec un accent très italien:

— Avez-vous fini de me tripatouiller le menton?

— Que Votre Majesté me pardonne...

— *Cogliône!* Vous êtes pardonné mais guidez-nous vers la berge!

Le vent secouait les feuilles, les ormes et les saules se balançaient. On entendait les soupirs et les râles des milliers de blessés qui s'entassaient sur les talus ou à même le gazon. Lejeune et Périgord devancèrent la troupe que formaient l'Empereur, Berthier et les officiers de la Maison.

— La barque est prête, Sire, disait Berthier en tenant l'épaule de Caulaincourt qui le précédait en tâtant le terrain de la pointe de ses bottes cavalières.

— *Perfetto !*

— J'ai personnellement choisi quatorze rameurs, deux pilotes, des nageurs...

— Des nageurs ? *Perché ?*

— Si la barque chavire, Sire...

— Elle ne versera pas !

— Elle ne versera pas, soit, mais il faut tout prévoir même le pire.

— Je déteste le pire, Berthier, bougre d'âne !

— Oui, Sire.

En file, Napoléon et son équipage parvinrent sans tomber ni se cogner jusqu'au rivage venté où attendait la barque. L'Empereur sortit une montre de son gousset. Il la fit sonner :

— Onze heures...

On distinguait mal le fleuve à cause de la nouvelle lune, mais son bruit rendait la conversation pénible ; les vagues se cassaient sur les pentes de l'île et projetaient une pluie de gouttelettes ; l'eau roulait avec force, le vent sifflait.

— Berthier ! cria l'Empereur, je vais vous dicter l'ordre de retraite !

— Lejeune ! hurla Berthier.

Périgord avait réussi à allumer une torche en s'abritant sous des taillis. A cette lumière jaune et tremblante, Lejeune posa sa sabretache comme un pupitre sur ses genoux pliés, et, avec le papier et la plume encrée que lui avait tendus le secrétaire, qui était du voyage, il nota en improvisant car il ne comprenait pas tout dans le vacarme du fleuve et du vent. Il indiqua que Masséna et Bessières devaient se retirer à minuit sur la Lobau avec l'ensemble des troupes ; une fois l'armée entière dans ce refuge, il convenait de détruire le petit pont en ramenant sur des haquets les pontons et les chevalets qui serviraient à réparer le pont principal.

Quand Lejeune eut terminé, Berthier apposa sa signature sur le document qu'on fit sécher en y jetant une poignée de sable. Puis Napoléon descendit la berge jusqu'à la grosse barque que maintenaient des garçons musclés, qui l'aidèrent à y grimper en le prenant sous les deux bras. Périgord remit sa torche à l'un des navigateurs. Berthier, Lejeune et ceux qui restaient virent l'Empereur s'éloigner de l'île, ils distinguèrent un moment son visage sans expression, sa redingote qui volait au vent ; à quelques brasses la torche s'éteignit, soufflée par la bourrasque, et l'Empereur disparut dans le noir absolu, comme si le Danube l'avait englouti.

Lejeune devait porter à Masséna l'ordre de repli que lui avait dicté l'Empereur, mais il n'avait plus de monture. Sa jument s'était tordu une jambe au cours de sa dernière galopade, et comme son ordonnance poireautait sur la rive droite depuis son retour de Vienne, il s'était résigné à la confier au valet de Périgord qui n'avait aucune notion des soins à donner. Le temps pressait. Le colonel avisa un sapeur qui tirait par la bride la bête d'un hussard hongrois :

— J'ai besoin de cette bête.

— L'est pas à moi mais à mon lieutenant.

— Je l'emprunte !

— Je sais pas si mon lieutenant il est d'accord...

— Où est-il ?

— Sur le grand pont qu'on répare.

— Pas le temps ! Et puis ce cheval a été volé.

— Ah non ! C't'une prise de guerre.

— Je te le ramène avant une heure.

— Moi j'peux pas prendre la responsabilité...

— Si je ne te le ramène pas, je le paierai.

— Qui m'le prouve ?

Exaspéré par ce sapeur abruti, Lejeune lui passa sous le nez la lettre signée par le major général et adressée à Masséna. L'autre resta stupide et lâcha les rênes. Avant qu'il change d'avis, Lejeune grimpa sur la selle rouge frangée d'or et garnie de fourrure, puis, en se guidant au jugé il remonta le flot des blessés qui continuaient à passer sur l'île. Plus il approchait du petit pont et plus le chemin s'encombrait, mais Lejeune poussait son cheval dans cette foule, n'hésitant pas à renverser des fusiliers à tête bandée, des hommes sans bras, des invalides, des boiteux qui lui montraient le poing ou tapaient sur ses bottes. La cohue était tragique sur le petit pont. Les fuyards y formaient une foule compacte et lente.

— Place ! place ! gueulait le colonel.

La masse humaine le débordait, le faisait reculer, il insistait, repoussait les éclopés de l'encolure, leva même sa cravache sans se résoudre à l'abattre sur les survivants de la bataille. Ceux-ci levaient des yeux menaçants ou vides.

— Ordre de l'Empereur !

— Ordre de l'Empereur, répéta en grinçant un sergent des dragons, et il tendait le moignon de son bras gauche empaqueté dans un linge.

Lejeune vint au bout de cette interminable épreuve et, sur la rive gauche, fonça dans la campagne noire par-dessus le talus. Il courait d'un feu à l'autre dans la direction d'Aspern où Masséna devait camper, mais comment en être certain ? Voici les blocs sombres des premières maisons, et là, une ruelle, mais le cheval ne put s'y engager car des murs effondrés l'obstruaient; il poursuivit jusqu'à la prochaine ruelle pour gagner la place de l'église, aperçut une sentinelle qui allumait sa pipe et se dirigea droit dessus pour s'informer. La sentinelle l'avait entendu venir; avant que le colonel ait dit un mot elle demanda :

— *Wer da ?*

C'était un Autrichien qui lui criait : « Qui vive ? » Au lieu de s'enfuir et de se cacher dans la nuit, ce qui lui aurait valu un coup de fusil, Lejeune eut le bon réflexe et répondit dans la même langue qu'il était un officier de l'état-major :

— *Stabsoffizier !*

Une autre forme sortit de la ruelle, un major du régiment de Hiller qui demanda l'heure en allemand. Sans perdre de temps à sortir sa montre, Lejeune affirma qu'il était minuit :

— *Mitternacht...*

La sentinelle avait posé son fusil contre une murette, le major avança, Lejeune tourna bride et se sauva en traversant un buisson. Il entendit siffler des balles. Il errait au petit trot dans un chemin creux, l'oreille tendue, croisa des bivouacs allumés mais déserts, s'enfonça dans un bois qui le ramenait vers le bras mort du Danube. Il passait entre deux arbres quand un homme saisit le cheval par le mors et qu'un autre lui tira le bras pour le désarçonner. Ils n'avaient pas de shakos mais à leurs semblants d'uniformes et à leurs baudriers Lejeune crut reconnaître des voltigeurs français et cria :

— Colonel Lejeune ! Service de l'Empereur !

Les deux voltigeurs s'excusèrent :

— On pouvait pas d'viner...

— Z'avez un cheval hongrois, alors, hein, on s'disait que c'était une bonne prise.

— Où est le maréchal Masséna?

— On sait pas trop.

— C'est-à-dire?

— On l'a vu y a pas une heure avec not'général.

— Qui est-ce?

— Molitor.

— Et où les avez-vous vus?

— Par là, vers l'orée d'ce bois où on est.

— Vous êtes en patrouille?

— Y a d'ça.

— N'avancez pas trop près du village, les Autrichiens s'y installent.

— On sait.

— Merci!

Lejeune pénétra plus profond dans les taillis, manqua se laisser écharper par d'autres patrouilles à cause de son cheval hongrois. Enfin un sous-officier le pilota vers le camp provisoire de Masséna, contre une roselière qui bordait des marécages d'où aucun ennemi ne surviendrait. De nombreux feux, des torches annonçaient un bivouac important, et à ces lueurs mouvantes Lejeune devina la silhouette mince de Sainte-Croix qu'entouraient des officiers enveloppés dans leurs manteaux. Il finit le trajet à pied, quand il buta sur un corps étendu qui se mit à brailler:

— Hé! qui me marche sur les jambes?

— Votre Excellence?

Masséna avait somnolé une heure ou deux en attendant l'ordre du repli. Il se leva, s'ébroua, pesta contre le temps humide et froid, et, sous le flambeau que tenait un tirailleur engourdi, lut le message de l'Empereur; il le plia, le glissa dans une poche de son long manteau, ajusta son bicorne, remercia Lejeune et partit sans se presser vers le groupe qui bavardait près des feux.

Fayolle avait suivi jusqu'à Essling la carriole et son chargement de cuirasses. Les fusiliers de la Jeune Garde battaient le briquet pour allumer des feux de planches et de branches, comme s'ils s'installaient, mais ils gardaient l'arme à la bretelle et leurs sacs bouclés dans le dos. Il y avait des cadavres dans les moindres recoins, jetés pêle-mêle, uhlans, voltigeurs, Autrichiens, Français, Hongrois, Bavarois, dépouillés de leurs bottes et de leurs uniformes, nus, cassés, horribles. Quelques-uns avaient brûlé à demi.

Fayolle s'assit sur un banc dans le jardinet saccagé d'une maison basse, à côté d'un hussard aux yeux fermés mais qui ne ronflait pas. Des papiers de cartouches voltigeaient au ras de l'herbe.

— Tu sais où y a d'la poudre?

Le hussard ne répondait rien. Fayolle le secoua à l'épaule mais le cavalier s'écroula; il était mort; s'il avait encore son uniforme c'est qu'on l'avait cru endormi. Fayolle le fouilla, prit la poudre et les balles de la sacoche qu'il portait en bandoulière, regarda ses bottes élégantes et souples. La bataille était finie mais il sourit en pensant qu'il avait enfin trouvé des bottes à sa taille. Il les tira. Il ôta ses espadrilles et les chaussa. Puis il alla s'accroupir près du feu le plus proche où brûlaient des chaises et des rameaux. Il tendit ses mains, apprécia cette chaleur. Dans son dos on l'appelait :

— Toi là-bas!

Il se retourna pour affronter le regard soupçonneux d'un grenadier de la Garde, mains aux hanches, parfait dans ses guêtres blanches.

— T'es français? Tu sors d'où? Quel régiment? C'est des bottes de hussard, que tu portes?

— Tu peux pas t'taire, foutu bavard!

— Déserteur?

— Imbécile! Si j'avais déserté je serais loin.

— T'as raison. Alors?

— Cuirassier Fayolle. Mon escadron a été massacré par les boulets. Je suis tombé de cheval, j'ai été assommé, je me suis réveillé quand les charognards des ambulances me dépouillaient.

— Faut pas rester dans les parages. On décampe.

— Te mêle pas d'ma santé, tu veux?

Des cavaliers rangés par quatre passèrent au pas entre les flambées de la place; derrière eux défilaient en désordre des bataillons qui se perdirent à leur suite dans la rue principale. L'armée quittait Essling. Le grenadier laissa Fayolle en haussant les épaules, il cracha par terre et ajouta qu'il l'avait prévenu. Fayolle alla de nouveau s'asseoir près d'un feu. Il sortit de sa ceinture le pistolet du capitaine Saint-Didier, le nettoya car la poudre en était mouillée, le chargea avec la poudre neuve du hussard, glissa la balle. Son arme à la main, il se leva, fier de ses nouvelles bottes, et marcha dans la grande-rue sous les ormes. La plupart des maisons étaient détruites ou menaçaient de s'effondrer, le toit ouvert par des boulets; certaines fumaient encore d'un incendie. La maison de la paysanne où il était entré l'avant-veille avec le défunt Pacotte tenait à peine debout. Tout un pan du mur qui donnait sur le jardin était éboulé. Fayolle voulut y entrer, mais il avait besoin d'une torche et il revint sur ses pas, ramassa un bâton, l'enflamma à l'un des bivouacs factices. Cela éclairait mal mais tant pis. Avec ce brandon il s'introduisit dans la maison par la brèche ouverte dans son mur. L'escalier semblait intact. Il s'y risqua. Il avançait dans la pénombre de l'étage comme s'il avait longtemps habité les lieux, poussa la porte de la chambre du fond. Sur le matelas il vit la forme d'un corps. Son cœur battait comme un tambour de la Garde. Il se pencha avec son feu, regarda le corps, celui d'un tirailleur sans doute, déshabillé, qu'on pouvait identifier à ses favoris. Et si la paysanne de l'autre nuit n'avait jamais existé ? Il posa sa torche sur le lit qui s'enflamma, puis il appliqua contre sa tempe le pistolet du capitaine Saint-Didier et se fit sauter la cervelle.

Après avoir doublé un dernier bouquet de saules, le chariot des armures stoppa dans les herbes hautes. Paradis et ses collègues découvrirent d'un coup le spectacle de la retraite. En dessous, dans la prairie qui tombait vers l'entrée du petit pont, et qu'un bois touffu cachait des villages et de la grande plaine, fumaient des centaines de torchères. Sur un monticule, devant ses officiers personnels, Masséna, de sa cravache, réglait l'évacuation, à la manière d'une mise en scène d'opéra. L'ordre des régiments alignés succédait à la confusion des blessés. Les hommes étaient déchirés, puants, sales comme des poux, affamés, presque barbus mais satisfaits de vivre avec leurs bras, leurs jambes, des yeux pour se rappeler et des bouches pour raconter. Ceux-là sentaient leur chance et l'on aperçut quelques officiers avec un chapelet autour du poing. Ils souriaient de fatigue ; c'était fini. Le roulement des sabots de la cavalerie d'Oudinot résonnait sur les lattes du pont raccommodé, puis ensuite les débris de la division Saint-Hilaire, les voltigeurs de Molitor, leurs plumets verts à l'extrémité jaune, un sergent en tête, qui avait accroché son fanion au bout du fusil qu'il tenait levé comme un drapeau ; on discernait à peine les couleurs, bien sûr, mais Vincent Paradis jurait qu'il les voyait pour les avoir trop vues. Le général Molitor alla saluer Masséna, lequel retira son chapeau à plumes, puis il se mit à la suite de ses deux mille soldats épargnés. Derrière se disposaient d'autres voltigeurs, des fusiliers, des chasseurs à pied regroupés par Carra-Saint-Cyr et Legrand; celui-ci, un hercule, portait son immense bicorne au bord découpé en demi-lune par un boulet. Pas un murmure, des cliquetis; les godillots frappaient la terre puis le tablier de bois, et les bataillons s'évanouirent un par un sous les arbres noirs de la Lobau.

— Poussez-vous, chenapans!

— Ch'napan toi-même!

Un train d'artillerie débouchait dans le dos des ambulanciers. Les chevaux d'attelage bavaient en traînant des gros canons brimbalés à chaque ornière. Un canonnier monté, avec son interminable plumet rouge au shako, la moustache hérissée comme un écouvillon, s'égosillait pour mener son convoi. Des conducteurs aux vestes bleu ciel, mais cochonnées de poudre, fouettaient les croupes des animaux apeurés.

— Poussez-vous!

— Si je veux! cria Gros-Louis, et il tapa du plat de la main les naseaux du cheval, qui se cabra; le canonnier manqua tomber, rétablit son équilibre de justesse, pesta. Les artilleurs vinrent entourer Gros-Louis; il tira un couteau de sa ceinture; le canonnier épaula une carabine et le mit en joue.

— Ça va, dit Gros-Louis en rangeant son couteau.

Les ambulanciers poussèrent leur chariot dans les ronces pour regarder passer des canons et des caissons vides qui dévalèrent la pente. Une roue sauta sur des cailloux, un caisson versa. Les conducteurs s'adossèrent à la roue pour remettre le véhicule debout.

— C'était la peine de courir, marmotta Gros-Louis.

Le chariot s'engagea dans la pente mais s'écarta des régiments qui affluaient au fond de la prairie ; Gros-Louis le conduisit derrière l'ancienne ambulance du docteur Percy, déménagée sur l'île. De la calèche au char à foin, de nombreuses voitures réquisitionnées stationnaient avant de passer le petit pont. Elles transportaient le même bric-à-brac de cuirasses et de fusils. Vincent Paradis partit patienter contre une butte pour assister au repli des troupes. Quand il se rendit compte qu'il s'adossait au tas de bras et de jambes coupés par Percy et ses aides, il se releva d'un bond, vacilla et fila s'agenouiller sur la berge pour vomir, puis il essuya ses lèvres dégoûtantes avec des feuilles. Comme il avait un mauvais goût dans la bouche, il cueillit un brin d'herbe qu'il se mit à mâcher. Il rejoignait son convoi quand une masse de cavaliers apparut en haut d'une colline. Des escadrons reformés arrivaient. Bessières s'en détacha, il poussa son cheval pour l'arrêter devant Masséna, et, ferme sur ses arçons, jeta dans l'herbe deux drapeaux autrichiens. Pendant ce temps la cavalerie défilait entre les torchères qui faisaient luire les armes et les parements d'uniformes dont on oubliait, cette nuit, les rafistolages et l'improvisation. C'était d'abord la première division de grosse cavalerie menée par le comte de Nansouty, avec les cimiers de cuivre surgis de la fourrure noire des casques, puis brilla le blanc des culottes de dragons, les revers écarlates des carabiniers...

— Ça y est, v'là qui pleut ! dit Paradis.

Des larges gouttes cognaient en s'écrasant sur les plastrons de fer amoncelés dans la carriole.

A trois heures du matin, un vent brusque

ouvrit la croisée et Henri se leva aussitôt. Il claquait des dents, baissa son bonnet de nuit sur les oreilles et enfila un manteau sur sa chemise. Il pleuvait fort. Il allait refermer la fenêtre lorsqu'il entendit un bruit sourd ; il passa la tête pour inspecter la rue. La berline des policiers était toujours rangée en face de la maison, mais une autre, attelée de chevaux trempés, s'était disposée contre elle et en bloquait les portières. Qui avait tiré ? Était-ce d'ailleurs un coup de feu ? Henri n'avait plus froid, sa curiosité l'empêchait de se plaindre. Une cavalcade dans l'escalier, des grincements de portes, des chuchotis : il mourait d'envie de savoir ce qui se tramait et s'habilla vite dans l'obscurité. Quand il se pencha une nouvelle fois dans la rue, il distingua des formes qui s'engouffraient dans la seconde voiture ; il crut reconnaître la silhouette d'Anna sous un capuchon, celles plus frêles de ses sœurs et de la gouvernante. Des hommes en chapeaux à large bord, dégoulinants, les aidaient à monter, puis l'un d'eux grimpa à la place du cocher et fit claquer le fouet. La voiture partit sous des trombes. Henri quitta sa chambre en courant, dévala l'escalier principal et atterrit au rez-de-chaussée. Il eut une frayeur en croisant un individu qui le guettait dans le noir, mais non, c'était sa propre image dans un miroir ; avec cette tenue enfilée à la hâte il se trouva grotesque, sa redingote, son manteau par-dessus, le caleçon dans des bottes, surtout le bonnet à mèche tombante qu'il ôta d'un geste pour le fourrer dans une poche. Il poussa en grand les battants de la porte cochère mais n'osa affronter le déluge. Des ruisselets coulaient entre les pavés, l'eau qui dégringolait des toits par paquets l'éclaboussa. Il pensa aux soldats dans la plaine transformée en bourbier, puis à cette scène qu'il venait de surprendre, et il éternua. Il retourna vers les cuisines et vérifia l'heure à l'horloge, appela, remonta aux étages, poussa des portes ; les lits n'étaient pas même défaits, la fuite d'Anna et de sa famille avait été préméditée, mais qui avait-elle suivi et pour aller où ?

En bas, dans le hall, on marchait. Des voix, des bruits de bottes remplissaient l'escalier. Henri n'eut pas le temps de s'enfermer dans le premier salon qu'il fut encerclé par des gendarmes en nuée.

— Qui êtes-vous ? lança un brigadier à l'uniforme mouillé.

— Je vous renvoie la question.

— Oh, mais Monsieur fait le finaud !

— Laissez tranquille Monsieur le commissaire Beyle, il n'y est pour rien.

Schulmeister montait les escaliers et ses gendarmes s'entrepoussaient pour lui céder le passage. Il se secoua, confia sa cape à un argousin qui le suivait, l'un de ceux qu'Henri avait repérés devant la berline à l'arrêt dans la Jordangasse. Il reconnut aussi le second, qui maintenait contre son bras une sorte de compresse ; une balle tirée par la fenêtre de la voiture lui avait déchiré la redingote et la peau.

— Monsieur Schulmeister, pouvez-vous m'expliquer ?

— Il n'y a plus personne dans cette maison ?

— Un désert.

Le chef de la police congédia les gendarmes et il emmena Henri dans sa chambre. L'un de ses affidés alluma la bougie tandis que l'autre, le blessé, alla fermer la fenêtre de sa main valide.

— Mademoiselle Krauss est allée rejoindre son amant, Monsieur Beyle.

— Lejeune ?

— Un autre colonel.

— Périgord ? Je n'y crois pas !

— Moi non plus.

— Dites-moi qui, bon sang !

— Un officier autrichien, Monsieur Beyle, une espèce de feld-maréchal du prince de Hohenzollern.

Henri tomba sur l'unique chaise, il éternua encore et resta stupide, les yeux larmoyants de fièvre.

— Vous n'avez rien vu ?

— Rien, Monsieur Schulmeister.

— Vous ne voyez jamais rien, je sais...

— Qui a emmené Anna ?

— Des partisans, disent-ils, des trublions comme Monsieur Staps qui nous donnent de la peine ! Qu'est-ce que c'est ?

— Les cloches de Saint-Etienne, dit Henri en reniflant.

— On dirait qu'elles sonnent le tocsin... Vous permettez ?

Schulmeister indiquait la fenêtre de sa main.

— De toute façon, répondit Henri, je suis déjà malade. Ouvrez, ouvrez...

Et il se moucha à faire trembler les vitres. Les cloches de Vienne sonnaient à toute volée, elles se répondaient d'église en église, et au-delà des remparts se joignaient à celles des faubourgs, peut-être même à celles des villages dix lieues à la ronde. Malgré la pluie, des gens sortaient dans les rues et criaient.

— Que disent ces Viennois, Monsieur Schulmeister ?

— Ils disent « Nous avons gagné », Monsieur Beyle.

— Qui cela, *nous* ?

— Allons nous renseigner.

Ils remirent chapeaux, capes et manteaux et s'en allèrent comme en maraude dans les rues. Des petits groupes de citadins s'assemblaient et causaient avec animation. Schulmeister pria Henri d'ôter la cocarde de son haut-de-forme qui gouttait, et ils se mêlèrent à des bourgeois très agités qui répandaient des nouvelles calamiteuses :

— Les Français sont enfermés sur l'île Lobau !

— L'Archiduc les accable de mitraille !

— L'Empereur est prisonnier !

— Non non, il a été tué !

— Bonaparte est mort !

Schulmeister prit une liste qui circulait et la consulta sous un porche qu'éclairait une lanterne.

— Que raconte ce papier ?

— Que cinquante mille Français sont morts, Monsieur Beyle. Ce sont leurs noms, enfin, quelques-uns...

Les cloches sonnaient, assourdissantes.

Les rumeurs qui couraient Vienne n'avaient aucune réalité. L'Empereur était à Schönbrunn et s'entretenait avec Davout. Il avait rejoint l'armée du Rhin avant la pluie, sous les acclamations, puis le maréchal l'avait accompagné dans sa calèche et sous l'escorte d'un escadron de chasseurs à cheval. Pendant le trajet il n'avait pas desserré les dents, mais au château, dans le salon des Laques, il essaya d'analyser la situation à haute voix :

— Cette nuit je n'aime pas les fleuves !

Napoléon saisit une petite chaise dorée par son dossier et la fracassa contre un guéridon en tempêtant :

— Davout, je hais le Danube comme vos soldats vous haïssent !

— Dans ce cas, Sire, je plains le Danube.

Le crâne chauve mais des favoris qui bouclaient sur les joues, des lunettes rondes au bout du nez car il était très myope, le maréchal Davout, duc d'Auerstaedt, se savait détesté pour son extrême sévérité et ses propos orduriers. Ses officiers, il les traitait comme des valets, mais il n'avait jamais été vaincu et avait de la rigueur. Cet aristocrate bourguignon, fervent républicain au début de la Révolution, montrait une fidélité exceptionnelle à l'Empire. Il gardait son calme et cela accroissait la fureur de Napoléon :

— Il s'en fallait d'un rien ! Vous sortiez à la droite de Lannes et nous tenions la victoire !

— Sans doute.

— Comme à Austerlitz !

— Tout était prêt.

— Si cet âne de Bertrand avait pu rétablir le grand pont dans la nuit, demain matin nous enfoncions les armées hébétées de Charles !

— Sans aucun problème, Sire, ils n'en peuvent plus, les Autrichiens. J'aurais passé le Danube avec mes divisions fraîches et nous les écrasions comme des punaises.

— Des punaises ! Voilà ! Des punaises !

L'Empereur prit une pincée de tabac et s'en fourra le nez.

— Que proposez-vous, Davout ?

— Crédieu ! Nous pourrions souper, Sire, je meurs de faim et une batterie de poulardes autrichiennes ne m'effraierait pas !

L'île se peuplait. Des milliers de soldats glissaient comme des ombres à l'abri des futaies ; les plus chanceux s'appuyaient à un tronc, tombaient sur la mousse et s'endormaient les pieds dans des flaques. Ce cantonnement affolait l'intendance, qui ne parviendrait jamais à nourrir une telle masse d'hommes; les provisions envoyées par Davout en nacelles, lorsqu'elles accostaient intactes, étaient dévorées sitôt débarquées. Les blessés gémissaient maintenant sous de grandes bâches ou contre un mur de chariots. Les ambulanciers avaient disposé des tonneaux pour recueillir la pluie, et inventé des gouttières de roseaux pour canaliser l'eau retenue en poches sur les toiles tendues aux branches. Ils s'évertuaient à chauffer leur infect bouillon de cheval à couvert, et gardaient dans des baquets les têtes et les boyaux que les prisonniers, parqués à l'extrémité sablonneuse de la Lobau, se débrouilleraient pour manger crus. De temps en temps un infirmier, qui faisait sa ronde entre les corps étendus, ramassait un mort, le traînait dans l'indifférence vers une plage et le poussait dans le fleuve.

En face, dans la prairie, les torchères s'étaient noyées depuis longtemps sous l'averse, mais Masséna n'avait pas changé de place. Raide, une vraie statue plantée dans la boue, ruisselant, il veillait à ce que l'ensemble de l'armée que lui avait confiée l'Empereur déguerpisse de la rive gauche pour se réfugier dans les forêts de l'île.

— Il ne reste plus que la Vieille Garde, Monsieur le duc, disait Sainte-Croix dont les plumes du bicorne pendaient lamentablement.

— Le jour se lève à peine, nous avons réussi.

— Voici les derniers...

Le général Dorsenne arrivait en effet à la tête d'un bataillon de fantômes gris, roulés dans des manteaux lourds de pluie. Ils pataugeaient et dérapaient en dégringolant la colline, mais ils s'efforçaient de marcher au pas et soulevaient des mottes de terre collante à leurs semelles. Les drapeaux mouillés s'entortillaient à leurs hampes.

Des clarinettes jouaient en sourdine une marche impériale ; les tambours ne battaient plus, recouverts de tabliers pour que l'eau ne distende pas leur peau. Dorsenne s'arrêta à côté de Masséna, et Sainte-Croix dut l'aider à descendre de sa selle car il avait été blessé au crâne et paraissait très faible ; ses gants, ficelés autour du front, faisaient office de pansement.

— Ce n'est qu'un éclat, dit-il.

— Dépêchez-vous de vous faire examiner ! rugissait Masséna. Lannes, Espagne, Saint-Hilaire, ça suffit !

— Quand mes grenadiers et mes chasseurs seront passés.

— Mule !

— Monsieur le maréchal, je n'ai guère le droit de m'évanouir avant le dernier acte. Cela donnerait un piètre exemple.

Masséna lui prit le bras pour voir défiler les grenadiers qui s'engageaient sur le petit pont chahuté par le Danube.

— J'en ramène plus de la moitié, précisa Dorsenne.

— Sainte-Croix, dit Masséna, emmenez vous-même le général chez le docteur Yvan.

— Ou Larrey, dit Dorsenne, pâle à faire peur.

— Ah non, malheureux ! Larrey serait capable de vous amputer la tête ! Comme le docteur Guillotin, il coupe tout ce qui dépasse, vous savez.

Ils se quittèrent sur cette moquerie. Masséna ordonna ensuite à ses officiers :

— A vous, Messieurs. Je vous suis.

Les officiers étaient sur l'île quand retentit une salve aux abords d'Aspern. Masséna sourit :

— Les gueusards se réveillent !

Non. Ce n'était qu'un incident sans conséquences. Les soldats autrichiens avaient déchargé leurs armes sur un bivouac déserté. L'Archiduc ignorait la réalité des dommages causés au grand pont ; il craignait que les sapeurs ne le réparent vite et que les renforts français ne passent sur la rive droite, comme la veille. Anxieux, incertain, il avait ramené le gros de ses troupes sur leurs positions précédentes. Il ne songeait même pas à attaquer. Son armée avait été saignée.

Tout seul, à pied, lentement et sans se retourner, le maréchal Masséna franchit en dernier le petit pont. Déjà les marins et les sapeurs s'apprêtaient à le démonter. Des charrettes sans ridelles, étroites et longues, attendaient les pontons qu'on emmènerait de l'autre côté de la Lobau pour restaurer le pont flottant : il y manquait quinze bateaux. A six heures du matin la bataille d'Essling venait de s'achever. Il y avait plus de quarante mille morts dans les champs.

CHAPITRE VII

Après l'hécatombe

Le colonel Lejeune passa deux journées éprouvantes sur l'île Lobau. Il s'impatientait de la réfection du pont, il s'attendait à un bombardement depuis que les Autrichiens de Hiller avaient pris position dans les villages abandonnés; ils entreprenaient de fortifier la rive et allaient sans doute y apporter des canons. Il buvait de l'eau de pluie, goûtait au bouillon de cheval (que Masséna trouvait délicieux) mais ne pensait qu'à Mademoiselle Krauss dont il ignorait la fuite. Dès que le grand pont fut reconstruit le colonel obtint la permission de s'échapper à Vienne. Il acheta trop cher un cheval de hussard et se précipita dans la Jordangasse pour n'y trouver que déception et amertume. Cela commença par une colère, une crise de folie furieuse, malgré les phrases qu'Henri avait préparées pour contenir la rage et la peine prévisibles de son ami. Lejeune pénétra dans la chambre de l'infidèle, de la trompeuse, de la mijaurée, de la diablesse, parce qu'il l'accablait de tous les défauts, il tira des penderies ses vêtements, les déchira, les piétina, criait à la traîtrise, ne supportait pas l'idée qu'elle l'avait berné et tourné en ridicule. Quand il eut dévasté trois coffres et quelques armoires, il fit une flambée de ses croquis, dont Henri ne put sauver un seul, puis il se coucha tout habillé, sans souffle, fixant des yeux le plafond de bois peint. Il demeura ainsi plusieurs heures. Henri, inquiet, profita de la visite quotidienne du docteur Carino pour le prier de soigner le colonel. Lejeune envoya promener le médecin :

— Ce que j'ai, Monsieur, ne se guérit pas avec vos potions !

Henri, lui, continuait à avaler ses médicaments, et au contact du désarroi de Lejeune il reprenait des forces ; un mal plus prenant, chez un autre, réussit parfois à vous faire oublier le vôtre ; et le physique se répare souvent mieux que l'esprit. Périgord lui apporta son aide, puisqu'il était revenu prendre ses quartiers dans la maison rose, avec son gros valet et sa giberne en vermeil qui contenait un nécessaire de toilette, du gratte-langue aux fards. Périgord cherchait avec Henri les moyens de rendre à leur ami sa belle humeur, ils essayaient de le traîner à l'Opéra, dénichaient chez un libraire des éditions rares sur les peintres vénitiens. Périgord avait même soudoyé l'un des cuisiniers de Schönbrunn qui venait à la nuit leur mijoter des ragoûts irrésistibles auxquels Lejeune résistait. Il n'avait plus d'appétit. Il ne voulait plus de musique, pas de spectacles, pas de livres. Il refusait de sortir au cabaret, de prendre l'air dans les jardins du Prater, de visiter la ménagerie, de manger une glace au café du Bastion. Un matin, Périgord et Henri entrèrent dans sa chambre avec des mines résolues :

— Mon cher, dit Périgord, nous vous emmenons à Baden.

— Pourquoi ?

— Pour vous rafraîchir la tête, pour vous offrir de nouvelles idées et un brin de gaieté.

— Edmond, je m'en moque! Mais qu'est-ce que ce parfum dont vous vous aspergez?

— Vous n'aimez pas? Ce parfum, figurez-vous, plaît aux dames. Il a la vertu de les attirer comme une magie. Vous devriez en utiliser.

— Laissez-moi tranquille, tous les deux!

— Ah non! se fâcha Henri. Voilà trois jours que tu joues les momies et que tu nous inquiètes!

— Je n'inquiète personne et je n'existe plus.

— Louis-François, cela suffit! dit Périgord. Demain nous partons à Baden.

— Bon voyage! ronchonna Lejeune.

— Avec vous.

— Non. D'ailleurs, demain nous devons participer à la parade du samedi dans la cour de Schönbrunn avec l'état-major.

— J'ai parlé de votre cas au maréchal Berthier, dit Périgord, et il m'a donné mission de vous emmener à Baden pour votre santé.

— Que lui avez-vous dit?

— La vérité.

— Fou!

— C'est vous le fou, Louis-François. Obéissez aux ordres.

Prendre les eaux à Baden, c'était une idée d'Henri, qui la tenait du baron Peyrusse, payeur du Trésor général de la Couronne; celui-ci avait raconté son bref séjour dans ce vallon, à quatre mille de Vienne; on y louait une maison pour une liasse de florins. Les eaux? On barbotait avec vingt autres personnes dans des cuves de sapin remplies d'eau minérale, et, surtout, des jeunes filles s'y baignaient avec les hommes, dans des chemises mouillées qui faisaient rêver le moins rêveur. Si Lejeune tombait amoureux d'une jeune Autrichienne, pour remplacer Anna, il se rétablirait vite...

Le front haut, des cheveux blancs plantés en arrière et bouclés, le docteur Corvisart s'installa au bureau de l'Empereur :

— C'est un retour de votre vieil eczéma, Sire.

— Dans le cou ?

— Ce n'était pas la peine de me faire venir pour cela de Paris.

— Les médecins allemands sont des nullités !

— Je vais noter la composition de notre pommade habituelle, pour les pharmaciens de Sa Majesté...

— Notez, Corvisart, notez !

L'Empereur se faisait habiller par ses valets tandis que le docteur Corvisart notait comment composer la préparation qui réussissait à effacer l'eczéma ordinaire de Napoléon, quinze grammes de cévadille en poudre, quatre-vingt-dix grammes d'huile d'olive, quatre-vingt-dix grammes d'alcool pur. Cela fonctionnait à la perfection depuis le Consulat.

— Monsieur Constant ?

Le premier valet de chambre apparut à la porte du salon des Laques, se courba et annonça :

— Son Excellence le prince de Neuchâtel...

— Qu'il entre s'il a de bonnes nouvelles. S'il en a de mauvaises qu'il aille se faire voir ! Ça me flanque de l'eczéma, les mauvaises nouvelles, n'est-ce pas, Corvisart ?

— Peut-être, Sire.

— Les nouvelles sont bonnes, dit Berthier en arrivant dans le salon. Votre Majesté sera contente.

— Allez, dites, contentez donc Ma Majesté !

L'Empereur s'assit pour tendre ses bas blancs. Son chausseur, à genoux, lui enfila des bottes.

Berthier résuma la situation avec les informations qui lui étaient parvenues le matin même :

— Les divisions de Marmont et de MacDonald ont opéré leur jonction près du col de Semmering. L'armée d'Italie marche en ce moment sur la route de Vienne.

— L'archiduc Jean?

— Il n'a pu contenir cette avancée et se replie vers la Hongrie avec des troupes diminuées.

— L'archiduc Charles?

— Il ne bouge pas.

— Comme il est bête!

— Oui Sire, cependant notre échec relatif semble revigorer nos ennemis en Europe...

— Vous voyez, Corvisart, dit l'Empereur à son médecin, ce jean-foutre veut me rendre malade!

— Non, Sire, il cherche à nourrir vos réflexions.

— Ensuite? demanda l'Empereur à son major général.

— Des Russes manifestent contre nous en Moravie, mais le tsar Alexandre vous assure de son amitié.

— Bien sûr! Il n'a aucune envie de voir les Autrichiens rentrer en Pologne! Il me noie sous des bonnes paroles et il ne m'envoie pas un cosaque! A Paris?

— Des rumeurs de défaite ont circulé, même à la cour, et votre sœur Caroline a eu des palpitations. La Bourse est en baisse.

— Butors de banquiers! Et Fouché?

— Monsieur le duc d'Otrante a repris la situation en main, plus personne ne bronche.

— Ce renard! Quel excellent baromètre! Qu'on étende ses pouvoirs. S'il ne trahit pas c'est qu'il connaît ses intérêts!

— A l'inverse de ce que nous redoutions, continuait Berthier, les Anglais ne menacent plus d'envahir la Hollande...

— Le pape ?

— Il vous a excommunié, Sire.

— Ah oui ! J'avais oublié. Qui commande nos gendarmes à Rome ?

— Le général Radet.

— Vous êtes sûr de cet officier ?

— C'est lui qui a réorganisé notre gendarmerie, Sire. Il a été efficace à Naples et en Toscane.

— Où est ce cochon de pape ?

— Au Quirinal, Sire.

— Que Radet l'enlève et qu'on l'arrête !

— Qu'on l'arrête ?

— Et loin de Rome, à Florence par exemple. Ses insolences m'agacent et mon eczéma va me démanger, pas vrai, Corvisart ? Ne faites pas cette tête-là, Berthier ! Ce n'est pas de la religion, c'est de la politique. *(A son chausseur, regardant ses bottes :)* Vous avez vu le cuir ? Malgré le cirage il craque.

— Il vous faudrait de nouvelles bottes, Sire.

— Ça coûterait combien ?

— Environ dix-huit francs, Votre Majesté.

— Trop cher ! Berthier, tout est prêt pour la revue ?

— Les troupes vous attendent.

— Il y a du public ?

— Beaucoup. Les Viennois aiment les parades, et ils sont curieux de vous voir.

— *Subito !*

Et pendant plus d'une heure, sous la chaleur, Napoléon resta sur son cheval blanc, dans sa tenue de colonel des grenadiers, gilet, veste bleue, parements rouges, à priser sans cesse au milieu de son Etat-Major complet. La Garde impériale défila dans un ordre parfait et en musique ; les hommes étaient reposés, propres, rasés, astiqués, aucun bouton ni aucune garni-

ture ne manquait et la foule applaudit les drapeaux. L'Empereur voulait montrer que son
armée n'était pas à terre, que les combats meurtriers au bord du Danube n'avaient été qu'un
contretemps. Cela devait impressionner les habitants de Vienne et raviver le moral des soldats. A
l'issue de cette démonstration, Napoléon descendit de cheval et traversa la cour d'honneur pour
regagner le palais. A cet instant, un jeune homme
sortit de la foule mal contenue par les gendarmes. Berthier s'interposa :

— Que voulez-vous ?

— Voir l'Empereur.

— Si vous avez un placet à lui remettre, don-
nez-le-moi, je le lui ferai lire.

— Je veux lui parler, et à lui seul.

— C'est impossible. Au revoir, jeune homme.

Le major général, d'un signe, commanda aux
gendarmes de repousser le garçon dans le public
qui acclamait encore, puis il rejoignit l'Empereur
à l'intérieur du palais de Schönbrunn. Le jeune
homme continuait à s'agiter, il se dégagea à nouveau et s'avança plus avant dans la cour pavée.
Cette fois, le colonel de la gendarmerie intervint
en personne pour lui demander de circuler, mais,
troublé par le regard de cet excité, il le fit saisir
par ses hommes. Il se débattit. Dans sa redingote
verte qui s'entrebâillait, l'officier aperçut le
manche d'un couteau, qu'il prit, et il ordonna
qu'on conduise l'individu à l'un des officiers
d'ordonnance de l'Empereur. C'était Rapp, l'Alsacien, et un dialogue s'engagea en allemand :

— Vous êtes autrichien ?

— Allemand.

— Que vouliez-vous faire avec ce couteau ?

— Tuer Napoléon.

— Vous vous rendez compte de l'énormité de
votre aveu ?

— J'écoute la voix de Dieu.

— Comment vous appelez-vous ?

— Friedrich Staps.

— Vous êtes bien pâle !

— Parce que j'ai manqué ma mission.

— Pourquoi vouliez-vous tuer Sa Majesté ?

— Je ne peux le dire qu'à lui seul.

Informé de cette péripétie, l'Empereur consentit à recevoir Staps. Il s'étonna de sa jeunesse et rit très fort :

— Mais c'est un gamin !

— Il a dix-sept ans, Sire, dit le général Rapp.

— Il a l'air d'avoir douze ans ! Il parle français ?

— Peu, dit-il.

— Vous traduirez, Rapp. *(A Staps :)* Pourquoi me poignarder ?

— Parce que vous faites le malheur de mon pays.

— Votre père a sans doute été tué à la bataille ?

— Non.

— Je vous ai nui personnellement ?

— Comme à tous les Allemands.

— Vous êtes un illuminé !

— Je suis en parfaite santé.

— Qui vous a endoctriné ?

— Personne.

— Berthier, dit l'Empereur en se tournant vers le major général, faites venir ce bon Corvisart...

Le médecin arriva, on le mit au courant, il observa le jeune homme, lui tâta le pouls et dit :

— Pas d'agitation intempestive, le cœur bat à son rythme, votre assassin est en bonne santé...

— Vous voyez ! dit Staps sur un ton de triomphe.

— Monsieur, dit l'Empereur, si vous me demandez pardon vous pourrez aller. Tout cela n'est qu'un enfantillage.

— Je ne m'excuserai pas.

— *Inferno !* Vous alliez commettre un crime.

— Vous tuer n'est pas un crime mais un bienfait.

— Si je vous fais grâce, allez-vous rentrer chez vous ?

— J'essaierai de recommencer.

Napoléon tapotait de la botte sur les parquets. Cet interrogatoire commençait à l'ennuyer. Il baissa les yeux pour ne plus voir le jeune Staps et, changeant de ton, dit d'une voix sèche aux témoins de la scène :

— Qu'on emmène ce crétin à face d'ange !

Cela valait une condamnation à mort. Friedrich Staps se laissa ligoter ; des gendarmes le poussèrent vers une porte tandis que l'Empereur s'en allait par une autre.

La vie reprenait dans Vienne comme avant la bataille ou presque. Daru avait obtenu la réquisition de plusieurs palais pour y établir des hôpitaux décents. Les blessés avaient été évacués de l'île, et ils reposaient dans des draps blancs, un rameau à la main pour s'éventer et chasser les mouches. Les blessures avaient été tarifées : quarante francs pour deux membres coupés, vingt francs pour un membre, dix francs pour les autres blessures si elles provoquaient un handicap. Le trésorier Peyrusse gratifia de ce secours, selon son estimation personnelle, dix mille sept cents blessés.

Comme le docteur Percy manquait de personnel, malgré ses plaintes continues, et que le nombre des blessés méritait des escouades fournies d'infirmiers, d'aides, de cantiniers, de lavandières, de blanchisseurs, il avait reçu du général Molitor la permission de conserver le voltigeur Paradis dans son service : « Cet homme est impropre à combattre, ce qu'il a subi lui a un peu fêlé la cervelle, mais il a deux bras, deux jambes, il est robuste et j'en ai besoin. Il me sera plus utile qu'à vous. » Molitor avait donc signé le changement d'affectation sans rechigner ; il espérait d'ailleurs l'arrivée de conscrits pour remplumer sa division. Ainsi, en portant un seau d'eau usée, Paradis vit son Empereur pour la première fois de près, à le toucher : il visitait l'hôtel du Prince Albert, arrangé en hôpital, pour décorer des braves culs-de-jatte qui en pleuraient d'émotion.

On n'avait pu ramener à Vienne les blessés les plus graves, alors les villageois d'Ebersdorf les hébergeaient, en face de la Lobau. Le maréchal Lannes avait eu les deux jambes amputées ; il logeait chez un brasseur, au premier étage, dans une chambre au-dessus de l'écurie. Quatre jours durant on crut qu'il allait se rétablir, il parlait de prothèses, rêvait d'avenir, imaginait les moyens de diriger une armée quand on n'avait plus de jambes, dans un tonneau, disait-il, comme l'amiral Nelson. La chaleur était extrême et monta jusqu'à trente degrés. Les plaies s'infectaient. La chambre empestait ; un valet abandonna le maréchal à cause des miasmes qu'il ne supportait pas, l'autre tomba malade et Marbot, le fidèle Marbot, demeura seul au chevet de son maréchal ; il en oubliait de soigner sa cuisse qui gonflait et s'enflammait. Il veillait jour et nuit. Il recueillait des confidences et des espoirs. Il assistait de son mieux le docteur Yvan et le docteur Franck, un chirurgien de la cour d'Autriche qui s'était mis à la disposition de ses confrères français. Rien n'y fit. Le maréchal Lannes divaguait, il ne dormait plus, il se croyait avec intensité dans la plaine du Marchfeld, lançait des ordres imaginaires, voyait

des bataillons avancer dans la brume, entendait
le canon. Bientôt il ne reconnut plus ses proches,
il confondait Marbot avec son ami Pouzet qu'on
avait enterré. Napoléon et Berthier venaient
chaque jour le visiter, un mouchoir contre la
bouche pour ne pas respirer cette épouvantable
odeur de chair en décomposition. L'Empereur
avait renoncé à parler. Lannes le regardait
comme un étranger. En une semaine, il ne pro-
nonça qu'une phrase lucide devant Napoléon :
« Tu ne seras jamais plus puissant que tu n'es,
mais tu peux être plus aimé... »

Les Viennois ne peuvent pas longtemps se passer de musique. Une semaine après la bataille le
théâtre de Vienne était comble. Les officiers français occupaient les quatre rangs de loges, souvent
accompagnés de belles Autrichiennes en robes à
falbalas, très décolletées, qui remuaient devant
leurs gorges nues et rondes des éventails en
plumes. Ce soir-là, on donnait le *Dom Juan* de
Molière modifié pour l'opéra ; Sganarelle arrivait
en chantant et les décors changeaient à vue. Les
arbres du jardin, qui ressemblaient à des vrais,
pivotaient pour se changer en colonnes de
marbre rose, un buisson en tournant révélait des
cariatides, l'herbe s'enroulait pour devenir tapis
d'Orient, le ciel se décolorait, des lustres monu-
mentaux tombaient des cintres, des parois glissaient, un escalier se dépliait ; une multitude de
choristes en dominos envahissait la scène
immense pour figurer un bal masqué, et doña
Elvire chantait l'invitation qu'elle avait reçue de
Dom Juan. Les spectateurs participaient, ils battaient la mesure, se levaient, lançaient des vivats,
ovationnaient, réclamaient qu'on recommence
un air qui avait plu. Henri Beyle et Louis-François Lejeune dans son uniforme de gala pre-

naient du plaisir à ce spectacle si viennois. Le colonel n'avait pas oublié Anna, aux eaux de Baden, mais sa rancune était moins vive, et des jeunes blondes avaient réussi à le distraire. Dans leur loge, les deux amis échangeaient des propos rapides sur les chants et les décors, ils trouvèrent Madame Campi, qui interprétait la fille du Commandeur, trop maigre et bien vilaine, mais sa voix les charmait.

— Passe-moi ta lunette, demanda Henri.

Lejeune lui prêta cette longue-vue qu'il avait utilisée à Essling pour étudier les mouvements de l'armée autrichienne. Henri y colla son œil, tendit l'instrument au colonel :

— Regarde, c'est la troisième choriste en partant de la gauche.

— Mignonne, dit Lejeune en regardant. Tu as du goût.

— Mignonne, à propos de Valentina, ce n'est peut-être pas le mot juste. Jolie, oui, pétillante, oui, joueuse, souvent drôle.

— Tu me la présenteras?

— Sans problème, Louis-François. Nous irons en coulisse.

Henri n'osa pas préciser que Valentina était bavarde comme une pie, envahissante, excessive, mais n'était-elle pas, avec ces défauts, ce qui convenait à Louis-François? C'était le contraire d'Anna Krauss. Elle vous étourdissait. Le *Dom Juan* se poursuivait en s'éloignant de Molière. Au dernier acte, quand la statue du Commandeur descendait sous terre, une nuée de démons cornus attrapait Dom Juan. Sur la scène, le Vésuve entrait en éruption et des flots de lave bien imitée coulaient jusqu'au proscenium. Les démons jetaient en ricanant le gentilhomme dans le cratère et le rideau tombait. Henri entraîna Lejeune vers les loges, ils croisèrent dans les couloirs des actrices à demi vêtues qui se pâmaient sous les compliments de leurs admirateurs. « On se croirait dans le foyer du théâtre des Variétés », dit le colonel en souriant enfin, et en effet, ici comme à Paris on côtoyait des auteurs dramatiques, des nymphes, des journalistes qui frondaient ou papotaient. Henri connaissait le chemin. Valentina partageait sa loge avec d'autres choristes qui se démaquillaient. Elle n'était habillée que d'une tunique et fut ravie du baise-main de Louis-François.

— Nous t'emmenons souper au Prater, dit Henri.

— Bonne idée! dit-elle, les yeux rivés sur l'officier, auquel elle demanda d'un ton badin : Vous étiez donc à cette affreuse bataille?

— Oui mademoiselle.

— Vous me la raconterez? Des remparts on ne voyait rien!

— Soit, si vous acceptez de poser pour moi.

— Louis-François est un excellent peintre, expliqua Henri devant la surprise de Valentina.

Elle battit des cils.

— Peintre et militaire, ajouta Lejeune.

— Admirable! Je poserai pour vous, général.

— Colonel.

— Vous avez un uniforme de général, au moins!

— C'est lui qui l'a dessiné, précisa Henri.

— Vous me dessinerez des robes de scène?

Ils attendirent au-dehors que Valentina choisisse sa tenue de sortie. Un groupe discutait à côté d'eux, dont ils saisirent des bribes de conversation :

— Un illuminé, je vous jure! disait un gros monsieur en redingote noire.

— Mais il était si jeune! chevrotait une chanteuse.

— Tout de même, il a essayé d'assassiner l'Empereur.

— Essayé, vous dites vrai, mais il ne l'a pas fait!

— L'intention suffit.

— Tout de même, le fusiller pour une tentative aussi folle!

— Sa Majesté voulait le sauver.

— Allons!

— Si si, je le tiens du général Rapp qui était présent. Le garçon est resté têtu, il a insulté l'Empereur, après cela comment vouliez-vous qu'on pardonne.

— On murmure dans Vienne, il va devenir un héros.

— Ce n'est hélas pas impossible.

— On va accuser l'Empereur de dureté.

— Sa vie était en jeu, et les nôtres, donc.

— Comment se nommait-il, votre héros qui se prenait pour Jeanne d'Arc?

— Stabs ou Staps.

Henri sursauta à ce nom; ce fut lui le plus sombre de tout le souper. Valentina amusa Louis-François et ils décidèrent de se revoir.

L'île Lobau était méconnaissable. En quelques jours ce camp retranché que gouvernait Masséna était devenu une ville camouflée, sortie des fourrés et des roseaux, avec des rues bordées de réverbères, des fortifications solides, des canaux assainis pour qu'y arrivent des bateaux de farine et de munitions. Ici, une fabrique. Là, des fours où l'on cuisait le pain. Là encore, dans une clairière fermée de barrières, on avait amené des troupeaux de bœufs. Dans les abbayes voisines ou dans les caves des bourgeois de Vienne, l'armée avait saisi du vin pour égayer la troupe et les ouvriers, car douze mille marins et autant d'ingénieurs, de charpentiers, travaillaient à la construction de trois grands ponts sur pilotis, protégés en amont par une estacade de poutres qui arrêterait les objets flottants. Les Autrichiens, qu'on apercevait sur la rive d'Essling, ne pouvaient voir les canons de gros calibre pointés sur eux. Le colonel Sainte-Croix, chaque matin, après avoir inspecté l'état des travaux, courait à Schönbrunn pour en raconter la progression à l'Empereur. Les sentinelles et les chambellans avaient appris à le connaître, ils le respectaient, il devenait un familier et entrait sans frapper dans le salon des Laques.

Le 30 mai, à sept heures du matin, Sainte-Croix trouva l'Empereur qui buvait son verre d'eau.

— Vous en voulez? dit l'Empereur en montrant la carafe. La source de Schönbrunn est fraîche et très délicieuse.

— Je crois Votre Majesté, mais je préfère le bon vin.

— *D'accordo!* Constant! Monsieur Constant, vous enverrez au colonel deux cents bouteilles de bordeaux et autant de champagne.

Ensuite, l'Empereur et son nouveau favori montaient dans la berline qui les conduisait à Ebersdorf devant les ponts. Dans ce village, Napoléon s'arrêtait quelques instants pour visiter le maréchal Lannes dont la santé vacillait. Son agonie s'éternisait. Ce matin, Marbot avait quitté le chevet du mourant; il attendait devant les écuries, appuyé sur une canne à cause de sa cuisse endolorie. L'Empereur le vit en descendant de sa berline :

— Le maréchal?

— Il est mort ce matin, Sire, à cinq heures. Dans mes bras. Sa tête est retombée sur mon épaule.

L'Empereur grimpa à l'étage et demeura une heure auprès du corps, dans cette chambre empuantie, puis il félicita Marbot de sa loyauté et lui demanda de faire embaumer le maréchal avant de le rapatrier en France. Pensif, il suivit Sainte-Croix qui lui montrait les derniers travaux. Il se taisait. Il ne rouvrit la bouche qu'en arrivant sous la tente de Masséna. Le duc de Rivoli avait une jambe bandée et le reçut dans son fauteuil.

— Quoi! Vous aussi? Que vous est-il donc arrivé? La bataille est finie, que je sache!

— Je suis tombé dans un trou caché par un fourré, et depuis je boitille. À mon âge, les os sont fragiles, Sire.

— Prenez vos béquilles et suivez-moi.

— Mon médecin doit changer le pansement toutes les heures, Sire, n'allons pas trop loin.

Masséna clopina derrière l'Empereur et Sainte-Croix qui expliquait le fonctionnement des bateaux de débarquement qu'il avait mis en chantier :

— Chaque barque, Sire, peut contenir trois cents hommes. À la proue, vous voyez, il y a un mantelet pour s'abriter derrière, et dès que nous touchons la rive, il se rabat et sert de passerelles pour sauter à terre.

L'Empereur visita plusieurs ateliers et les fortifications, puis il souhaita se promener sur le rivage de sable où ses soldats se baignaient d'habitude sous le regard amusé des Autrichiens. Pour écarter les risques, Napoléon et le maréchal revêtirent des capotes de sergents.

— Dans un mois nous attaquons, dit l'Empereur. Nous aurons cent cinquante mille hommes, vingt mille chevaux, cinq cents canons. Berthier me l'a certifié. Qu'est-ce que c'est, là-bas, au fond de la plaine?

— Les baraques du camp de l'Archiduc.

— Si loin?

L'Empereur, avec une brindille, dessina un plan sur le sable:

— Dans les premiers jours de juillet, nous passons en force. MacDonald et l'armée d'Italie, Marmont et l'armée de Dalmatie, les Bavarois de Lefebvre, les Saxons de Bernadotte; vos divisions, Masséna, se portent entre les villages...

Il redressa la tête pour observer la plaine.

— Masséna, et vous Sainte-Croix, je vous le dis, là où l'Archiduc a planté ses baraques, ce sera sa tombe! Comment s'appelle ce plateau où il s'adosse?

— Wagram, Sire.

Paris, le 17 mars 1997.

Notes Historiques

En 1809

DARWIN naît le 12 février

GERARD DE NERVAL a un an

GEORGE SAND, 5 ans

VICTOR HUGO, 7 ans

ALEXANDRE DUMAS, 7 ans

BALZAC, 10 ans

VIGNY, 12 ans

LAMARTINE, 19 ans

SCHOPENHAUER, 21 ans

STENDHAL, 26 ans

SAINTE-CROIX, 27 ans

LOUIS-FRANÇOIS LEJEUNE, 34 ans

MARBOT, 27 ans

ANTOINE DE LASALLE, 34 ans

DORSENNE, 36 ans

CAULAINCOURT, 36 ans

DUROC, 27 ans

WALTER SCOTT, 38 ans

L'ARCHIDUC CHARLES, 38 ans

DAVOUT, 39 ans

BEETHOVEN, 39 ans

HEGEL, 39 ans

LE TSAR ALEXANDRE, 39 ans

NAPOLÉON, 40 ans

WELLINGTON, 40 ans

ESPAGNE, 40 ans

LANNES, 40 ans

CHATEAUBRIAND, 41 ans

FRANÇOIS II D'AUTRICHE, 41 ans

BESSIÈRES, 41 ans

BENJAMIN CONSTANT, 42 ans

DARU, 42 ans

SAINT-HILAIRE, 43 ans

LARREY, 43 ans

MADAME DE STAEL, 43 ans

FOUCHE, 46 ans

CHERUBINI, 49 ans

MASSENA, 51 ans

TALLEYRAND, 55 ans

PERCY, 55 ans

BERTHIER, 56 ans

GOETHE, 60 ans

GOYA, 63 ans

SADE, 69 ans

HAYDN, 77 ans

Vers la fin des années 1820, les écrivains français admirent Walter Scott et le roman historique est à la mode. Vigny obtient un succès avec *Cinq-Mars*; de son vivant il en connaîtra quatorze éditions. Hugo songe à *Notre-Dame de Paris*. Balzac publie un roman touffu sur les Chouans, mais l'ouvrage ne rencontre que trois cents lecteurs et les critiques l'accablent; on le trouve confus, prétentieux, compliqué, sans style. Balzac insiste. En 1831, après *La Peau de chagrin,* il reprend son roman historique, il le corrige, il le complète, et dans la foulée il annonce des *Scènes de la vie militaire* parmi lesquelles il place *La Bataille.* Ce livre, il fait semblant d'y travailler à Aix, mais la marquise de Castries, dont il est épris, l'occupe trop. Il n'abandonne cependant pas son projet. En décembre 1834 il en parle encore avec assurance. Il promet un tableau de Paris au commencement du xve siècle, une histoire du temps de Louis XIII, et, toujours, cette fameuse *Bataille* dont il précise l'époque en y ajoutant *vue de l'Empire, 1809.*

Quelle bataille?

Wagram? Non. Essling. L'année précédente il a dévoilé son propos dans une lettre à Mme Hanska :

> Là, j'entreprends de vous initier à toutes les hor-
> reurs, à toutes les beautés d'un champ de bataille ;
> ma bataille, c'est Essling. Essling avec toutes ses
> conséquences. Il faut que, dans son fauteuil, un
> homme froid voie la campagne, les accidents de
> terrain, les masses d'hommes, les événements stra-
> tégiques, le Danube, les ponts, admire les détails et
> l'ensemble de cette lutte, entende l'artillerie, s'inté-
> resse à ces mouvements d'échiquier, voie tout,
> sente, dans chaque articulation de ce grand corps,
> Napoléon, que je ne montrerai pas, ou que je lais-
> serai voir le soir traversant dans une barque le
> Danube. Pas une tête de femme, des canons, des
> chevaux, deux armées, des uniformes ; à la pre-
> mière page le canon gronde, il se tait à la dernière ;
> vous lirez à travers la fumée, et, le livre fermé,
> vous devez avoir tout vu intuitivement et vous
> rappeler la bataille comme si vous y aviez assisté.

En 1835, Balzac est à Vienne. Il vient remettre
à Mme Hanska le manuscrit de *Séraphîta*. Il en
profite pour louer une voiture et visiter Essling,
la plaine du Marchfeld, le plateau de Wagram,
l'île Lobau. Le prince Schwarzenberg l'accompagne sur le champ de bataille. Il prend des
notes. Puis il rentre écrire *Le Lys dans la vallée* :
bousculé par mille personnages et mille sujets,
Balzac ne nous donnera jamais sa *Bataille*.

Pourquoi Balzac avait-il choisi cette bataille
méconnue ? Peut-être parce que la guerre, à Essling, change de nature. L'historien de l'Empire
Louis Madelin le souligne : « Cette bataille
ouvrait l'ère des grandes hécatombes qui allaient,
dès lors, marquer les campagnes de l'Empereur. » Plus de quarante mille tués en une trentaine d'heures, vingt-sept mille Autrichiens et
seize mille Français, cela équivaut à un mort

toutes les trois secondes ; sans oublier près de onze mille mutilés dans la Grande Armée. Et puis, pour la première fois, Napoléon connaît un échec militaire personnel, qui nuit à son prestige et encourage ses ennemis. Après Essling, les nationalismes se développent partout en Europe.

Dans un premier temps j'ai consulté les historiens pour situer la bataille et ses enjeux. J'ai vite remarqué que les spécialistes manquaient d'objectivité. À propos de Napoléon, peu d'entre eux restent froids ; Jean Savant le hait, Elie Faure le vénère, Madelin le chante, Bainville l'apprécie, Taine le combat, etc. J'ai donc recherché les témoins. Ceux-là, Balzac les avait sous la main, pour la plupart ils vivaient encore et pouvaient raconter. Heureusement, ils ont laissé des Mémoires et des souvenirs écrits. S'ils ont, eux aussi, des sentiments marqués, favorables ou non, ils nous livrent une foule de détails que je n'aurais osé inventer. À leur suite, des historiens friands d'anecdotes m'ont fourni le matériel idéal. Ainsi Lucas-Dubreton rapporte l'histoire de ce porte-aigle de la Garde dont la tête est arrachée par un boulet : ses économies, des pièces d'or cachées dans sa cravate, tombent par terre en pluie. Ainsi, le bouillon de cheval mort assaisonné de poudre à canon, je le dois aux souvenirs de Constant, le valet de chambre de l'Empereur. Les costumes sont authentiques, les chansons et les décors aussi, la topographie, la météo, les portraits des principaux personnages, leurs talents et leurs défauts. Je me suis efforcé de ne pas juger les soldats. Par exemple, Dorsenne. Si j'en crois les *Mémoires* de Thiébault, c'était un parfait imbécile, mais Thiébault n'était pas à Essling et les exemples qu'il donne sont inadaptés, puis il en rajoute, cela se sent.

Un roman historique, c'est la mise en scène de faits réels. Pour cela, à côté des maréchaux et de l'Empereur, j'ai dû placer des personnages imaginaires ; ces derniers participent au rythme et aident à la reconstitution. J'ai inventé le moins possible, mais il fallait souvent partir d'une indication ou d'une phrase pour développer une scène entière.

Un historien, disait Alexandre Dumas, défend son point de vue et choisit les héros qui servent sa démonstration. Il ajoutait que seul le romancier est impartial : il ne juge pas, il montre.

Voici, par thèmes, la liste des livres qui m'ont servi à ressusciter la bataille d'Essling avec le plus d'exactitude possible. Pour ceux que j'ai consultés au Service historique des armées, fort de Vincennes, j'indique la cote sous laquelle ils sont disponibles, précédée de la lettre *V* comme Vincennes.

1. — Sur la campagne de 1809 et son déroulement.

• Henri Martin, *Histoire de France populaire*, tome V, chez Furne, Jouvet et Cie, Paris (sans date). Rapide, précis, imagé, avec du souffle, Henri Martin donne une idée d'ensemble incomparable.
• Cadet-Gassicourt, *Voyage en Autriche, en Moravie et en Bavière fait à la suite de l'armée française pendant la campagne de 1809*, chez L'Huillier, Paris, 1818. Ce livre rare et précieux a été composé au lendemain de l'Empire par le pharmacien ordinaire de Napoléon. Récit parfois acide. Cadet-Gassicourt (ou Cadet de Gassicourt) est le précurseur de la médecine du travail.

• Tranié et Carmigniani, *Napoléon et l'Autriche, la campagne de 1809*, Copernic, 1979. Ce gros album m'a été indispensable. Le texte est clair et fourmille de détails. Il y a une multitude de photos, tableaux, croquis, portraits et planches d'uniformes qui m'ont aidé à imaginer la bataille. En outre, les plans des opérations, au jour le jour, m'ont évité pas mal d'erreurs sur le mouvement des troupes.

• Pelet, *Mémoires de la guerre de 1809*, tome 3, V. 72905. Récit militaire d'un témoin.

• Marbot, *Mémoires*, tome I, Mercure de France, 1983. L'un des meilleurs mémorialistes, riche en détails et en anecdotes. Je lui dois la plupart des indications sur le maréchal Lannes à Essling, sa blessure, sa mort. Je lui dois aussi le personnage de Sainte-Croix, auquel il consacre presque un chapitre.

• Lejeune, *Mémoires, de Valmy à Wagram*, V. 40518. Là encore, j'ai peu inventé. Le personnage a bien existé dans les conditions décrites. C'était un grand peintre et un officier de liaison de l'état-major, ce qui lui permettait de circuler d'un bout à l'autre du champ de bataille. Les cerfs emportés par le courant du Danube, la sentinelle autrichienne qui lui tire dessus au chapitre VI, tout cela est exact. Ce qui est inventé, c'est sa liaison amicale avec Stendhal (qui était à Vienne chez le comte Daru) et ses amours contrariées avec Anna Krauss (qui n'existe pas). Louis-François Lejeune savait aussi bien écrire que peindre, et ses *Mémoires* sont un plaisir.

• Masséna, *Mémoires*, tome VI, V. 6835. Le maréchal parle de lui à la troisième personne, comme Jules César, et se donne le beau rôle. Il est irremplaçable lorsqu'il nous livre la topographie d'un champ de bataille. Grâce à lui j'ai parcouru les chemins creux, les bosquets de saules ou d'ormes, j'ai connu l'épaisseur des murs du grenier d'Essling, la disposition des maisons, etc. L'anecdote de son écuyer tué par un boulet en l'aidant à régler son étrier est exacte (et figure aussi chez Marbot).

• Renemont, *Campagne de 1809*, V. 55192. Technique.
• Camon, *La Guerre napoléonienne*, V. 66363/I. Technique.
• Napier, *Campagne de 1809*, V. 73099, vol. 3. Technique.
• Brunon, « Essling », article de la *Revue Historique des armées*, V. Titre III, ch. II, 1959/I. J'y ai appris que faute d'avoine les chevaux étaient nourris à l'orge, et que le deuxième jour ils chargeaient au trot.
• *Lettres inédites* du baron Peyrusse, Perrin, 1894.

2. — Sur l'armée.

• Masson, *Cavaliers de Napoléon*, V. 24811. Un classique. Tous les régiments, tous les uniformes, tous les officiers.
• Lucas-Dubreton, *Soldats de Napoléon*, V. 61835, un autre classique riche en détails et anecdotes éclairantes.
• Coignet, *Les Cahiers du capitaine Coignet*, Hachette 1883, et *Souvenirs d'un vieux grognard*, V. 21980. Sur la Garde impériale. Ouvrage célèbre.
• Pils, *Journal de marche d'un grenadier*, V. 20291.
• Parquin, *Souvenirs et campagnes*, V. 41352.
• Chevalier, *Souvenirs des guerres napoléoniennes*, V. 17804.

• Brice, *Les Femmes et les armées de la Révolution et de l'Empire*, V. 4354.
• Masson, *Jadis*, tome 2, V. 9989.
• Caziot, *Historique du corps des pontonniers*, V. 37488.
• Chardigny, *Les Maréchaux de Napoléon*, Flammarion, 1946. Très complet.
• Zieseniss, *Berthier*, Belfond, 1985.
• *Histoire et dictionnaire du Consulat et de l'Empire*, par MM. Fierro, Palluel-Guillard et Tulard, « Bouquins », Robert Laffont, 1995.
• Dans la collection « Vie Quotidienne » d'Hachette, on peut consulter les trois volumes qui concernent l'Empire, composés à des époques différentes par MM. Robiquet, Baldet et Tulard.

3. — Sur l'époque et sur Vienne.

• D'Alméras, *La Vie parisienne sous le Consulat et l'Empire*, Albin Michel, 7ᵉ édition, sans date.
• Bertaut, *La Vie à Paris sous le Iᵉʳ Empire*, Calmann-Lévy, 1949.
• Kralik, *Histoire de Vienne*, Payot, 1932.
• Mme de Staël, *De l'Allemagne*, tome I, Garnier-Flammarion, 1968.
• Grueber, *Sous les aigles autrichiennes*, V. 3523.
• Brion, *La Vie quotidienne à Vienne au temps de Mozart et de Schubert*, Hachette, 1988. Il faut toujours se plonger avec joie dans un livre de Marcel Brion. Il m'a promené sur les remparts disparus de la vieille ville, et dans les cabarets au bord du Danube. J'y ai appris la présence de M. Haydn, qui meurt peu après Essling.
• *Vienne*, Guides Gallimard, où j'ai trouvé la faune et la flore de l'île Lobau.

4. — Sur la médecine de guerre.

• Percy, *Journal de campagne*, V. 31488.
• Larrey, *Mémoires de chirurgie militaire*, vol. 3, V. 71126, et *Clinique chirurgicale*, 4 volumes, V. 71125.
• Ross, *Souvenirs d'un médecin de la grande armée*, Perrin, 1913.
• *Toute l'Histoire de Napoléon*, vol. 8, *Napoléon et les médecins*, Janvier 1952, périodique imprimé à Caen. J'y ai déniché la potion que fabriquait le docteur Corvisart pour soigner l'eczéma de l'Empereur.

5. — Sur Napoléon.

• Constant, *Mémoires intimes de Napoléon Ier*, Mercure de France, 1967. Le livre indispensable. Constant, le valet de chambre de l'Empereur, m'a permis de visiter Schönbrunn. Les notes, nombreuses et fournies, en fin d'ouvrage, sont passionnantes ; elles sont dues à M. Maurice Dernelle de l'Académie d'histoire, que je remercie de sa science.
• Stendhal, *Vie de Napoléon*, Payot, 1969. Sans tendresse et avec du panache.
• Bainville, *Napoléon*, Fayard, 1931.
• Godechot, *Napoléon*, Albin Michel, 1969. Etudes bien ficelées, par thèmes, avec des témoignages d'époque. On y trouve l'histoire de Friedrich Staps, son interrogatoire complet consigné par le général Rapp (*cf.* les *Mémoires* de ce dernier, V. 73242). Dans le roman, j'ai avancé la date de l'attentat qui, en réalité, eut lieu en octobre 1809. J'ai retenu ce personnage parce qu'il figure bien l'opposition mystique à l'Empire, qui va se

développer par la suite. L'Empereur aurait conservé le couteau de cuisine avec lequel Staps voulait le tuer. Le détail des interrogatoires figure dans le numéro des *Etudes napoléoniennes* de mai-juin 1922.

• Ludwig, *Napoléon*, Payot, 1929.

• Savant, *Tel fut Napoléon*, Fasquelle, 1953. Ce texte a été repris dans un album intitulé *Napoléon*, chez Henri Veyrier en 1974. En supplément, dans cette dernière édition, une multitude d'illustrations, de tableaux et de portraits. Pour Jean Savant, Napoléon est un être entièrement négatif et il accumule des preuves dans ce sens. Presque trop.

• G. Lenotre, *Napoléon, croquis de l'épopée*, et *En suivant l'Empereur*, « *La petite histoire* », Grasset, 1932 et 1935. Le premier de ces volumes a été republié dans les « Cahiers Rouges ». Incomparable. Mon bon maître. En hommage, je lui ai emprunté sa description du bicorne de l'Empereur, qu'il avait lui-même trouvée dans une facture du chapelier Poupard.

• Bouhler, *Napoléon*, Grasset, 1942.

• Mauguin, *Napoléon et la superstition, anecdotes et curiosités*, Carrère, Rodez, 1946.

• Bertaut, *Napoléon ignoré*, Sfelt, 1951. On y découvre ses talismans, ses chevaux, ses humeurs.

• Brice, *Le Secret de Napoléon*, Payot, 1936.

• Frugier, *Napoléon, essai médico-psychologique*, Albatros, 1985.

• Emerson, *Hommes représentatifs*, Crès, 1919. Le philosophe américain consacre son chapitre VI à *Napoléon, ou l'homme de l'univers*. Un portrait d'autant plus intéressant qu'il est inattendu.

• Taine, *Les Origines de la France contemporaine*, Hachette, 1907, tome 11. Portrait acide.

• Elie Faure, *Napoléon*, « L'Herne », La Table Ronde, 1964. Exercice d'admiration et de contemplation.

6. — Sur Stendhal

• *Œuvres intimes I*, « La Pléiade », 1981. On peut y lire en appendice des extraits du *Journal* de Félix Faure en 1809. J'y ai pêché la scène du *Dom Juan* de Molière transformé en opéra. La représentation a eu lieu le 12 août, et non fin mai comme dans le roman. J'ai mis dans la bouche de mon Henri Beyle des propos qu'il avait vraiment tenus, autant que possible. De même pour Napoléon, Masséna ou Lannes, je me suis autorisé à reproduire des phrases qu'ils auraient réellement prononcées (aux dires des témoins).
• *Correspondance I*, « La Pléiade », 1968.
• Stendhal, *De l'amour*, Gallimard, « Folio », 1980.
• Crouzet, *Stendhal ou Monsieur Moi-même*, Flammarion, 1990.

De profundis !

Pour terminer, voici ce que sont devenus les personnages historiques que j'ai favorisés dans ce roman.

— Louis-François Lejeune, général et baron, prend sa retraite en 1813 pour se consacrer à la peinture, après une carrière militaire très mouvementée. Il dirige l'École des beaux-arts de Toulouse et meurt dans cette ville en février 1848, à l'âge de soixante-treize ans. Il a importé la lithographie en France.

— Avec sa jambe abîmée, André Masséna, devenu prince d'Essling, dirige la bataille de Wagram dans une calèche. Après une campagne malheureuse en Espagne, il est disgracié. Nommé gouverneur de Paris au lendemain de Waterloo, il y meurt d'une maladie de poitrine, huit ans après la bataille d'Essling.

— Louis-Alexandre Berthier, prince de Neuchâtel et de Wagram, tombe en 1815 d'une fenêtre du château de Bamberg, en Bavière. Suicide ? Il était très déprimé par le retour de Napoléon de l'île d'Elbe. Assassinat ? Voulait-on l'empêcher de rejoindre Napoléon ?

— Jean-Marie-Pierre-François Dorsenne, trois

ans après la bataille d'Essling, meurt des suites de sa blessure à la tête.

— Jean Bessières est tué par un boulet pendant la campagne de Saxe, en mai 1813, comme Lasalle à Wagram.

— Charles-Marie-Robert, comte d'Escorche de Sainte-Croix, est coupé en deux par un boulet au Portugal, un an après Essling. Il avait vingt-huit ans.

— Jean Boudet se suicide en Bohême en septembre 1809, l'Empereur lui avait injustement reproché sa conduite à Essling.

— Jean-Baptiste, général et baron de Marbot, deviendra le précepteur du fils de Louis-Philippe. Il meurt pair de France à soixante-douze ans, sous le Second Empire.

— Vingt et un ans après la bataille d'Essling, Henri Beyle signe *Le Rouge et le Noir* sous le nom de Stendhal.

Table

Du même auteur :

LA SAIGNÉE, Belfond, 1970.
COMME DES RATS, Grasset, 1980.
FRIC-FRAC, Grasset, 1984.
LA MORT D'UN MINISTRE, Grasset, 1985.
COMMENT SE TUER SANS EN AVOIR L'AIR, La Table Ronde, 1987.
VIRGINE Q., parodie de Marguerite Duras, Balland, 1988
    (Prix de l'Insolent).
BERNARD PIVOT REÇOIT... Balland, 1989.
LE DERNIER VOYAGE DE SAN MARCO, Balland, 1990.
UBU PRESIDENT OU L'IMPOSTEUR, Bourin, 1990.
LES MIROBOLANTES AVENTURES DE FREGOLI, Bourin, 1991.
MURUROA MON AMOUR, parodie de Marguerite Duras, Lattès,
    1996.
LE GROS SECRET, Calmann Lévy, 1996.

Avec Michel-Antoine Burnier
LES AVENTURES COMMUNAUTAIRES DE WAO-LE-LAID, Belfond, 1973.
LES COMPLOTS DE LA LIBERTÉ, Grasset, 1976.
    (Prix Alexandre Dumas).
PARODIES, Balland, 1977.
1848, Grasset, 1977 (Prix Lamartine).
LE ROLAND BARTHES SANS PEINE, Balland, 1978.
LA FARCE DES CHOSES ET AUTRES PARODIES, Balland, 1982.
LE JOURNALISME SANS PEINE, Plon, 1997.

Avec Jean-Marie Stoerkel
FRONTIÈRE SUISSE, Orban, 1986.

Avec Bernard Haller
LE VISAGE PARLE, Balland, 1988.
FREGOLI, un spectacle de Jérôme Savary, l'Avant-Scène
    Théâtre n° 890, 1991.

Avec Francis Szpiner
LES CARNETS SECRETS D'ELENA CEAUCESCU, Flammarion, 1990.

Avec André Balland
ORAISONS FUNEBRES DE DIGNITAIRES POLITIQUES QUI ONT FAIT LEUR
TEMPS ET FEIGNENT DE L'IGNORER, Lattès, 1996.

Composition réalisée par EURONUMÉRIQUE

IMPRIMÉ EN FRANCE PAR BRODARD ET TAUPIN
La Flèche (Sarthe).
Librairie Générale Française - 43, quai de Grenelle - 75015 Paris.
ISBN : 2-253-14646-3   ◈ 31/4646/1